八月十五日の夜会

沖縄諸島
伊平屋島
我喜屋
野甫島
伊是名島
伊是名
0
20km
N
伊江島
国頭
与那覇岳
本部
本部半島
八重岳
名護
宜野座
沖縄島
嘉手納
浦添
那覇
豊見城
糸満
具志川島
ゴハ崎
内花
勢理客
諸見
伊是名島
仲田
仲田港
伊是名
城崎
屋那覇島
N
0
1km
伊是名島

夜会、前夜

東江秀二《あがりえしゅうじ》には秘密があった。

いや、秘密という言葉は強すぎるかもしれない。隠し通せることではなかったし、隠すべきことなのかどうか、本人にもよく分からなかったからだ。よく分からないまま口を閉ざしているうちに何となく秘密のようになってしまったのだ。といって、彼はそのことで悩んでいたわけではない。ただぼんやりとした違和感を抱いていただけだ。

最初に違和感を覚えたのは小学校に入学して間もない頃だ。その日、秀二は家にあった古新聞を学校へ持っていった。図工の時間に粘土を使うことになり、机を汚さないようにするためだった。十五年も前のことだが、いまでもその授業のことは憶《おぼ》えていて、思い出すたびに少し恥ずかしいような気持ちになる。少し恥ずかしい――そう、この感覚が一番近い。恥ずかしいからこそ、大学に合格したのと同時に一人暮らしを始め、高校時代までの同級生となるべく顔を合わせないようにしていたのだ。「お団子ができたら、今度はそれを蛇に変えてみて」

「最初にお団子を作ってみましょう」担任の教師は手を叩《たた》きながら言った。

列の間を歩きながら、教師は次々に粘土の形を変えさせた。秀二は真面目《まじめ》な子だったので言われた通りにお団子を作ったり、それを蛇に変えたりしてけっこう忙しかった。

やがて教師が彼のいる列に入ってきた。レンズの大きな眼鏡をかけた四十過ぎの女だった。彼女は秀二の横で立ち止まり、身をかがめるようにした。秀二は粘土細工の出来を見られているのだと思って緊張したが、そうではなかった。

「東江くん、この新聞、おうちから持ってきたの？」

女教師はレンズの奥の目を細めて新聞の端をめくった。秀二が「はい」と答えると、彼女は無言でうなずき、また歩き出した。たったそれだけのことだが、彼にとっては忘れられない瞬間だった。

秀二はそれが『赤旗』という新聞であることは知っていた。家がその新聞の販売店をしていたのだ。店は祖父が始めたもので、秀二は東京の下町にある販売店の二階に、祖父と両親、年の離れた兄の五人で暮らしていた。

「これはね、『赤旗』という新聞だ。あ・か・は・た、だ。うちはこれを配っているんだよ」

祖父はそう言って、秀二に『赤旗』の記事を読んで聞かせていた。読み聞かせるだけでなく、冷蔵庫にマグネットで記事の切り抜きを留めて文字を覚えさせようとした。有り難いことだと思うべきなのかどうか、いまとなってはこれもよく分からないことの一つだ。

『赤旗』を教材にして秀二はたくさんの文字を知ったが、その新聞の持つ意味を知ったのは六年生に進級する春だった。大学に合格して大阪へ行くことになった兄から聞かされたのだ。

兄の秀一《しゅういち》は七つ年上で、その名の通りの秀才だった。秀一は中学の時に勉強に目覚め、それ以来、憑《つ》かれたように勉強をするようになった。兄は手のつけられないガリ勉だった。都立の進学校では常に一、二を争う成績で、東大を受験することを勧めに高校の担任がわざわざ家にやってきたほどだ。両親も東大を受験することを望んでいたが、秀一は家中の反対を押し切って大阪大学の医学部を受験した。そのせいか、祖父は秀一のことを「東江家一の変わり者」と言っていた。あの夜、兄と話をするまでは秀二もそう思っていた。

「秀二、ちょっと付き合え」

あと数日で大阪へ発《た》つという日、秀二は兄から飼い犬の散歩に誘われた。兄とは普段からほとんど口をきかなかったので何だろうと思った。秀二はあまり兄に親しみを感じていなかった。年が離れていたせいもあったが、秀一にはどこか周囲を小馬鹿《こばか》にしているところがあって、その中に自分も含まれていると感じていたのだ。

兄弟は隅田川沿いの大きな公園へ行った。夜の八時頃で、太陽光蓄電を利用したオレンジ色の照明が灯《とも》り、朧《おぼろ》に映し出された夜桜がきれいだった。しだれ桜の向こうに隅田川の黒い水面《みなも》が見え、時折、酔客で賑《にぎ》わう屋形船が行き来した。錦《にしき》おりなす長堤《ちょうてい》に暮るればのぼる朧月——そんなムードの夜であり、いまから思えば舞台装置はすべて整っていたという気がしなくもない。

花見客たちはまだ残っていて、制服姿の警備員が園内を巡回していた。この公園では花見の季節に酔客同士の喧嘩《けんか》がよくあるのだ。喧嘩があるのは花見の季節だけではない。何年か前には対立する暴走族同士の乱闘があり、近所の板金屋に勤めていた男が重傷を負い、半身不随になっていた。秀二はこの公園に来るたびに彼のことを思い出し、暗い気持ちになった。秀二はその男が好きだった。暴走族のメンバーだったのかもしれないけれど、自分にはいつも親切にしてくれたし、パンクした自転車の修理をしてくれたこともあったのだ。しかし、兄の反応はまるで違っていた。事件を知っても同情する素振りさえ見せず、「あの阿呆《あほう》」と言っただけだった。

進路が決まって安心したのか、秀一は犬に語りかけたりして上機嫌だった。秀二は話題を探したが、いい話題が思いつかなかった。それでも離ればなれになる前に何かしゃべらなければと思い、公園のベンチに並んで腰かけていた時、「どうして大阪の大学へ行くの」と言った。その質問が気に入ったらしく、秀一は口笛を吹き、指を鳴らした。

「秀二」

「ん?」

「お前はおれのたった一人の弟だから特別に教えてやる」

その頃に飼っていた「シロ」という秋田犬の頭を撫《な》でながら、兄はにやけた表情で切り出した。

「その話をする前に一つ宣言しておく。おれはもうあの家には戻らない。といっても、じいさんの葬式くらいには出るけどな」

「どうして?」

「そうそう、疑問を持つのは大切なことだ。これからはどんなことにでも常に疑問を持て」

　秀二は兄の方に身体《からだ》を向けて頷《うなず》いた。何となくだが、いい言葉を聞いた気がした。

　秀一は満足した様子で続けた。

「もういなくなるから言うけれど、おれはあの家にいるのが恥ずかしくて仕方がなかった。お前も薄々気がついているだろうけれど、うちは共産党一家だ」

「共産党一家?」

「じいさんが『赤旗』という変な新聞を配っているだろう。あれは共産党の新聞だ。そういう時代遅れの政党があるんだよ。うちはそんなものまで配っている筋金入りの共産党一家だ。それがどういうことか、お前にわかるか」

　秀二は無言で首を振った。皆目見当がつかなかった。

「じゃあ、教えてやろう。難しいことは抜きで言う。あの家にいる限り、お前に将来はないってことだ。数字で言うとゼロということになる」

「ゼロ?」

「そう、ゼロだ。共産党は世間からアカと言われている。つまり、おれもお前もアカの息子だということになる。当然、この犬もアカの犬だ。名前はシロだけど、実体はアカだ。ちょっと口に出して言ってみろ、アカって」

「アカ」

「そう、お前はアカだ。かわいそうに、生まれた時からアカだ。嫌な響きだろう？　昔はアカ狩りというのがあって、アカは狩り取られて牢屋《ろうや》に入れられたりしていた」

「牢屋に？　アカだから？」

「もちろん、アカだからだ。アカは殺されても文句が言えなかった。『蟹工船《かにこうせん》』という本を書いた小林多喜二という男がいて、そいつなんか、アカだからというんで警察に殺された。写真で見たけれど、なぶり殺しだったな。むごたらしい死に様だった。警察はそいつを殺しただけじゃない、死因を調べられたら困るから解剖の邪魔をした し、葬式に来た仲間まで捕まえた。一網打尽だ。飛んで火にいる夏の虫だよ。……まあ、いまはアカだからといって殺されたりはしない。いい世の中になったと思うよ。それでも、お前はアカ呼ばわりされるのは嫌だろう？」

「嫌だ」

「そうだよな。お前もきっとそうだろうと思ったから、この前、ビートルズを聴かせてやったんだ。あれは気に入ったか」

　なぜビートルズの話になるのか、さっぱり分からなかったけれど、秀二は「ちょっと気に入った」と答えた。

「ちょっとか。まあ、いい。とにかく、あれはお前にやろう。他のも全部くれてやる。ニルヴァーナってバンドはいいぞ。レッド・ホット・チリ・ペッパーズとかもな。あいつらのおかげで英語はいつも学年で一番だった。でも、こっそり聴けよ。あれを聴いていると、うちではいい顔をされないからな。共産党はああいうのに反対しているんだよ。あれは自由のシンボルみたいなものだからな」

「自由のシンボル？」

「そう、自由主義社会のシンボルだ。民主主義ともいう。うちは共産党だから、当然、共産主義だ。共産主義では自由は認められていない。嫌な主義なんだ。ここまで説明したところで、お前に問題を出す。二者択一の簡単な問題だ。まあ、どっちかを選べばいいということだよ。なあ秀二、自由な民主主義と不自由な共産主義、お前はどっちがいいと思う？」

「自由な民主主義」

「正解だ。お前はなかなか飲み込みが早い。でも、気をつけろよ。中学生くらいになったら、親父《おやじ》は色んな集まりにお前を連れていこうとする。その時は何でもいいから理由をつけて断れ。そうじゃないと洗脳されちまう。洗脳というのはちょっと難しい言葉だけれど、要するに別の人間にされちゃうわけだ。あれは一種の宗教だからな」

「宗教？」

「そう、血の臭《にお》いがぷんぷんする赤い宗教だ。だからアカという」

秀一は父親が交通違反で捕まった時の話をした。右折禁止のところを曲がったのが見つかって警察署に連れて行かれたのだという。同乗していた兄は警察署で一時間も待たされたらしかった。

「道を曲がっただけだぞ。最初は冗談だろうと思ったけれど、警察は本気だった。パトカーが来た時は何が始まるのかと思ったよ。共産党だと、おちおち車も運転できないわけだ。……たしかにまあ、共産党が右に曲がっちゃいけないけどな」

そこまで話すと、秀一は声を押し殺して笑った。意味がわからなかったが、兄の笑い方がおかしかったので秀二も一緒になって笑った。

「警察ってのも暇だよな、道交法違反で刑事が二人も来るんだから。ただの切符切りのくせに、警察のやつら、おれのことをアカの息子だという目で見てやがった。あの時だよ、おれが家を出て行く決心をしたのは。家を出て、なるべく遠くへ行こうと思った。誰もうちのことを知らないところへさ」

「それで大阪に行くことにしたの？」

「まあ、そういうことだ。ここにいると周りから変な目で見られる。色眼鏡とはよく言ったものだ。悪いことは言わない、お前も一生懸命に勉強して、どこか遠くの大学へ行け。それがたった一人の弟への、おれからのアドバイスだ。わかったな、間違ってもアカには染まるなよ」

兄はそう言って、指先で秀二の頭を軽く突っついた。

秀二が憶えているのはそこまでだ。隅田川沿いの桜はもう目に入らなかった。その後、何を話したのか、どこをどう歩いて家に帰ったのかも憶えていない。

秀二は兄の話に衝撃を受けたし、自分の身に直接降りかかってくる問題として、この話を重く受け止めた。数日の間は、そのことでずいぶん落ち込んだ。泣きたいような気持ちだった。そして、これがきっと悩みと言われているものなのだと思った。それまでにもぼんやりとした憂鬱《ゆううつ》を感じることはあったけれど、悩みといえるほどのものを抱えたのは初めてだった。

とはいえ、秀二の悩みは長続きしなかった。新学年に進級し、以前よりも注意深く周囲を観察するようになったが、兄が言うほどに自分の家のことを気にかけている人はいないような気がした。それに、家の中には禁じられているはずの自由が蔓延《まんえん》していた。映画好きの祖父からは、古いハリウッド映画の録画を頼まれることがよくあった。父は朝から大リーグの中継を観《み》ていたし、母は水泳教室の人たちとの付き合いに忙しそうだった。ビートルズを聴いていても何も言われなかった。小学生なのに英語の歌を聴いているといって、『赤旗』の配達員たちからあべこべに感心されたくらいだ。誰一人として自由とか、兄が言っていた民主主義とかに反対しているようには見えなかった。

しかし、兄が嘘《うそ》をついたとは思わなかった。祖父は『前衛』という難しそうな雑誌を愛読していたし、地元の地区委員会の役職に就いていた父は選挙が近づくと家に戻らない日が続いた。豊かではないにせよ、家の暮らしが共産党によって成り立っていたのは事実だった。長い間、秀二はその事実にぼんやりとした違和感を覚えていた。説明するのが難しいが、中学の修学旅行で大阪へ寄った時に、東京とは何かが違うと感じた、あの感覚に似ていた。

幸い下町の小中学生たちは政治というものにまるで関心がなかった。同級生たちは秀二の家が『赤旗』を配っていることは知っていても、それを気にかけている様子はなかった。それでも秀二は用心して、同級生と話す時はなるべく家業に話題が及ばないようにした。家のことで嫌な思いをしたのは一度だけだ。高二の時に金《きん》という在日韓国人と同じクラスになり、何かの時に「金くん」と呼びかけたら相手が急に怒り出したのだ。おとなしい男だったのでびっくりしたが、その時に聞いた言葉にはもっと驚かされた。

「おれのことはキムと呼べ。そうしなかったら、これからはお前をアカと呼ぶ」

そう言うと、金は肩を怒らせて立ち去った。それ以来、秀二は韓国人が大嫌いになった。中国人も嫌いになり、テレビで反日運動の映像を見るたびに腹が立った。

金は愚直な生徒で、教師にも「キムと呼んでください」と詰め寄っていた。そのたびに授業が中断になり、金の説明を聞かされる羽目になった。日帝支配三十六年とやらに関する御高説で、いまにも「哀号《アイゴー》」という叫びが聞こえてきそうだった。金は呼び方にこだわりを持っている理由を作文に書いたこともあった。作文の内容は忘れたが、高二の時、金ではなくキムと呼ぶように主張していた小男がいたことだけは嫌な記憶とともに秀二の脳裏に焼きついた。

もちろん、秀二は金を嫌っていた。顔を見るだけでむかむかした。金をキムと呼ぶ同級生にも腹が立った。この同級生を嫌うだけでなく、何かに妙なこだわりを持っていたり、特定の主義めいたものを標榜《ひょうぼう》したりする人間はそれだけで嫌いになった。しかし、何よりも腹が立ったのは、そのきっかけを作った金を金と呼べない自分に対してだった。

＊

七月の太陽が真南に来た頃、秀二は世田谷の部屋で目を覚ました。エアコンがつけっ放しの上、窓も半開きになっていた。その窓から薄曇りの空が見えた。秀二は小型の冷蔵庫を開け、ペットボトルからじかにミネラルウォーターを飲んだ。朝まで飲んでいたせいで頭の奥がまだずきずきしていた。

部屋でぼうっとしていると携帯電話が光った。かけてきたのは母だった。兄の秀一が実家に着いたという。兄が帰省したのは十年ぶりだった。その間にも四、五回実家に顔を出したことはあったが、泊まったことはなかった。兄が帰ってきたということは、いよいよ祖父も最期《さいご》なのかもしれないと思った。何にせよ、しばらく実家で過ごすことになる。秀二は部屋を掃除し、数日分の着替えをバッグに詰めて部屋を出た。

祖父は隅田川に近い病院に入院していた。秀一とは五階の廊下で顔を合わせた。

「二年ぶりかな」と秀一は言った。

「いや、三年になるかもしれない」

「一人暮らしをしているんだって？」

「うん、バイトで遅くなることが多いから」

祖父の担当医が来て、兄弟の二年か三年ぶりの会話はそれで終わった。

秀一は担当医と立ち話を始めた。ポロシャツにチノパンという出で立《いた》ちだったが、相変わらずすらりとしていて、小太りの担当医よりもよほど医者らしく見える。父が病室から出てきて、遠慮がちに話の輪に加わった。

秀二は病室に入った。祖父は鼻の穴に管を通された姿で眠っていた。いつ来ても同じ格好で寝ていたから昏睡《こんすい》しているというべきかもしれないが、表情は穏やかで、秀二には眠っているだけのように見えた。母は椅子《いす》に腰かけて居眠りをしていた。無理もない、医者から「今日明日が山」だと言われてから一ヵ月近くになっていたのだ。

祖父は三日前に個室へ移されていた。隅田川が間近に見える小綺麗《こぎれい》な部屋で、天井に埋め込まれているスピーカーから『G線上のアリア』が低く流れていた。隅田川の花火大会がある日で、川べりに大勢の人が集まっていた。思えば、花火の頃には帰ってくると話したのが、祖父と交わした最後の言葉だった。

ベッドの脇《わき》のテーブルに、家族で沖縄に行った時の写真が置かれていた。祖父は名護市の出身で、市のシンボルである大きなガジュマルの木を背景に撮られていた。

「きじむなー」という子供の精霊が棲《す》みついているという高木で、精霊の恨みを買った漁師の船は沈められ、家畜は皆殺しにされるという話は子供の頃に何度も聞かされたものだった。

写真の秀二は麦わら帽子をかぶり、祖父に抱かれていた。右隅にある日付から五歳の頃に撮った写真だとわかった。秀二はその時のことをかすかに憶《おぼ》えていた。那覇《なは》からずいぶん遠く、延々とバスに揺られて夜遅くに着いた記憶があった。名護の街は真っ暗で、ひっそりと静まり返っていた。そんな言葉は知らなかったが、「最果ての街」といった印象があり、祖父から「五泊する」と聞かされて泣きたいような気分になったものだった。

父と兄が病室に入ってきた。二人とも浮かない顔だった。父は窓辺に立って眼下を流れる隅田川を見下ろしていた。秀一はベッドサイドの椅子に腰かけ、個室の中を見回していた。

「それで、どうする」秀一が父にたずねた。

父は窓の外に目をやったまま、「お前の見立ては？」と言った。

「このままなら、あと一ヵ月か二ヵ月は持つ」

「そうか」

「ひょっとしたら三ヵ月持つかもしれない。その間、差額ベッド代が日に二万円ずつかかる」

「別に払えない金じゃない」

「それならいい。大阪では金のことでよく揉《も》める」

「ここは東京だ」

秀一はくっくと笑った。「東京という感じはあまりしないけどな」

父は「このあと、どうなる」と言った。秀一は椅子から立ってベッドを囲んでいるモニターを見た。

「この分だと週明けに呼吸器をつけることになる。かなり大きなやつだ。意識がないから聞けないけれど、たぶん、じいさんはあんなものをつけたがらないと思う」

「仕方がないだろう。それとも他に選択肢はあるのか」

「ないわけじゃない」

「何だ？」

「日にちを決めて、じいさんの仲間に連絡して一緒に見送る。そういう方法がある。休みの日がいいだろう」

父はモニターの前に立ち、長男の顔を覗《のぞ》き込むようにした。その時、母が目を覚ました。

「その方法はお前が考えたわけじゃないよな」

「まさか。日本の医学の裏の伝統として、ずっとあったことだ」

「表か裏か知らんが、めったなことは言うな。たまに裁判になることがあるじゃないか」

「あれは医者がよけいなことを言うからだ。患者の家族に、会わせたい人がいたら呼べと言えばそれで済む。おれはもう百回くらい言わされた。うちの病院では土日に亡《な》くなる患者が多い。大勢の人に見送られて逝《ゆ》くわけだし、その方が幸せだと思う」

兄は祖父の頭を持ち上げて枕《まくら》の位置を直し、指先で髪の毛を整えた。真っ白な眉毛《まゆげ》と髪のせいで、額に浮き出ている染《し》みがひどく目立った。父は腕組みをして自分の父親を見下ろし、ふっと息を吐いた。

「医者にはどう言えばいい？」

「戦友が見舞いに来るまで持たせてほしいと言えばいい。たいていの医者は、それでわかる」

「物は言いようだな。しかし、本人はどう思っているのかな」

「じいさんはよくおれに言っていた。自分は沖縄の山の中で死んでいたはずの人間だ、生き延びたせいで見なくていいものをたくさん見たって。あれは本音だと思う。いまさら呼吸器をつけて、一分でも長く息をしていたいとは言わないよ」

秀一はガジュマルの木を背景に撮った写真を手に取って眺めた。母が横に来て、夕方に見た海がとてもきれいだった、と言った。

「遺灰は名護の海に流してやるといい」秀一が言った。「もう十六年も帰っていないわけだから。それが一番の供養《くよう》になる」

父は頷《うなず》き、そうだなと言った。

秀二も頷いたが、父が俯《うつむ》いて涙を堪《こら》えているのを見て、一瞬、自分が一体何に納得して頷いているのか分からなくなった。

花火大会の混雑を避けるため、その日は早めに病院を出た。隅田川沿いの道は人であふれ、真《ま》っ直《す》ぐに歩けないほどだった。雨雲は消え、川面《かわも》に差す陽がきらきらと輝いていた。どこからか蟬《せみ》の声が聞こえた。急に夏が来たかのようだった。

「仕事は大丈夫か」

夕食の席で、父が秀一にそう訊《たず》ねた。秀一は週明けに大事な手術があるので一度帰ると言った。大事な手術というのは恩師である教授の内視鏡手術らしかった。難しい手術ではないが、その場に居合わせることが何よりも大事なのだという説明に家族四人で何となく笑った。これで祖父を見送るのは翌週の日曜日と決まった。遺影に使う写真を決めようということになり、父がアルバムを持ってきた。祖父の写真を見ている間に、最初の花火が打ち上げられた。

秀二は祖父の部屋へ行き、きれいに整頓《せいとん》された部屋の窓から花火を眺めた。その窓からは花火がよく見えた。子供の頃、祖父と一緒に花火を見ているうちに首が痛くなったことを思い出した。

秀一は缶ビールを持って部屋に入ってくるなり、舌打ちをして「和泉《いずみ》が来る」と言った。

和泉というのは『赤旗』の記者で、父は「おれが『赤旗』に入れてやった」と話していた。父にそんな力があるとは思えなかったが、父の言うことなら何でも聞くという感じだったから本当なのかもしれない。

秀二も兄に劣らず和泉を嫌っていた。むさくるしい髭面《ひげづら》も嫌いだったが、息子に「礼人《れいにん》」などという名前をつけて得意になっている、度し難い共産党員なのだ。もう五十歳くらいだから死んでも直らない口だった。

「あの野郎には虫酸《むしず》が走る」と秀一は言った。かなり飲んでいるらしく、顔が真っ赤だった。

「和泉さんのこと?」

「あいつをさん付けで呼ぶ必要はない。あの野郎は陰でじいさんを二十日大根と言っていたんだ」

「二十日大根?」

「二十日大根の根は赤いだろう。でも、赤いのは表面だけで中は白い。あいつはそう言ってじいさんを売ったんだよ」

「どういうこと?」

「相変わらず血の巡りが悪いな。秀二、お前は一ノ瀬というじいさんを憶えていないか」

「ああ、憶えている」

一ノ瀬というのは祖父の友人で、本所吾妻橋《あずまばし》の碁会所で、祖父とよく碁を打っていた老人だった。

「あのじいさんが深川署の刑事だったことは知っているか」

「刑事?」

「あちこち回って、最後は深川署にいた。じいさんは碁会所で刑事に会っている、和泉は党にそう話していたんだよ」

「その話、誰から聞いたの？」

「ある時、じいさんが酔って言っていた。それを聞いて、親父《おやじ》がいつまでも地区委員会の末席に連なっている理由が分かった。複雑な気持ちだったよ。あそこで出世されても困るけれど、自分の親父が職場で下《した》っ端《ぱ》扱いされているなんて、やっぱり悔しいじゃないか」

「それは、そうだ」

秀二は小学生の頃から一ノ瀬という人を知っていた。鼈甲縁《べっこうぶち》の眼鏡をかけた人のよさそうな老人で、大学に合格した春に浅草の寿司屋《すしや》へ連れて行ってもらったことがあった。その時は矍鑠《かくしゃく》としているように見えたが、それから一年もしないうちに亡くなったと祖父から聞かされた。

「ただの碁の仲間に見えたけれど」と秀二は言った。

「あの人はじいさんの戦友だ」

「戦友？　じいさんがいた部隊はあっという間に全滅したんじゃなかったっけ」

「あっという間に全滅したあとの戦友だ。水も食い物もなくなって、沖縄の山の中をふらふら逃げ回っていた時に、あのじいさんがいた部隊に出会ったわけだ」

「それでか、同い年なのに一ノ瀬さんの方が上という感じだった」

「何を言っている、じいさんは名護で徴兵された二等兵だぞ。陸軍で最末端の兵隊だ。戦争へ行った人間はみんなじいさんより上なんだよ」

秀一は帝国陸軍の階級に詳しかった。祖父がどれほど下っ端だったかという話を聞いているうち、居間の方が賑《にぎ》やかになった。和泉が来たのだ。家族連れで花火見物に来たらしく、女房や娘の声が聞こえてきた。

「和泉の話、父さんも知っているんだろう」と秀二は言った。

「当たり前だ。それでも、ああやって嫌々付き合っている」

母が小さな額縁に入れた祖父の写真を持ってきた。母は祖父の文机《ふづくえ》の上に写真を置き、いい写真だと思わないかと言った。写真の祖父はグレーの背広を着て、柔和そうな笑みを浮かべていた。実際、柔和な人だった。秀二は祖父が怒っているのを見た記憶がなかった。

「ようやく夏らしくなってきたね」

母は蚊取り線香を窓辺に置き、団扇《うちわ》を使いながら花火を見た。窓から浴衣姿《ゆかたすがた》の人たちが見えた。隅田川の花火はいまが盛りで、打ち上げの音がやかましいほどだった。スイカ、浴衣、花火、蚊取り線香——祖父がいないことを別にすれば、子供の頃に見たのと同じ夏だった。

その日、秀二は午前中から病室にいた。面会時間は四時からだったが、三時頃から親戚《しんせき》が集まり始め、病室は花で一杯になった。気のせいか、スピーカーから流れるバッハの音量が普段よりも高いように感じた。秀一は、勤務先のICU病棟でも『G線上のアリア』が流されていると言った。リハビリ病棟はビバルディ、産婦人科はモーツァルト、葬送曲はバッハと決まっているらしかった。

四時前に、担当医が最後の回診に来た。小柄な割に毛深い男で、診察衣の袖口《そでぐち》から覗く毛むくじゃらの腕が気味悪かった。

「よかったね、今日はお友だちがたくさん来てくれていますよ」

医者は子供に話しかけるような口調で祖父に言い、バインダーに挟んだ用紙にあれこれと書き込んでいた。今日で最後だという思いからか、ふだんよりも口調がゆったりとしていた。

廊下が騒がしくなってきた。四時になったのだ。親戚に呼ばれ、秀二は兄と一緒に病室を出た。廊下には三十人ばかりの人がいた。祖父のひ孫に当たる三歳の女の子もいた。

「あそこにいる人が呼んでいる」

親戚の一人に教えられ、秀一が長椅子《ながいす》のところへ行った。椅子に三人の老人が腰かけていた。戦友たちだろう、と秀二は思った。兄は老人たちに会釈《えしゃく》し、中腰になって話していた。どの人も八十は過ぎていて、一人はステッキを手にしていた。

エレベーターホールの方から女の子がやってきた。グレーのサマースーツを着た二十歳くらいの子だった。ストレートの黒いロングヘアで、いまどきにしては珍しいタイプだ。彼女は老人たちのいる長椅子の前で立ち止まった。祖父のお供をしてきたのだろう、俯いて秀一の説明に聞き入り、時折、顔を上げて病室の方を見た。秀二はひと目でその顔が気に入った。額が広く、左目の下によく目立つ泣きぼくろがあった。特にいいのは目だ。瞳《ひとみ》はまるで二つの大きな斑点《はんてん》のようで、その真っ黒な斑点が実に愛らしく動くのだ。

秀一と話していたのはステッキを手にした老人だった。その人は八十四、五に見えた。総白髪で、色が浅黒く、やや尖《とが》って見える顎《あご》に特徴があった。老人は腕時計をちらっと見て、秀一の手を借りて立ち上がった。割に背が高かった。高いといっても一七〇センチあまりだが、その世代にしては長身の部類で、こちらへ向かってくる足取りもしっかりしていた。一緒に立ち上がった老人は足を引きずっていた。兄がその人の身体《からだ》を支えて病室の方へ連れてきた。

「まだのようです」親戚の一人が「まだのようです」ステッキの先でドアを叩《たた》いた。

「もういいかな」

ステッキを手にした老人が誰にともなく言った。親戚の一人が「まだのようです」と答えたが、老人は「もういいでしょう」と言ってステッキの先でドアを叩《たた》いた。

担当医が怪訝《けげん》そうな顔で廊下へ出てきた。病室の時計は四時十分を指していた。医者は人の多さに面食らった様子で、「では、お見舞いの方から」と言った。数人が病室へ入った。老人たちも入ろうとしたが、四、五人が入ったところで医者が手で制した。

「順番にお呼びしますので、しばらくお待ちください」

「先生」ステッキの老人はかすれたような声で言った。「待つのはいいですが、何を待つのですか」

小柄な担当医はぽかんとして老人を見上げた。老人は医者の頭越しに病室の中を見ていた。そこからはシーツに覆《おお》われた祖父の下半身しか見えなかった。老人は咳払《せきばら》いをしてから言った。

「東江はもう持たないと聞きました。それとも、あの男は持ち直したのですか」

担当医は渋面《しぶづら》で床に目をやった。この田舎者とでも言いたげな表情だった。

「持ち直したということはありません。ご高齢ですからね」

ご高齢という言葉は当てつけのように聞こえたが、老人は小さく頷きながら言った。

「じゃあ、先生にはもうすることがないわけだ」

秀二はその言葉にぎょっとした。医者の視線に遭い、秀一は困った様子で下を向いた。

「浜島先生」老人はブルーの診察衣の名札を見て言った。「別に騒ぎに来たわけではありません。別れを言いに来たのですよ。もう手の施しようがないのなら、あいつの子供や孫、ここにいる戦友たちと一緒に見送ってやりたい。そうすれば東江もきっと喜ぶ。うちの孫の顔も見せたい。あの男がいなかったら、生まれてくることもなかった孫です」

女の子は話の途中で俯いた。医者は彼女をちらっと見て咳払いをした。何か言いたそうだったが、結局、黙ったままだった。

老人は入り口から病室の中を見ていた。しばらくすると、「ひいじいちゃん」と呼びかけるひ孫の声が聞こえた。廊下にいる誰もがじっと耳を澄ませていたが、もちろん返事はなかった。

老人は六日後に行われた葬儀にも孫娘を連れてきた。芳名帳にあった名前は前島勇作、住所は目黒区の青葉台になっていた。

前島勇作は四人の老人と一緒だった。彼らは斎場の待合室で酒を飲み、火葬が始まるのを待っていた。喪服を着て肩を寄せ合っている老人たちは、元気のないカラスの一団のように見えた。

秀二はビールを飲みながら孫娘を観察した。彼女はワンピースの喪服を着て、老人たちからテーブルを一つ隔てたところに座っていた。黒を身につけていたので大人びて見えたが、退屈している様子でピンク色の携帯電話を何度も開閉していた。

「病院で会いましたね」秀二は向かいに座って彼女に声をかけた。「この前はうちの祖父を見送ってくれてありがとう」

彼女は顔を上げて目を瞬《また》かせた。「東江さんですか」

「東江秀二です。あそこにいるのは君のおじいさんでしょう」秀二は本人に気づかれないように指差して言った。

「そうです」

「おじいさんの話はすごくよかった」

「祖父の話が、ですか」

「うちの祖父がいなければ孫は生まれて来なかったという話だよ。あれは君のことを言っていたんだろう？　あの話にはぐっときた」

彼女はハンドバッグに携帯をしまい、「あれには私もびっくりしました」と言った。「色々なことを考えました。たくさんのことが繋がって、その結果、いまの自分がいるのだなって」

「僕もそう思った。そんなふうに考えたことは一度もなかった。遠い昔に戦争があって、負けて帰ってきただけだと思っていた。でも、それだけじゃなかったんだね」

話しているうちに、秀二は本当に感激してきた。彼女が生真面目《きまじめ》な顔で頷《うなず》いていることにも感激したが、それだけではなかった。死んでしまえば、その人の子孫はただの一人も生まれてこない。この子もそうだし、自分もこの世に存在していない。あの言葉には戦争の真実が込められている気がした。

彼女は前島沙耶子《さやこ》といった。英文科の二年生で、実家は小田原だが、いまは祖父の家から大学に通っていると言った。快活な口調で話す子で、くりくりとした目がよく動いた。人ごみの中ではぐれてしまった人を探しているような目だった。

秀二はビールを持ってきて彼女に勧めた。父も兄も飲んでいたし、この待合室ではいくら飲んでもかまわないようだった。

沙耶子は自分の祖父の話をした。朝夕に公園を一緒に散歩し、出かける時もなるべく同行するようにしているのだという。尖った顎をした、怖そうな老人だったが、散歩の時に沖縄の話を聞くのがとても楽しい、と彼女は言った。

「おじいさまは沖縄のご出身だったのですよね」と沙耶子は言った。「東江さんという姓は珍しいと言ったら、沖縄にしかない名前だと祖父が教えてくれました」

「そうだと思う。沖縄では太陽が昇る東を『上《あ》がり』、西を『入《い》り』というらしいから」

「それで西表島《いりおもてじま》というのですね」

「そういうことなんだろうね」

「南と北は何というのですか」

「それはわからないな。もうすぐ沖縄へ行くから聞いてくる」

秀二は沖縄の海に祖父の遺灰を流しに行くつもりだと話した。沙耶子は生まれ故郷の海に遺灰を流すことにある種の感銘を受けたようだった。彼女は背筋を伸ばして秀二の話に頷き、泡の消えたビールに口をつけた。秀二は彼女のグラスにビールを注ぎ、かすかに憶《おぼ》えている名護の海の話をした。

「前島さん、沖縄へ行ったことは？」

「一度だけ。でも、沖縄の曲なら知っています。戦争のことを歌った曲も」

「へえ、何という曲？」

「『さとうきび畑』です」

「知っているよ」

秀二は一息でビールを飲み干し、「ざわわ　ざわわ　ざわわ」と口ずさんだ。沙耶子は楽しそうに頷き、細い声で「広いさとうきび畑は」と続けた。

ざわわ　ざわわ　ざわわ
風が通りぬけるだけ

「これは戦争の歌だったのか」と秀二は言った。

「何の歌だと思っていたのですか」

「さとうきび畑の歌だと思っていた」

沙耶子はビールを噴き出しそうになった。「戦争の歌です。とても長い曲なんですよ」

「知らなかった。せっかくだから、さとうきび畑に吹く風の音を聞いてくるよ。海へ行ったり、畑へ行ったり、忙しい旅になりそうだ」

話が弾んでいい感じだった。秀二はもっと話をしていたいと思ったが、五分くらいして葬儀屋が来て、火葬の準備が整ったことを知らされた。

火葬が終わったのは三時過ぎだった。骨拾いを済ませてホールへ戻ったところで、秀二は沙耶子から祖父を紹介された。思っていたよりも愛想のよい老人で、秀二に大学の学部を訊《たず》ね、沖縄へ出かける前に訪ねて来なさい、と言った。頼みたいことがあるという。沙耶子とまた会う口実がほしかったので、秀二としても渡りに舟だった。

「おじいさんからもらった泡盛が残っている。あれを一緒に飲もう。沙耶子、彼に連絡先を教えてあげなさい」

沙耶子は電話番号を書いた紙を秀二に渡し、いつ沖縄へ行くのかと訊ねた。いつでもよかったのだが、秀二は「来週」と答えた。

「沖縄では道に迷わないでくださいね」

沙耶子はそう言って、いたずらっぽい笑顔を見せた。秀二は知らなかったが、沖縄では南を「ふぇー」、北を「にし」と言うらしかった。

八月十日の昼、秀二はボストンバッグと遺灰を入れた小さな壺《つぼ》を持って実家を出た。

暑かったので渋谷駅からタクシーに乗った。前島勇作の家は旧山手通りから細い路地を南西に入ったところにあった。鉄製の門柱の先に玄関まで続く三メートルほどの小道があり、両側に赤やオレンジの花を咲かせた鉢植えが並べられていた。大きな家ではないが、老人と孫娘が暮らすには十分な広さだった。

インタフォンを押すと、沙耶子が座を回って出てきた。彼女は会うたびに印象が変わる。この日はオレンジ色のTシャツにジーンズというスタイルで、長い髪を肩のあたりで結んでいた。

秀二は小さな庭に面した応接室へ通された。応接室は十畳くらいで、ゆったりとしたソファーセットが置かれていた。亡《な》くなった祖母が作ったというモビールが天井からぶら下がり、七、八羽のカラフルな鳩《はと》がエアコンの風に揺れていた。

秀二は渋谷駅で買ったケーキを渡し、沙耶子はコーヒーを淹《い》れに行った。庭に白い砂が敷かれ、ハイビスカスの鉢植えが置かれていた。八月の強い陽射《ひざ》しのせいで、白い砂が眩《まぶ》しいほどだった。

前島勇作は読書家らしく、可動式の本棚にぎっしりと本が詰め込まれていた。秀二は分厚い本を取り出してぱらぱらとめくった。黒革の表紙に『帝国陸軍編制総覧』という金箔《きんぱく》が押され、奥付に十万円近い定価が記されていた。陸軍の部隊名や軍人の名前が列記された本だった。秀二は索引を見て、沖縄守備隊である三十二軍のページを開いた。前島勇作は「那覇司令部情報参謀付中尉《ちゅうい》」となっていた。参謀付中尉というのが何をするのかは分からなかったが、二十代の半ばで中尉なら、かなり偉かったのだろうと思った。

知らない人たちの名前を見ていても仕方がないので、秀二はソファーのテーブルに置かれていた文庫本をめくった。『秘話　陸軍登戸研究所の青春』という本だった。よくある戦中秘話物だろうと思ったが、「はじめに」と題された序文を読んで興味をひかれた。

「帝国」とは多民族国家の集合体である。したがって「大日本帝国」に例をとると、朝鮮民族も千島のイヌイットも台湾の高砂族《たかさご》も漢人も、樺太《カラフト》の白系露人も南洋群島のポリネシア人も、すべて「帝国臣民」ということになる。同じように、当時は「日本人」といえば、大和民族も朝鮮民族も台湾人も「日本人」だったのだ。「満州帝国」は「大日本帝国」の版図《はんと》の中の「準帝国」に位置する。「帝国」が多民族国家の集合体だという説明はわかりやすかった。この著者が書いているように、ローマ帝国も、大英帝国も、オスマントルコも帝政ロシアも、多くの属州や自治領を抱え込んでいたのだ。

この本は定義づけが明快だった。「大戦」と「戦争」の違いを説明するのに、著者は「版図」という言葉を使っていた。それによれば国と国との争いが「戦争」で、「大戦」とは版図の拡大に伴う衝突を指す。だからこそドイツのポーランドへの侵攻が英仏による対独宣戦布告となり、第二次世界大戦に発展したのだという説明は実にわかりやすかった。

なにゆえに支那《シナ》（中国）大陸への進出が日米の激突を招来したのか。また第二次世界大戦での徹底的な敗戦にもかかわらず、なぜ日本が再度、経済大国として甦《よみがえ》ったのか。その理由とは、アメリカは「大日本帝国」を解体したのであって、「日本」を滅亡させたわけではないからである。

同様にナチスの「第三帝国」は消滅しても、「ドイツ」は大戦前より発展している。皮肉なことに、アングロサクソンの帝国版図も終戦と同時に解体され、やがては冷戦終結とともに擬似帝国のソ連も消えた。……

「よく来たね」

声に気づいて顔を上げると、応接室の入り口に前島勇作が立っていた。グレーのガウンを着て、白いパイプを手にしていた。

「まあ、そのへんにかけて楽にしなさい。飛行機は何時だ?」

「四時半です」

「気をつけて行ってきなさい」

老人はエアコンの温度を上げ、沙耶子に眼鏡を持ってくるように言った。孫娘の返事を聞くと、ゆったりとソファーに腰かけ、白いパイプに葉っぱを詰め始めた。風呂《ふろ》上がりらしく、白髪が少し濡《ぬ》れ、所どころが金色に見えた。

「そんな本に興味があるなんて珍しいね」

「この本のまえがきは面白いと思いました」

「どんなことが書いてある?」

「帝国とは多民族国家の集合体である、と書いています」

「そんなことが書いてあるのか。私はあとがきしか読んでいないが、それは面白かった」

「あとがきですか」

「うしろの方に書いてあったから、きっとあとがきだろう」

秀二は最後の方のページを開いてみた。


もし日本がポツダム宣言を受諾せず、そのまま戦争を続行していたら、昭和二十一年三月一日、百三十万の米軍が十万台の戦車と装甲車をともなって湘南《しょうなん》海岸に上陸する手筈《てはず》になっていた。しかも直前の二月九日から月末までの二十日間、湘南海岸と日本軍の陸海軍基地及び市街地に対して、連日艦砲射撃と空爆を間断なく繰り返した上に、である。


「コロネット作戦のことが書かれていますね」と秀二は言った。

「ほう、君はコロネット作戦なんか知っているんだ」老人は長いマッチでパイプに火を点《つ》けた。

「祖父が話していました。湘南海岸だけでなく、九十九里浜からも上陸する計画だったと聞きました」

「おじいさんは、それからどうなると言っていた？」

「おそらくソ連が介入してきて、日本は東西に分断されていた、その結果、東日本民主主義人民共和国みたいな国ができていただろうと言っていました。共産党員でしたから、少し願望が混じっていたのかもしれません」

老人は首をかしげ、「それは違うだろう」と言った。

「ただの当てずっぽうです」

「いや、そうじゃない、君のおじいさんは共産党員ではなかったはずだよ」

「そうなのですか」

「お父さんに聞いてごらん、新聞店の名義はお父さんになっているはずだよ。その前は亡くなったおばあさんの名義だった。君のおじいさんが共産党員だったという話は一度も聞いたことがない」

秀二には初耳だった。前島勇作は棚から泡盛の瓶を持ってきて「飲むか」と言った。祖父からもらった山原《やんばる》の古酒だという。秀二は小さなグラスに注がれた古酒で老人と乾杯し、ほんの少し口をつけた。酒は好きだったが、泡盛は苦手だった。

老人は沖縄の話をした。沖縄の酒や食事、シーサーなどに関する話だった。シーサーは「獅子《しし》さん」から転じた言葉で、魔除《まよ》けの一種だという。秀二はシーサーに雌雄の別があるのを初めて知った。口を閉じているのがメスで、それは幸福を離さないためだ。

「女というのはがめついからな。君も気をつけた方がいいぞ」元帝国陸軍中尉はそう言って笑った。

部屋の中は煙だらけだった。老人は窓を開け、ハイビスカスの鉢植えを見下ろしながら言った。

「おじいさんから当間《とうま》という人のことを聞いたことがないか。その人は名護の電気屋さんなんだが」

「いいえ。その電気屋さんがどうかしたのですか」

「電話でおじいさんの葬儀の日取りを伝えたが、娘さんの口ぶりだと、どうも死にかけているみたいだった」

「祖父の友人ですか」

「幼馴染《おさななじ》みのようだね。私の知り合いでもある。なあ君、名護まで行くなら当間さんに見舞金を渡してもらえないか」

「お安い御用です」

「ありがたい。名護へは何度行った?」

「一度だけですが、向こうに伯父がいるので大丈夫だと思います」

前島勇作は窓を全開にし、秀二の前のソファーに腰を下ろした。たちまち熱い空気が入ってきて背中から汗が噴き出してきたが、老人は気にかける風でもなく、名護の話をした。

「あの街に大きな木がある。一度見たら忘れられない木だ」

「ガジュマルの木ですね。高さが二十メートルくらいもある」

「そう、ひんぷんガジュマルという。ひんぷんというのは屏風《びょうぶ》のことで、あれも魔除けの一種だ」

「沖縄にはたくさん魔除けがあるのですね」

「それだけ魔物がたくさん棲《す》みついているということだろう。しかし、怖がることはない。沖縄の魔物には弱点がある」

「何ですか」

「角を曲がるのが苦手なんだよ。だから家の前にひんぷんを建てて、魔物が入ってくるのを防ぐ。そういう家がまだ残っている」

秀二は頷いた。「それで、名護のガジュマルの木が何か」

「場所の説明だよ。あの木の近くに商店街がある。そこで当間電気店といえばわかるはずだ」

「了解しました」

沙耶子がコーヒーを持ってきた。前島勇作は写真屋が来るのはいつかと訊《たず》ねた。沙耶子は、十二日の午後で、自分はその日に小田原へ帰ると言った。

「写真を撮るのですか」沙耶子が部屋を出ていった後、秀二はたずねた。

「遺影を撮ってもらうことにした。もう八十五だからね。私もあと半年かそこらのものだ。君のおじいさんと碁を打つのが楽しみだよ」

「陸軍の元中尉が何をおっしゃるのですか」

「少尉だ」老人は尖《とが》った顎《あご》を撫《な》でて秀二を見た。「終戦になってから中尉になっていたと聞かされただけだ」

「ではやはり中尉でしょう」

「そんなことはもうどうでもいい。まあ、今日は飛行機に乗り遅れない程度に飲んでいきなさい」

前島勇作が出て行き、秀二はほっとした。うまく言えなかったが、あの老人の周囲には他の人とは違う時間が流れている気がした。それは自分の祖父からは感じたことのないものだったから、年のせいだけではないはずだった。

沙耶子が見舞金の入った封筒を持ってきた。秀二は彼女とケーキを食べ、また会う約束をして携帯電話の番号とメールアドレスを交換した。泡盛を飲んだせいで、ケーキの味はほとんどわからなかった。

二階から音楽が聞こえてきた。中国語の歌で『夜来香《イエライシャン》』という曲だと沙耶子が言った。彼女の祖父は中国語が話せ、戦争中に上海《シャンハイ》にいたこともあるようだった。東京、上海、沖縄――ずいぶん忙しい中尉だったのだな、と秀二は思った。

那覇に着いたのは七時近くだった。

飛行機は満席だった周りにいた子供たちの声がやかましく、空港に着いた時はほっとした。日没が迫っていたが、外には夏の重い空気が充満していた。半端《はんぱ》じゃない暑さだ。

秀二は名護行きの高速バスで空港を離れた。渋滞に巻き込まれ、インターチェンジまで三十分以上かかった。ようやく高速道路へ上がると今度はほとんど車を見かけなくなった。沖縄本島は北へ行くほど山がちになり、風景が淋《さび》しくなる。二十分も走ると対向車線の車とすれ違うことさえなくなり、バスごと闇《やみ》の中へ吸い込まれていくような錯覚に襲われた。

伯父がバスターミナルで待っていた。伯父とは葬儀の時に顔を合わせていた。高校の元国語教師で、沖縄の人間らしく陽に焼けた茶色い肌をしている。六十代の半ばで、白髪の混じったちょび髭《ひげ》を生やし、見ようによってはコミカルな外見の人だが、物腰は紳士的で会話の端々に教養のようなものが感じられた。

伯父の家は郊外にあった。森の外れにぽつんと建つ古い平屋で、近くを流れる小川の音が絶えず聞こえた。三人の娘は嫁いでいて、居間に孫たちの写真が飾られていた。

「空き部屋が三つあるから好きな部屋を使えばいい」

伯父にそう言われ、秀二は奥の角部屋を使うことにした。青々とした畳の八畳間で、窓際《まどぎわ》の棚にカラフルな容器が置かれていた。伯父の教え子が作った琉球《りゅうきゅう》ガラスの置物だという。窓の向こうは鬱蒼《うっそう》とした森で、あたりは怖いくらいに静かだった。

伯父は遺灰を入れた壺《つぼ》を祭壇に供え、秀二に予定を訊ねた。名護湾に遺灰を流すだけだと話すと、それなら船宿を経営している教え子に船を出させる、と言った。

その夜、秀二は遅くまで伯父とビールを飲んだ。伯父はよく飲む人だった。祖父の思い出話が済むと、伯父と飲んでいたオリオンビールの話になった。名護の湧《わ》き水で造っているというビールで、ひんぷんガジュマルのそばに工場があると聞き、秀二は当間電気店の場所をたずねた。

伯父は、なぜ電気屋を知っているのか、と訊ねた。秀二は、祖父の戦友から見舞金を預かってきたと話した。

「電気屋はもうないよ。十年くらい前に廃業して、いまは娘が一人で住んでいる。ガジュマルのそばに住んでいるから見舞金は娘に渡せばいい」

「せっかく来たのだから本人に渡します。当間さんが入院している病院は遠いのですか」

「いや、車ならすぐだ」

伯父は台所にいた伯母に「おかあさん」と声をかけ、当間氏の病室をたずねた。伯母は新しいビールを持ってきて、「二階だったと思う」と言った。

「秀二くん」伯父がビールを勧めた。「見舞いに行くのはいいが、当間というのはちょっと怖いおじいさんだよ」

「どう怖いのですか」

「傷痍《しょうい》軍人なんだ」

「傷痍軍人？」

「片方の脚がないんだよ。戦争の時に撃たれたかどうかしたんだろう。けがをして壕《ごう》の中にこもっている間に足が壊死《えし》して、米軍の医者に根元から切られたと聞いた」

秀二は別に怖いとは思わなかった。似たような話は祖父からも聞いていたし、戦争というのはそういうものだと思っていた。むしろこの街の静けさと、闇の深さの方が不気味だった。いかに郊外とはいえ、川の音しか聞こえないのだ。

「怖いのは脚がないことではない」と伯父は言った。「昔はそういう人がざらにいた。銭湯なんかでよく見かけたものだ」

「そうそう、私らが子供の頃はあちこちにいなさった」と伯母も言った。

「では何が怖いのですか」

「秀二くん、君に見舞金を渡したのは、戦争中に伊是名島《いぜなじま》にいた軍人だと思う」

「伊是名島?」

「ここから北へ三十キロくらい離れたところにある島だ。さとうきび畑しかない島だよ。戦争の時に、米軍に追い詰められてその島へ逃げた将校がいる。その将校が戦後に出世して雑誌のグラビアに出たことがあった」

「雑誌のグラビアに?」

伯父が言っているのは中高年向けの総合雑誌のことだった。その雑誌に『同級生交歓』というページがあり、将校が陸軍の学校の仲間たちと一緒に出ていたことがあるという。伯父が何を言おうとしているのか、秀二にはおおよその見当がついたが、話はむしろ怖くない方に向かっている気がした。

「その将校が当間さんの上官だったわけですか」と秀二はたずねた。

「そうだったらしい。当間さんがいた部隊はばらばらになって、ほとんどの兵隊が死んだ。それなのに、離島に逃げた将校はぴんぴんしていて出世街道を歩んでいる。当間さんは雑誌を読んで頭に血が昇ったわけだよ」

「そうそう」伯母が頷《うなず》きながら言った。「確か山岡という将校さんよね」

「山岡といったかな」

「山岡さんよ。電気屋の壁にずっと雑誌の切り抜きが貼《は》ってあったもの」

雑誌が出たのは沖縄が本土に復帰して二、三年たった頃で、元将校は警察官僚からある国へ大使として赴任すると書かれていたという。伯母と話しているうちに記憶が甦《よみがえ》ったのか、「確かコスタリカ大使だった」と伯父は言った。

「ともかく中米のどこかの国の大使になると書かれていた。要するに、出世して名誉職をあてがわれたわけだよ」

「コスタリカ大使というのは名誉職なのですか」と秀二は訊ねた。

「何の仕事もないと思うよ。コスタリカあたりへ行くのは暇をもてあました学生くらいのものだろう。普通の人間は生活に忙しくて、コスタリカのことなんか一秒たりとも考えない」

秀二は注意深く伯父の話を聞いた。山岡という名前は初耳だったが、さとうきび畑しかない離島に将校がぞろぞろいるとも思えず、山岡というのは伯母の記憶違いで、前島勇作のことではないかと思った。であれば祖父とも関わりのある話かもしれないと思ったが、伯父の話はそこでいったん途切れた。

「伯父さん、それで怖い話というのは?」

伯父は困ったような顔で首をかしげ、これは聞いた話だよ、と言った。

「当間さんは激昂《げっこう》して外務省と大使館に手紙を出した。何通も出したらしい。その手紙には根元から切断された脚の写真が入っていたそうだよ」

「脚の写真が?」

「たぶん米軍が撮ったのだろう。もちろん当間さんの脚かどうかはわからない。しかし、他の人の脚だろうか。写真の脚は黒ずんでいて足首の骨が見えていたそうだ」

秀二は切断されて黒ずんだ脚を思い描いてみた。うまくイメージできなかったが、手紙を受け取った大使の驚きは想像できた。瀟洒《しょうしゃ》な造りの大使館に、腐乱した片脚の写真ほど不釣合いなものはない。

「いまの話はおじいさんから聞いた」と伯父は言った。

「なぜ祖父はそれを知っていたのですか」

「雑誌が出て一年くらいして、おじいさんが伊是名島にいた軍人を連れて来たことがあった。その人を当間さんに引き合わせると言っていた。おかあさん、あの時はうちに二、三泊したっけ？」

伯母は頷き、「それくらいいなさった」と言った。

「ここへ来たのは東京の前島さんという人ではありませんか」と秀二は言った。「見舞金はその人から預かってきました」

伯父はまた「おかあさん」と伯母に呼びかけた。「あの人は前島さんといったかな」

「どうだったかしら」伯母は首をひねり、秀二のコップにビールを注ぎ足した。

伯父も伯母も一緒に来た元軍人の名前は憶《おぼ》えていなかった。何しろ、三十年以上も前のことなのだ。伯父たちが憶えていたのは元軍人が戦争中に伊是名島にいたと話していたこと、その人には二十五、六の娘がいて、名護を離れる日に娘が車で迎えにきたことくらいだった。


翌日、伯父が車で市の中心部を案内してくれた。

名護は静かな街だった。東シナ海に瘤《こぶ》のように突き出た本部《もとぶ》半島の付け根にあり、白いサンゴ砂を隔てて穏やかな内海に面している。人口六万と聞いたが、そんなにいる感じがしない。バイパス沿いに南国そのものといったアダンの街路樹があり、その向こうは絵ハガキで見るようなエメラルドグリーンの海だった。

海岸にはほとんど人影がなかった。昼間は直射日光がきつく、ビーチが賑《にぎ》わうのはむしろ朝夕だという。真夏なのに、長袖《ながそで》のシャツを着ている人が目立った。紫外線を避けるためで、余所者《よそもの》は服装だけで見分けがつくと伯父は言った。

船宿はバイパスを十分ほど走ったところにあった。教え子は四十歳すぎの人で、クバの葉で編んだ三角形の帽子をかぶっていた。秀二も同じ帽子を貸してもらい、古いモーターボートで名護湾に出た。

よく晴れた日で、入道雲が湧き、海がきらきらと光っていた。ウインドサーフィンをしている人が多かった。名護の海は緑色をしていた。海から見る砂浜は真っ白で、目に痛いほどだった。沖に出ると小さな釣り船が近づいて来た。デッキにサングラスをかけ、魚の尻尾《しっぽ》を持った男が立っていた。四、五十センチの魚が男の胸元で左右に動いていた。船宿の主人は笑顔で手を振ったが、「あれくらい、たいしたことはない」と秀二に言った。モーターボートは一直線に沖へ向かい、浜にいる人たちが点にしか見えなくなったところで止まった。そのあたりが湾でも一番きれいなのだという。秀二は主人に礼を言い、サンゴの影が揺れる海に祖父の遺灰を流した。港を出てから五分とたっておらず、あっけないくらい早く済んでしまった。

船宿でタカサゴの塩焼きを食べた後、伯父の運転する車で高台にある病院へ行った。旧盆で帰省している人が多く、病院は見舞い客で混み合っていた。当間氏は二階の個室に入院していた。「面会謝絶」の札がかかっていたが、半開きになったドアから年配の女が伯父に頭を下げた。

当間氏はひどく小柄な老人だった。がりがりに痩《や》せ、アウシュビッツで発見されたユダヤ人を思わせた。頬や顎《あご》の骨が飛び出ているように見え、目にまったく力がなかった。とても元上官に片脚の写真を送りつけた反骨の人には見えない。伯父の姿を見ると、それでも身体《からだ》を起こそうとしたが、この老人と話をするのは無理だろうと秀二は思った。

病室にいたのは六十歳くらいの瘦せた女がいた。年の割に背が高く、グレーの地味なワンピースを着ていた。伯父から当間氏の娘だと紹介され、秀二は戸惑いながら預かってきた見舞金と手紙を渡し、「お大事に」と言った。どう見ても当間氏の娘に見えなかった。

「夏を越せば楽になる」

伯父は当間氏にそう語りかけ、商店街の人たちの話をした。当間氏の娘は立ったままで秀二が渡した手紙を読んでいた。

「伯父さんの家には夏休みで?」

唐突に彼女からたずねられ、秀二は「ええ、まあ」と答えた。遺灰を流しに来たとは言いにくかった。いつまでいるのかと訊ねられた。秀二は「三、四日」と答え、帰りの便が満席で予約が取れないと話した。彼女は無言で頷《うなず》き、冷蔵庫にあったオレンジジュースを差し出した。落ち窪んだような目の下の深い皺《しわ》が印象に残った。

「あれは養女だよ。当間さんの戦友の娘だ」

駐車場へ向かう途中で伯父からそう聞かされ、秀二はようやく腑《ふ》に落ちた。実の娘にしては大柄だったし、二十歳そこそこで片脚をなくした男が戦場から戻ってすぐに結婚していたとも思えなかった。

「あの二人を見ていると、いつも木山捷平《しょうへい》の詩を思い出す。いい詩なんだが、君は知らないだろう。間違っても教科書に載ることはないからな。何しろ『メクラとチンバ』というんだ」

伯父は車の中で詩を空で言った。働き者のチンバの女がメクラの男のもとへ嫁入りする、貧乏な生い立ちだった二人はかたく抱きあって寝る——そんな詩だった。

秀二は伯父の家に六泊した。飛行機のシートが取れなかったのだ。名護は暑かった。

海水パンツを買って一度海へ出かけたが、陽射《ひざ》しが強くて浜へ出ることもできず、結局、伯父の家で高校野球を見て過ごした。

名護を離れる前日、秀二は沙耶子へのお土産を買い、オリオンビールの工場で伯父とビールを飲んだ。ずいぶん大勢の客がいた。隣のテーブルに東京から来ているらしい同年輩の男女がいて、帰りの便のチケットを持っているのが羨《うらや》ましかった。二人の会話を聞いて、早く沙耶子に会いたいと思った。

夕方にすっかり酔って帰ると、伯母から当間氏の娘が訪ねてきたと聞かされた。見舞金のお礼を持ってきたとかで、秀二の部屋に大きな紙袋が置かれていた。紙袋には泡盛が二本と礼状らしき手紙、カセットテープが入っていた。泡盛はよくある銘柄だったので伯父に渡した。カセットは一二〇分テープで四巻あった。

夕食の時、秀二は伯母にテープレコーダーはないかとたずねた。風呂《ふろ》から上がると、八畳間に旧式のラジカセが置かれていた。四十歳になる長女が中学生の頃に買ったという、おそろしく古いラジカセだ。盆に載せたオリオンビールも置かれていたが、もう飲む気になれなかった。

秀二は蚊帳《かや》の中にラジカセを入れ、地元のＦＭ局に周波数を合わせた。若そうな女がおしゃべりをしていた。半日かけて部屋の模様替えをしたら気分まで変わったとか、そんな話だ。こういう馬鹿話《ばかばなし》はどこのFM局でもやっているが、沖縄の女まで似たようなことをしゃべっているのだった。

秀二はすぐに退屈し、紙袋から取り出したカセットを入れてスイッチを押した。いきなり拍手の音が聞こえ、男声の合唱が始まった。何だろうかと思っている間に合唱が途切れ、「前島さん、娘さんは伊是名島におられたのですよね」という男の声が聞こえた。びっくりするほどよく通る声だった。

「ええ。なかなか会えませんでしたが、手紙のやり取りはよくしていました。島に面白い本がないというので手紙を添えて送っていました」と別の男が言った。

「どんな本を?」

「娘の十歳の誕生日にキプリングの本を送りました。娘は単なる冒険物語として読んだようです。もちろん、それでいいわけですが、あの本に忘れられない言葉がありま す。一度でも虎《とら》の背にまたがった者は、二度とそこから降りることはできない。キプリングはそう書いています。私はそれが自分の人生だったという気がしています。それにたぶん、当間さんの人生でもあった。そうではありませんか」

これは何だろう? 秀二にはさっぱり分からなかったが、話をしているのが前島勇作で、本は『ジャングル・ブック』のことだろうと見当はついた。相手の男――当間氏――が「続けてください」と言った。

「私たちは戦争のある時代に生まれました。繁栄とか協和という言葉は耳にしても、平和という言葉は聞いたことがなかった。私など、あれは戦後にできた言葉だと思っていたほどです。まあ、そう思うくらいに馴染《なじ》みがありませんでした」

男は軽く笑い、ゆったりとした口調で続けた。

「先の見通しがまったく立たないまま、否《いや》も応《おう》もなしに戦場へ送り込まれたわけですけれど、私は特にそれを不満には思いませんでした。虎の背にまたがることだけは決まっていて、あとはどの虎をあてがわれるかだけでした。それなら、なるべくおとなしそうな虎がいい。そう思って上官から勧められるままに試験を受け、中野学校に入りました。昭和十九年の一月のことです。その年の八月末に繰り上げ卒業になり、沖縄への赴任を命じられ、結局、ここで終戦を迎えました。ただ、特殊な事情から私の戦争はもう少し続きました。別に珍しいことではありません。途中でやめる方がむしろ勇気が要ったというのが実感です。

中野学校のことですが、失礼ながら、当間さんには少し誤解があると思います。それだけはちょっと訂正させてほしい。何か物々しい雰囲気の学校のように思われているようですが、中野に校風があったとすれば、それは自由ということに尽きたと思います。私はあの学校にいて、教官に殴られたことは一度もありません。怒鳴られることはありました。しかし、怒鳴り声にも親愛の情がこもっていたと思います。だから私は、怒鳴られることが半分嬉《うれ》しかったのです。

中野学校にはタブーというものがありませんでした。この前もある男が言っていました、いまでこそ新聞は政治家の悪口を書いているが、あんなことくらい、我われは戦争中から言っていたと。事実、そうだったのです。我われはあの学校で日本の軍隊や制度の不備についてよく議論をしたものでした。中野学校では天皇批判の議論さえ許されていました。いわゆる欠史八代、神武《じんむ》天皇に続く八人の天皇の実在は疑わしいという話も、そうした議論の中で知りました。ざっと計算しただけで百年以上も生きている天皇が何人もいる、残っているのは後づけの系譜だろう、万世一系などありえることではない――そんな議論もあって、私などは棒で頭を殴られたような思いでした。もっとも、いかに無知な私でも天孫降臨の神話を素朴に信じていたわけではありません。天皇家の祖先が天照大神《あまてらすおおみかみ》だなどという話は信じたくても信じられなかった。

私が言いたいのは、中野学校には自由な議論をする雰囲気がすでにあったということです。それはとても貴重なものでした。陰ながらですが、東条英機《とうじょうひでき》を『あの阿呆《あほう》』

と言う教官さえいました。ご存じのように東条は好き嫌いの激しい人で、気に入らない人間を激戦地へ赴任させることがありました。非道な措置を目立たせないようにするために、同格の者もまとめて戦地へ送るということまでしていた。生き死にに関わることですから、その恨みたるや、すさまじいものがあるわけです。あの教官もその煽《あお》りを食らったのだろうか、いや、弟が危ないらしい——そんな話もしたものでした。

　私たちは戦争の最中に真剣に勉強し、同時に大きな自由を味わっていたのです。束《つか》の間《ま》の自由ではありましたが、それは名護の湧《わ》き水のように新鮮で、私に生きる活力を与えてくれました。もう一度あの時代に生まれたら、私はやはり中野学校に入って、また戦争へ行っていたと思います。こう話すとただの軍国主義者だと思われるかもしれませんが、私はそれくらいに自由というものに憑《つ》かれていたのです。その自由を日本にもたらせてくれる戦い、それが大東亜戦争なのだと信じていました。

とはいえ、私が中野学校を出た時点で戦争に勝つ可能性はほとんどなくなっていました。十九年の七月にサイパン島が陥落し、東条内閣が総辞職したあたりで、多くの日本人はそう感じていたのではないでしょうか。日本は勝てない、軍は無謀な戦争を始めた、サイパンの陥落が知れ渡った頃からそうしたことを口にする人たちが出てきました。結果を見て言うのだから誰にでも言えるわけですが、それはあたかも言語癌《がん》のように巷《ちまた》に蔓延《まんえん》し、知らぬ間に私もそれに侵されていたように思います。私の愛した日本はすでに末期癌の患者のように痩せ細っていたのです。ですから、当間さんの最初の質問にはこう答えるしかありません。私は日本が勝てるとは思っていませんでした。ただ、負け惜しみに聞こえるかもしれませんが、あれは勝つとか負けるとか、そんな単純な戦いではなかったのだといまも思っています。

私はあの戦争に勝てるとは思っていませんでした。同時に負けるとも思っていませんでした。キッシンジャーは、正規軍は勝たなければ負けだが、ゲリラは負けなければ勝ちだと言いました。曲がりなりにも大日本帝国の兵士であった我われにゲリラとしての自覚はありませんでした。勝ちが消えた時点で負けしか残されていなかったのですが、私には負けるということのイメージがつかめなかった。それは最後までわかりませんでした。もっとも、多くの兵隊は戦争がいつ終わるのかを本能的に知っていたと思います。自分が死んだ時です。殺されるにしても自決するにしても、その時点で確実に終わる。逆に言うと、その瞬間が訪れるまで延々とこの状態が続く。だからあれは、実に切ない戦いでした。死ぬまで続く戦い、当間さん、それが私たちの戦った戦争ではなかったでしょうか」

秀二はそこでいったんテープを停めた。喉《のど》が渇いてビールが飲みたくなった。沙耶子の祖父、前島勇作は陸軍中野学校出身の中尉《ちゅうい》だったのだ。そんな人がなぜ二等兵だった祖父と戦友になったのか。ビールはもう散々飲んでいたが、飲まずにはいられなかった。

夜の九時を過ぎたばかりなのに、あたりは静寂に包まれていた。近くを流れる小川の音がするだけで車の音すら聞こえてこない。街全体が深い眠りについているようだった。

秀二は少しぬるくなったビールをコップに注ぎ、一息で飲み干して、またラジカセのスイッチを入れた。高感度のマイクを使って録《と》ったのだろう、テープは所どころで音声が途切れたが、それは質問者の声をカットするためで話のつながりは明瞭《めいりょう》だった。考えてみれば当間という人は電気屋だったのだ。

前島勇作は言いよどむということがなかった。彼は終始落ち着いていた。よく通る低い声で話し、時折、笑い声を上げさえしたが、彼の話す戦争は、それまでに聞いたどんな話とも違う恐しいものだった。

夜会

お話ししたように、私は終戦時には伊是名島《いぜなじま》にいました。昭和十九年の暮れに赴任して、終戦になってからもしばらくそこにおりました。ですから、あの島のことなら多少は知っています。しかし、戦争の全体像となると何も知らないのですよ。ガダルカナルやインパールで何があったのか、大陸にいて抑留された人たちがシベリアでどんな目にあったのか、クイズ番組に出たら答えられますが、どれも戦後に本で読んだり、復員してきた連中から聞いたりしたことです。当時の私は戦況がどうなっているのかもわかりませんでした。とりわけ昭和二十年に関しては謎《なぞ》でした。

戦争を知らない世代の人たちから、あの頃はどうだったかと聞かれることがたまにあります。聞かれればいい話をしたいと思うのは人情ですが、私にはうまく答えられた例《ためし》がありません。戦争にいい話はあまりないし、そもそもいい話というのがどんなものなのかもわかりませんしね。それで話が嚙《か》み合わない。

あの頃はどうだったかと訊《たず》ねてくる人たちは、戦争が個人的な体験であることに気づいていないのです。みんなが同じような苦境に置かれ、似たような辛酸をなめたと思っている。戦争に限らず、あらゆる体験は個人的なものに過ぎません。そこが理解されなければ何を言っても始まらないという気がします。安保闘争の頃、総理大臣だった岸信介《のぶすけ》が「一部の国民が騒いでいるが、後楽園球場は今日も満員じゃないか」と言ったことがありました。安保に反対していたのが一部かどうかはともかく、あの言葉は時代というものの核心を衝《つ》いていたと思います。戦争の時代、復興の時代、繁栄の時代……どんな時代も過ぎてしまえば一言に要約されてしまう。そのために個人的な体験のほとんどがこぼれ落ちてしまう。記録に残っていないだけで、我われの時代にも様々な人がいて、思いもよらないことをしていたのですが、それを若い人たちに説明するのはひどく骨が折れる。

確かに戦争は究極の同世代体験です。よほどの虚弱でない限り、我われの世代は否応《いやおう》なしに戦場へ送られました。しかし、同じ状況に置かれても身の処し方は人それぞれだったはずです。国民は忠君愛国の念に燃えていた、特攻隊員は国のために決死の覚悟で飛び立っていった——そういうことになっていますが、果たして皆が皆そうだったのでしょうか。

特攻といえば沖縄戦です。これはもう切っても切り離せない。沖縄の離島にいた我われにとって、それは戦局を知るよすがでもありました。あの頃、上空をぐるぐると旋回する友軍の戦闘機を何機か見かけました。最初のうちは何をしているのかと不思議に思ったものですが、そのうちの一機が海岸に不時着したことから事情がわかりました。戦闘機は狭い砂浜でひっくり返り、主翼は粉々になっていました。操縦士は島民に保護されて一命を取り留めましたが、機体の一部が百メートルも離れた松林の中で見つかったと言えば衝撃の激しさが分かるでしょう。

不時着したのは木山という海軍の一等飛行兵曹でした。木山は飛行中にエンジンがいかれたと悔しがっていました。あの時代の戦闘機にトラブルはつき物でしたが、ここだけの話、私は彼の話はあやしいと思っているのです。エンジンがいかれたにしては、けっこう長く旋回していましたからね。着陸に備えて燃料タンクを空にしていた、そのへんが真相ではないでしょうか。そういう芸当ができたのは、木山が操縦士として一流であった証《あかし》でもあります。彼は陸に上がった兵士としても優秀でした。木山は敵を人間だと思っていなかった。だから何の抵抗もなく相手を撃つことができた。これはなかなかできることではありません。しかし、兵士に求められているのはああいう資質でしょう。木山と一緒にいてわかったのは、優秀な兵士というのは徹底した差別主義者だということです。

伊是名島は半農半漁の小さな島でした。さとうきび畑の他には何もないような島で、普通の人は一日いれば飽き飽きしてしまうようなところです。そんな島へ特攻機が不時着したのですから、木山はたちまち島の英雄になりました。とりわけ子供たちは彼に夢中でした。英雄には伝説がつきもので、伝説には常にタブーがつきまとう。木山も自分の伝説を守ろうとしていたので、彼とうまく付き合うには絶対に触れてはならない部分がありました。特攻の生き残りには大なり小なりそんなところがありますが、私はあれほどわかりやすい男はいないと思っています。彼は何が何でも生き延びようとしたのです。

ともあれ、我われは陸海軍の垣根を越えて戦友になった。木山とはいまでも年賀状のやり取りをしています。あれからちょうど三十年、もうじき初孫が生まれる——今年の年賀状にはそう書かれていました。

あの島の近海は特攻機の墓場と言われていました。不時着は珍しいことではなく、すぐ近くの野甫島《のほじま》にも不時着した飛行機乗りがいました。この人は島民に愛され、復員して名の知れた企業の経営者になりました。こういう人にとっての戦争は美しいのです。島の人への感謝の気持ちと死んでいった仲間たちへの申し訳なさとで、あらゆることが記憶の中で美化される。聞くところによると、彼は会社でも軍隊式の号令をかけているそうですよ。

要するに、人それぞれなわけです。百人の兵隊がいたら百通りの戦争体験があって百通りの戦争観が生まれる。どれ一つとして同じものはない。すべての兵隊が忠君愛国の念に燃えていたなんて、ありえることではないでしょう。

それに、同じ戦争でもやらされていたことはずいぶん違っていました。たとえば硫《い》黄島《おうとう》へ送られた兵隊と、ラバウルにいた兵隊とではまったく事情が違っていた。二万人あまりの守備隊のうち、硫黄島で生き残ったのはわずか数百人です。まず生きては帰れなかった。それでも米軍の上陸部隊の損害の方が大きかったというのだから、あれは苛烈《かれつ》を極めた戦いだったわけです。

一方のラバウルには五万人の将兵がいました。ここは歌にも歌われたくらいのところですが、米軍の戦争目的から外れたために、復員してきた連中は「何もすることがなかった」と言います。彼らはラバウルで自給自足の生活をしているうちに終戦を迎えたのです。食糧は本土よりも豊富だったようで、あの食糧難の時代に「ラバウルにいて太った」と話す兵隊もいました。かといって、そこもまったくの安全地帯だったわけではない。連合軍の大規模な攻撃があったのだし、戦争の頃はどうでしたかと訊かれたら、彼らだって同じように答えるわけですよ、悲惨だったと。何もすることがなくて百姓をしていましたと答えるのは格好が悪いし、実際に悲惨な目にも遭っているわけですから。

結局、私たちが知っているのは自分の目で見たことだけで、それをひと言で言えば、やはり悲惨だったということになる。その結論が不満だという人にはこう言うしかない、どんな戦争でもいい、戦争をしているところへ行って実際に銃を手に取ってみろ、と。

支那《シナ》の夜

私は昭和十七年に陸軍に入隊し、上官の勧めに従って十九年の一月に中野学校に入学しました。卒業したのは同じ年の八月です。八ヵ月で繰り上げ卒業になったのは、他でもなく戦局が逼迫《ひっぱく》していたからです。

中野学校はスパイ養成学校のように言われますが、諜報《ちょうほう》活動が意味を持つのは開戦前か緒戦でしょう。我々が在籍した末期はむしろゲリラ戦の教育機関のようになっていました。もう悠長なことはしていられなくなっていたのです。

中野学校を出た私は那覇の軍司令部情報室への配属命令を受けました。那覇と聞いて身の引き締まる思いでした。ニューギニア、ガダルカナル、トラック、サイパン……米軍は日本の占領地を島伝いに一つずつ攻略していました。サイパン島の守備隊である三十一軍が玉砕し、次に米軍を迎え撃つ役割を担《にな》ったのが我われ沖縄守備隊の三十二軍です。本土上陸を期して敵がやってくるのは時間の問題であり、自分は沖縄の土になるのだと覚悟しました。そしてまた、それが私の本望でもありました。

ところで、東京を発《た》つ前に私はある任務を与えられました。とりあえず長崎へ行き、長崎港から上海《シャンハイ》行きの船に乗れというのです。これがおかしな任務でしてね、いまだからお話ししますが、ここは笑って聞き流してください。

私の任務は上海在住のある日本人を本国へ連れ戻すというものでした。連れ戻す理由は知らされず、ただ長崎へ戻る船に乗せればいいということでした。上官は病気の母親が書いたという手紙を持っていました。その手紙を本人に読ませ、母親が死にかけていると持ちかけて長崎へ連れて来いというのです。

対象者は鹿児島県出身の山口という男でした。山口は明治二十八年の生まれで、すでに五十歳に近かったのですが、戸籍を見るといまだに独身のようでした。

「こいつは国分《こくぶ》の育ちだ」と上官は言いました。「満蒙《まんもう》開拓団の一員として満州に渡って、そこから上海へ流れ着いたらしい」

独身、満蒙開拓団と聞いて、私はこの男にマイナスのイメージを抱きました。それだけに山口の写真を見せられた時は驚きました。写真の男はいがぐり頭でしたが、鼻《はな》髭《ひげ》をたくわえた顔が陛下にそっくりだったのです。世の中には瓜《うり》二つの人間が三人いるといいますが、これは間違いなくそのうちの一人だと思いました。年は山口の方が陛下より六つ上でしたが、顔の輪郭もそうなら眉毛《まゆげ》の太さといい、唇の形といい、あらゆる造りがよく似ていたのです。

上海に着いたのは九月の半ばです。さっそく上官から教えられた住所を訪ねたのですが、山口はすでにそこを引き払っていました。独り身の気楽さから、彼は上海市内を転々としていたのです。十月一日に那覇の司令部に着任していなければならなかったので、気の小さい私はかなり焦《あせ》ったのですが、結果から言うと杞憂《きゆう》でした。山口は上海の日本人社会ではちょっとした有名人で、案内役に雇った船員も彼のことを知っていたのです。畏《おそ》れ多くも、それくらい陛下によく似ていたわけです。

山口が上海駅近くの『チャイニーズ・ランタン』というレストランにいると聞き、私はさっそくそこへ行ってみました。チャイニーズ・ランタンというのはサンダーソニアというユリ科の花の別名で、店にはその花の写真が飾られていました。オレンジ色の花が下を向いていて、まるでランタンがぶら下がっているように見えるのです。

テーブルにも似たような形のランプが置かれ、とても雰囲気のある店でした。レストランを切り盛りしていたのは京都弁を話す四十歳くらいの女で、案内人は「山口はあの女のヒモだ」と私に耳打ちしました。

店内は薄暗く、テーブルはほとんど埋まっていました。その上に、もうもうたる紫煙です。それでも山口のことはひと目でわかりました。見間違えようがないわけです。私は国分生まれの満鉄職員という触れ込みで山口に接触し、父親が地元で消防団長をしていたと告げました。実際にそういう人物が国分にいたのです。山口は感激した様子で私に酒を勧め、お父さんは達者かとたずねました。国分と聞いて彼はひどく懐《なつ》かしそうにしていました。母親の病状を伝えると、もう泣かんばかりなのです。

山口はよくしゃべる男でした。本人は貿易商だと話していましたが、実際は家具や雑貨を扱うブローカーです。彼は映画界に顔がきくと話し、店の壁に飾ってある色紙は全部自分がもらったのだと自慢しました。他にも関東軍の将校の誰それを知っているとか、軍の後ろ盾でこれから大きな商売をするとか、怪しげな話を山ほどするのです。いい年をしたチンピラ、そんな雰囲気の男なのですが、見れば見るほど陛下に似ている。本人もそれを意識していたのでしょう、陛下と同じような鼻髭を生やし、鼻にかかったような、変に気取った話し方をするのです。私は神である陛下の肉声を聞いたことがなかったので、似ているのかどうかさえ分かりませんでしたが、きっと陛下もこういう話し方をされるのだろうと思ったものでした。

山口は手紙を読むと目を潤《うる》ませ、私を質問攻めにしました。その時点で私は半分仕事が済んだ気になっていたのですが、山口は国分には帰れないと言いました。軍の後ろ盾があると自慢しておきながら先立つものがないというのです。これは予期していたことでした。往復の運賃を用立てると言うと、彼は私の手を握り締め、抱きつかんばかりでした。

それから船が出るまでの三日間、私は上海で過ごしました。毎晩、『チャイニーズ・ランタン』で食事をし、山口が紹介してくれた客たちと酒を飲みました。この店は上海にいる日本人の溜《た》まり場になっていたのです。外地で成功している日本人は独立心が旺盛《おうせい》でした。職種は様々でしたが、どの人も紳士的であり、強固な仲間意識で結ばれていました。私は薄暗い店の雰囲気と、異国で暮らす同胞たちの優雅さに魅せられました。そこは私の知らなかった、もう一つの日本でした。

上海を離れる前夜、私は山口の案内で市内の日本料理店へ行きました。かなり高級な店でしたが、山口は客の大半と顔馴染《かおなじ》みのようでした。人脈自慢はあながち法螺《ほら》ではなかったのです。映画会社にも知り合いがいて、実際に満映の幹部だという人を紹介されました。その人たちと話して分かったのですが、山口は新京に立派な家を持っていて、『チャイニーズ・ランタン』も実は彼の店だということでした。山口はちょっとした小金持ちだったのです。何となく騙《だま》されたような気分でしたが、これでまあ、おあいこだと思うことにしました。

長崎港で山口を同僚に引き渡したところでこの仕事は終わりましたが、上海で過ごした三日間は、私にとって思いがけない休暇でした。山口の紹介で色々な人に会いました。その中にはスクリーンでしか観《み》たことのない女優もいました。戦争がそう思わせただけなのかもしれませんが、あれほどきれいな女を見たことはありませんでした。いまでも『チャイニーズ・ランタン』で過ごした時間を夢のように思い出します。あれは平和で楽しい時間でした。戦争中でも楽しいことがあるというのは一つの発見でした。

もちろん、それは見せかけの平和にしか過ぎませんでした。上海の日本人社会にもすでに不穏な影が忍び寄っていたのですが、短期の滞在者であった私にはまだ気にならない程度のものでした。私が味わっていたのは目の眩《くら》むような圧倒的な解放感でした。上海にいた三日間で私の意識は変わりました。それまでの私は神州不滅を信じる、まったくの軍国青年でした。それが外地の雰囲気に触れて、いくらか自由主義的な考え方をするようになったのです。山口の刹那《せつな》的な生き方に感化された部分もあったかもしれません。あの三日間がなければ、こうして生きてはいられなかったのではないか、そう思うことさえあるのですよ。

私は見習い士官ながら陸軍少尉《しょうい》として那覇の司令部へ赴任しました。那覇へは博多から軍用機で行きました。本土の女も見納めだと思い、博多では少し遊んだりもしました。こういう経験もそれまではしたことがなく、自分がやや堕落したようにも感じていました。何もかも、山口のせいです。

那覇に着任した当初はまだ上海ボケしていました。しかし、着任して十日目に大きな空襲があり、一気に目が覚めました。いわゆる「十・十空襲」です。初めて焼夷弾《しょういだん》が使われた空襲で、那覇の街は三日くらい燃え続けたのではなかったでしょうか。見渡す限り一面の焼け野原で、小高い丘の上に赤いお城がぽつんと残っているのが不思議でした。

那覇は上海とは何もかもが違っていました。覚悟はしていたつもりでしたが、あらためて大変なところへ来たと思いました。と同時に米軍の上陸はそう先のことではないと実感し、国のために自分に何ができるのか、それを考える日々でもありました。

伊是名島

戦争の末期、陸軍は本土周辺の島に情報員を配置していました。沖縄守備隊である三十二軍も南西諸島に情報員を置くことになり、十一月末に那覇へ十一人の将校と下士官が派遣されてきました。全員が中野学校の出身者です。

彼らは教員の身分で離島へ潜入する任務を帯びていました。青年学校の教員として島の青少年を訓導し、遊撃隊を組織し、米軍の上陸時には山中に潜んで遊撃戦を遂行する——それが司令部の指示でしたが、直前になって着任したうちの一人がこの任務に難色を示しました。遊撃隊員として本島に留まり、最後まで敵と戦いたいと申し出たのです。普通なら一喝されて終わるところですが、その意気やよしと認められ、彼は那覇に残ることを許されました。このため彼が赴任する予定だった島に欠員が生じ、その役割が私のところへ回ってきたのです。

県知事名の辞令を受け取った時は何とも言えない気持ちでした。赴任先の伊是名島は兵隊もいなければ軍事施設もなく、郵便局に無線機とラジオがあるだけでした。この二つだけでかろうじて本島と繋《つな》がっているような島だったのです。どうせなら本島で華々しく散りたい、そんな気持ちもあり、離島の任務を断った同僚を憎々しく思って眠れない夜もありました。しかしまあ、本心はどうだったのでしょう？　断らなかったのは命令に従ったというより、ほっとする気持ちがいくらか勝《まさ》っていたからかもしれません。いずれにせよ、こうした経緯から私は伊是名島の青年学校へ赴任することになったのです。

島では山口正吉《しょうきち》と名乗ることにしました。これは上海で知り合った山口の弟の名です。同僚たちは古臭い名だと笑いましたが、私はなかなかいい名前だと思っていました。そっくりさんとはいえ、陛下と瓜二つの男の弟です。畏れ多くて弾だってよけて通るに決まっている――そんなことを思ったくらいですから、やはりどこかほっとしていた部分があったのでしょう。

那覇を離れる前に薬丸《やくまる》参謀の訓示がありました。この時、ある大尉から細かな指示が与えられました。大尉の指示は具体的でした。彼は島の人間になりきることの重要性を力説し、そのためには一家を構えることが望ましいと言いました。つまり、島の女と結婚しろというのです。軽いどよめきが起きましたが、大尉は意に介さず、女は余っている、できるだけ有力者の娘がいい、自身が既婚者であっても気にする必要はない、などと言いました。わかりやすい説明でしたが、私は「気にする必要はない」という部分がむしろ気になりました。別名の戸籍を作っていたので分かりっこないということなのでしょうか。同じ疑問を持った者もいたはずですが、参謀が同席していた場でもあり、よけいな質問をする者はいませんでした。

その夜、我われは水杯《みずさかずき》を酌《く》み交わし、東部第三十三部隊、すなわち中野学校の送別歌である『三三壮途の歌《さんさんわかれ》』を合唱しました。昭和十九年十二月二十日のことで、その日は私の二十五回目の誕生日でもありました。

沖縄本島を後にしたのは四日後です。その日はクリスマスイブで敵の攻撃がないことが予想されましたが、慎重を期して暗くなってからクリ舟で北部の本部《もとぶ》半島を発ち、夜が明ける前に伊是名島へ着きました。伊是名島までは稲葉という同僚と一緒でした。稲葉は三十歳に近い学者肌の男で、隣の伊平屋島《いへやじま》へ赴任することになっていました。

伊是名島は東シナ海に浮かぶ、ちっぽけなかさぶたのような島です。直径約四キロの円形の島で、島内に五つの集落がありました。うち四つが白浜を隔てて海に面していましたが、諸見《しょみ》という集落だけは坂道を上った小高い場所にあり、私はそこの農家の離れを借りました。

二、三日かけて島内を見て回りましたが、それだけで私は息が詰まりそうになりました。淋《さび》しげな集落が細い田舎道で繋がっているだけで、小高い山と海、田んぼと畑の他にはまったく何もないのです。島民は魚を獲《と》り、稲やさとうきびを育てて暮らしていました。道端で会うのは四十歳以上の男ばかりで、あとは女と子供だけです。若い男はほとんどが兵隊に取られ、年配者は出征した子や孫の心配をしながら泡盛を飲むくらいしか楽しみがないのでした。琉球王朝《りゅうきゅうおうちょう》の尚円王《しょうえんおう》が生まれたとされる島ですが、王も子供の頃は退屈していたのではないでしょうか。

私の部屋は青年学校の校長が事前に手配してくれたものです。校長は私が軍の関係者であることを知っている島で唯一《ゆいいつ》の人物でした。島に着いた当日、私は挨拶《あいさつ》を兼ねて同じ集落にある校長の家を訪ねました。

校長は暗い目をした初老の男で、私が訪ねた時は長身をかがめて野良《のら》仕事をしていました。

「いまは休校だ。空襲があって勉強どころではない」

校長は作業の手を休めずに言いました。学校はもちろん役場の機能も停止し、農作物の供出もなくなったということでした。県に食糧を提供しようにも、本島と島を結ぶ定期便が運休状態にあり、給料も届かなくなっていたのです。

「公務員は全員失業だ。もちろん、あんたも無給だ。余所者《よそもの》にただで飯を食わせるやつはいない。生き延びたかったら働け。教師面《づら》をしていたら、すぐに干上がるぞ」

私は新たに防衛隊を作るつもりだと校長に告げました。校長はうんざりしたような顔である人の名前を口にし、その男に会えと言いました。家の場所をたずねても答えようとせず、取りつく島もありませんでした。あとで知ったのですが、長男の戦死通知が届いて間がなかったのです。島の噂《うわさ》では、大男だった息子は爪《つめ》だけになって戻ってきたということでした。

有銘《ありめ》家の人々

暮れも押し詰まった頃、私は大家から借りた自転車で南部の伊是名という集落に向かいました。伊是名は島の有力者が多く住む集落で、自転車で十五分ほどのところです。校長が会えと言ったのは有銘正夫《まさお》という漁師です。大家の話では三男一女の父親で、長男はすでに戦死し、二男は本島の部隊にいるとのことでした。

有銘家は海岸のそばにありました。色褪《いろあ》せた赤瓦《あかがわら》の家で、一年中潮にさらされているため、壁も柱も白っぽくなっていました。背の低い木戸をくぐった右手に細い柱で支えられた縁側があり、開け放たれた障子の向こうにきらきらと光る海が見えました。聞こえてくるのは波の音だけで、戦時であることを忘れさせるほどにのどかな光景でした。

家には誰もおらず、私は縁側に腰かけて帰りを待つことにしました。十二月なのに蒸し暑く、汗ばむような陽気でした。驚いたことに、庭の桜の蕾《つぼみ》がふくらんでいました。この島はすでに早春を迎えようとしていたのです。

浜の方から棒切れを持った男の子がやってきました。名前をたずねると「有銘正春」と答えました。年は十二で、この子が三男でした。私は飴玉《あめだま》を渡し、お父さんを呼んでこいと言いました。

主《あるじ》の有銘正夫はちょうど五十になる男でした。漁師にしては痩《や》せていて、柔和そうな目をしていました。彼は手ぬぐいで汗を拭《ふ》き、防空壕《ごう》を掘っていたところだと言いました。

彼は小柄な少年と一緒でした。真っ黒に陽焼けした十二、三歳の子です。少年は座《ざ》布団《ぶとん》を勧め、飲み水を持ってきました。竹箒《たけぼうき》で庭を掃き、打ち水をすると、縁側の端にちょこんと腰かけました。私は少年の振る舞いが気になりました。男尊女卑が当たり前と考えられていた時代であり、そんなことをする男の子はいなかったのです。

やがて正春が戻ってきました。正春は縁側に腰かけている少年の回りをうろうろし始めました。彼と遊びたがっているようでしたが、少年は自分のつま先をじっと見つめるようにしていました。

「休憩だ。そのへんで正春と遊んでいろ」

少年は有銘氏の言葉に頷《うなず》いて立ち上がり、こちらにぺこりと頭を下げました。彼は正春の着物についた砂を手で払い、「浜へ行こう」と言いました。正春と同じくらいの年に見えましたが、それにしてはおとなしく、生真面目《きまじめ》そうな目をした少年でした。私は彼に飴玉を二つ渡し、新しく来た教師だと告げました。少年は正春と飴玉を分け合い、もう一度頭を下げて海岸の方へ駆けていきました。

「兄の家にいる子です」と有銘氏は言いました。「穴掘りは人手がいるので手伝いに来てもらいました」

有銘氏の兄は地元の網元でした。私は住み込みで漁師見習いでもしているのだろうと思い、どこの家の子かとたずねました。

「二年前に兄が奄美《あまみ》から連れてきました」

「奄美大島から？」

「大島ではなく、その近くの小島です。兄は戦争で息子を亡《な》くして奄美へ跡継ぎを探しに行ったんです」

私にはこの話がうまく理解できませんでした。目を細めて聞いていると、彼は言い訳でもするように続けました。

「奄美から来ている子は他にもいます。たいていは漁師の家にいて、漁の手伝いをしています。扱いに困る子もいますが、あのケイスケはなかなかの働き者です」

奄美から来ているのは十二、三歳の少年たちで、兵隊に取られるまで五年ほど働くのが普通だと有銘氏は言いました。中には元が取れない子もいると聞いて、ようやく合点がいきました。この島の漁師たちは奄美から少年を買っていたのです。

「空襲があるまでは学校へも通わせていました。それでケイスケは何とか文字が読めるようになりました。奄美にいた時は学校へも通わせてもらえなかったそうです」

私は首を回して浜にいる少年たちを見ました。二人は波打ち際《ぎわ》にしゃがんでこちらに背を向けていました。波が来るたびに、慌《あわ》てて引き返すのを見て砂の城を作っているのだと分かりました。小柄な上に前髪を額に垂らしていたので幼く見えましたが、ケイスケという子はもう十五になるようでした。

その日、私たちは戦況について話しました。有銘氏は本島の状況をたずね、那覇に駐留している部隊名を口にしました。その部隊に二男がいるので、無事でいるのか聞いてもらえないかというのです。私は内心で舌打ちをし、校長が何か言ったのかとたずねました。彼は怪訝《けげん》そうな顔をして「いいえ」と答えました。

「有銘さん、なぜ私にそんなことを頼むのですか」

「すみません」彼は目を白黒させました。「島の者たちは、あなたを軍の人だと言っていました。それで、てっきり私もそうなのだと」

「私は教師です。県知事の辞令もあります。何でしたらお見せします」

「いえ、それには及びません。失礼しました」

有銘氏は「誤解でした」と言い、何度も頭を下げました。そんなにまで謝るのは、やはり私を軍人だと見なしていたからでしょう。那覇の司令部は離島の人間を見くびっていたようでした。この時期に教員が赴任してくるのは、島の者たちの目にも不自然に映っていたのです。

私は落ち着かない気持ちで縁側の前を行き来しました。再び縁側に腰を下ろした時、座敷に縫いかけの千人針があることに気づきました。「虎《とら》は千里往《い》って千里還《かえ》る」の故事にならったのでしょう、くすんだような白い布に虎の図柄が縫い込まれ、女の文字で「祈 武運長久」と書かれていました。娘が縫っているのだと聞き、私はそれを手に取ってみました。

有銘氏は恐縮してまだ俯《うつむ》いていました。両手を膝《ひざ》に置き、皺《しわ》の寄った目尻《めじり》をこちらに見せていました。父親が息子の心配をするのは当たり前のことではないか。私はそう思い直し、息子の名前をたずねました。二男は二等兵として、いまは豊見城《とみぐすく》の部隊にいるようでした。豊見城と聞いて、二男は九分九厘《りん》死ぬだろうと思いました。問い合わせるだけ無駄だという気がしましたが、私は向こうにいる知り合いに聞いてみると言いました。

沖縄の兵隊はほとんどが最下級の二等兵でした。彼らは隊内では鬱憤《うっぷん》晴らしの対象であり、上官からも頭数程度にしか見なされていませんでした。戦闘が始まれば最前線に送られるのは明らかで、豊見城あたりにいては遺骨が届くこともまずないでしょう。そうした事情を知ってか知らずか、有銘氏は頬をほころばせ、できる限りの協力をすると言いました。

数日して年が明け、昭和二十年になりました。

新年の祝いもそこそこに、大半の者は畑仕事に精を出していました。敵機の音が聞こえると慌てて壕へ身を隠し、しばらくするとモグラのように這《は》い出てきて無事を確認し合うといった具合でした。

米軍の戦闘機は数日置きに現れ、島の上空をしばらく旋回し、ぱらぱらと撃ってはまたどこかへ飛んでいくといったことを繰り返していました。無駄に弾を撃っていたわけではなく、本島へ上陸するために周辺の地ならしをしていたのです。敵の狙《ねら》いは情報源の遮断でした。米軍機は電柱を倒し、火の見やぐらを破壊し、郵便局に設置していたアンテナを粉々にしていきました。ラジオも無線も使えなくなり、この時点で島はあらゆる情報から遮断されました。戦局を知るにはクリ舟で隣の伊平屋島へ行く必要がありましたが、それ自体が命がけのことであり、信頼できる漁師を探すことが私の急務になりました。

年明けに有銘氏は防空壕へ私を案内しました。行ったのはゆるい坂を上ったところにある草むらで、一メートルほどの段差のある斜面に穴が掘られていました。奥行きがなく、四、五人も入ればいっぱいになりそうな穴で、周囲は乾燥した木々に覆《おお》われていました。有銘氏は壕の出来に満足している様子で、近くの草むらに隠した水筒を見せ、そこに食糧を備蓄する穴を掘ると言いました。

私たちは原っぱで一服し、来た道を引き返しました。坂を下りると両脇《りょうわき》をサンゴの石垣に囲まれた小道に出ました。そのあたりは海に近く、風に運ばれてきた浜砂が堆《たい》積《せき》して狭い一本道は真っ白に見えました。

有銘氏の家の前に正春がいました。彼は二人の女と一緒でした。野良仕事をしていたらしく、女たちはモンぺの膝に泥をつけ、煤《すす》けたような顔をしていました。「妻と娘の由紀子です」と有銘氏は言いました。

彼の妻は三十そこそこといったところでした。娘と同じくらいの背格好で、遠目には年の離れた姉妹にしか見えませんでした。また飴玉がもらえると思ったのか、正春ははしゃいだ様子で駆け寄ってきましたが、女たちはこちらに会釈《えしゃく》をして家の中へ入りました。由紀子という娘は二十二、三に見えました。煤けた顔を隠すようにしていましたが、器量は悪くなさそうでした。

私は縁側に腰かけて有銘氏から地元の漁師たちの話を聞きました。彼は数人の名前を挙げ、一人ひとりに簡単な解説を加えました。話が済むと一本だけ残っていた煙草《たばこ》に火をつけ、交代で吹かしました。途中で娘がお茶を出しにきました。娘は白いスカートに着替えていました。間に合わせの生地で作った細身のスカートでしたが、この島でスカートをはいた女を見たのは初めてで、白い足首の印象は強く私の中に残りました。

「気立てのよさそうな娘さんだ」と私は言いました。

父親は曖昧《あいまい》に頷き、「春に祝言《しゅうげん》を挙げさせます」と言いました。「嫁にやるかどうか、ずいぶん悩みました。妻と同じ目に遭わせたくありませんから」

娘の結婚相手は同じ集落に住む農家の息子で、新兵として那覇へ行く予定になっているということでした。私は出征予定の新兵が島に三十人ばかりいると聞いていました。彼らは迎えの船が来ないために出征が延びていたのです。私が間借りしていた農家の孫もその一人で、主人は「もう迎えの船は来ないだろう」と半ば期待を込めて言っていました。

「娘は今度が二度目の嫁入りで、実はまだ喪に服しています」有銘氏は私にお茶を勧めながら言いました。

最初の結婚は一年前で、夫はテニアンで戦死したようでした。テニアン島の戦いといえば、わずか半年前です。喪が明けるのは夏になるが、敵が来る前にどうしても娘を片づけておかなければならない、と彼は言いました。その頃、島では結婚する者がかなりいました。米軍が来れば男は全員去勢され、独身の女は強姦《ごうかん》される――そうした話が信憑性《しんぴょうせい》を持って語られていた時期であり、有銘氏もそれを信じていたのです。

彼の妻も戦争未亡人でした。夫婦の年齢差から見当はついていましたが、前夫が有銘氏の弟だと聞き、私は落ち着かない気持ちにさせられました。

五分ほどの会話から、私はこの家に戦争の傷跡が生々しく刻み込まれていることを知りました。死んだ長男と死んでいくであろう二男、戦死した弟の嫁だった妻、飴玉をほしがって庭先をうろついているその連れ子、数えで二十二になるという娘にもすでに嫁ぎ先から出戻った過去があったのです。

「有銘さん、さっきの壕《ごう》ですが、あそこは場所がよくない」と私は言いました。「浜から風が吹いてくるし、周りは乾いた木ばかりだ。隠れる分にはよいですが、焼夷弾《しょういだん》を落とされたり、火炎放射されたりしたら、あんなところはひとたまりもない」

有銘氏は首をかしげ、ではどこがいいのかとたずねました。安全な場所などどこにもありはしなかったのですが、とにかく探しましょう、と私は言いました。

話をしているうちに日が翳《かげ》ってきました。もう一度、娘の顔を見たいと思ったのですが、表情の乏しい妻が新しいお茶を勧めに来ただけで、娘はいっこうに顔を出しませんでした。

空襲は徐々に激しくなっていました。二月に入ると海岸線が狙われ、漁師たちは出漁できなくなりました。村有船の伊福丸も沈められ、本島との往来も途絶えて伊是名島は孤島に等しくなりました。

空襲がもっとも激しかったのは三月です。民家への攻撃が増え、ほとんどの島民が山間《やまあい》の壕で避難生活をしていました。それまでは昼間しか来なかった敵機が夜間にも飛んでくるようになり、エンジン音を聞くたびにぎくっとして飛び起きたものでした。

空襲を知らせる半鐘の音、地響きのような敵機の轟音《ごうおん》、火災の場所を知らせる太鼓の音とその声、消火の手助けを促す拍子木の音——闇《やみ》が深かった分だけ音はよく聞こえました。

三月の半ばをピークに空襲は下火になりましたが、本島への攻撃は急増し、南西の上空は毎晩のように朱色に染まっていました。戦争が始まったのです。

海軍の輸送船が寄港したのは、三月の下旬でした。海軍兵たちは港の近くの集会所で、島の女たちが作った握り飯を食べていました。二十歳前後の若い水兵が多く、陸に上がった解放感からか、近くの木立の中を走り回ったりしていました。船長は補給に立ち寄っただけだと話していました。それがどういう経緯からか、島に残っていた新兵を那覇へ送るという話になり、出征を待っていた者たちが青年学校に呼び集められました。

私は半壊した校舎から新兵たちの様子を見ていました。校庭には大勢の島民が集まり、三十人ほどの新兵を囲むようにして村長の訓示を聞いていました。由紀子も来ていました。少し前に「形ばかりの祝言を挙げた」と有銘氏から聞いていたので、出征兵士の妻という立場で来ていたわけです。

陽射《ひざ》しの強い午後で、どの兵隊も乾いた土を睨《にら》みつけるようにしていました。村長の訓示が終わり、万歳が三唱されると、紙で作った間に合わせの日の丸が打ち振られ、新兵たちは一列に並んだ家族と握手をしました。由紀子の夫はまだ十八、九にしか見えない男でした。小柄な由紀子とほとんど背丈が変わらず、瘦《や》せっぽちで、新兵にしても頼りない印象の男でした。

数日して、新兵を乗せた輸送船が撃沈されたという話が伝わってきました。伊平屋島から戻った漁師が伝えたもので、那覇へ向かう途中で敵艦隊の砲撃に遭ったということでした。

その夜、伊是名地区で火事があり、木造の駐在所が全焼しました。真夜中で駐在所は無人だったため、島の者たちは放火だろうと言い合っていました。放火犯は不明でしたが、動機は誰の目にも明らかでした。新兵たちが呼集されたのは、安里《あさと》という駐在が海軍に告げ口をしたためだと言われていました。島の人間は余所者《よそもの》を信用していませんでした。安里は濡《ぬ》れ衣《ぎぬ》だと抗弁していましたが、本島から来ていた彼はこの一件で後々まで島民の恨みを買うことになったのです。

不時着

島からは南西に伊江島《いえじま》が見えました。

伊江島には東洋一と言われた軍の飛行場があり、真っ先に敵の攻撃目標となることが予想されていました。それがいつになるのかが戦局の行方を占う一つの目安でした。伊江島の周囲に敵の艦隊が集まり出したのは四月十日頃です。私は西の浜から望遠鏡でその様子を見ていました。米軍の物量のすごさを目《ま》の当たりにしたのはこの時が最初でした。敵艦は続々と集まり、伊江島は数日で完全に包囲されました。巡洋艦以上の巨艦だけで七、八十隻《せき》集まり、小型船まで含めると数えきれないほどでした。

伊江島への攻撃は三日後の昼に始まり、徐々に激しさを増してゆきました。度肝を抜かれたのは十六日の攻撃です。その日はよく晴れていましたが、伊江島の上空にだけ雨雲がかかっているように見えたほどです。ある記録に「百雷が一時に落下」とありましたが、それが一日中続き、一つだけぽつんと見える山の形が変わっていくのが分かりました。立ち昇る煙は島そのものよりも大きく、四、五キロ離れた本部《もとぶ》半島の上空へ風で運ばれ、そこに雨を降らせるのではないかと思えました。これを見たら、大本営もさすがに方針の変更について議論するのではないか。そう思わされるほどの猛攻でした。

伊江島が陥落してからは、友軍の戦闘機を見かける回数も減りました。敵の阻止線が北上し、島の上空に達する前に撃ち落されていたのでしょう。たまに飛んでくる敵機も島を素通りするようになり、敵艦が遠くに点々と見えるだけになりました。

私は連日、望遠鏡で敵艦の様子を見ていました。春も終わりに近く、汗ばむような毎日でした。海岸では鴫《しぎ》が長い嘴《くちばし》で波打ち際《ぎわ》の浜をつつき、藪《やぶ》の中からは鶯《うぐいす》の最後の鳴き声が聞こえました。本島への攻撃は間断なく続いていましたが、人の世に無頓着《むとんじゃく》な動物たちに囲まれて伊是名島は不気味なほど静かでした。

あれは四月の下旬、天長節の少し前でした。

網元の家で夕食をご馳走《ちそう》になり、彼が紹介してくれた漁師たちと話をしていると、どこからともなく戦闘機が近づいてくる音が聞こえました。音から判断して単機のようでした。暗くなりかけていて機体がよく見えなかったのですが、低空で海上を旋回していて、エンジン音が遠ざかったかと思えばまた聞こえてくるといった調子でした。一段と高度を下げたらしく、五分もすると山陰に隠れて機影は見えなくなり、地鳴りのようなエンジン音だけがしばらく響きました。

友軍機が東の浜に不時着したと聞いたのは夜になってからでした。不時着したのは海軍の戦闘機で、操縦士は鹿児島から飛んできた二十代半ばの特攻隊員だということでした。

九時頃、私は仲田《なかだ》地区の集会所へ行きました。

ロウソクが灯《とも》された集会所には十人あまりの男がいました。どの男も入り口に近いところに立っていました。奇妙に思ったのですが、すぐに事情がわかりました。操縦士は不時着した際に顔に火傷《やけど》を負い、異様な形相をしていました。額から頬にかけて皮膚がただれ、右目の周りは黒ずんで瘤《こぶ》のようにふくらんでいました。彼は上半身裸で座敷に仰向《あおむ》けになっていました。火傷の痛みは耐え難いらしく、頻繁に身を起こして洗面器に顔を突っ込み、言葉にならない叫び声を上げていました。島には医者がおらず、集会所にいた男たちは呆然《ぼうぜん》としてその光景を見つめているだけでした。

戦闘機が不時着したのは三百メートルほど先の海岸でした。零戦《ゼロせん》は両翼が粉々になり、黒煙を上げながら狭い浜の中央でひっくり返っていました。海岸では二十人ほどの漁師が汗だくになって穴を掘っていました。ばらばらになった機体を埋めようとしていたのです。

「先生、人間ちゅうのはなかなか死なんもんですね。あの男には驚きました」

漁師の一人がそう言い、他の者たちも感じ入ったように頷《うなず》きました。操縦士は逆さまになった機体から自力で脱出し、波打ち際に仰向けで倒れているところを助け出されたようでした。

「気を失っていたので荷車に乗せたら、途中で目を覚まして走り出した。気でも違ったのかと思いました」

水を求めて民家へ駆け込んだのですが、漁師たちが追いつけないほどの脚力だったというから、顔の火傷はともかく、足腰はしっかりしているようでした。

不時着したのは、鹿児島の鹿屋《かのや》基地から特攻出撃した木山という男でした。木山は私の一つ年上で、当時二十六歳でした。筋肉質の頑丈そうな身体《からだ》つきをしていて、特攻隊員らしくいかにも腹の据わった男でした。彼は細面の好男子でしたが、火傷を負った顔に馴《な》れるには時間がかかりました。火ぶくれになっていた右目は徐々にふさがり、半月もするとほとんど閉じているように見えました。

木山は気性の荒い男でした。火傷の痕《あと》が生々しく、見た目も恐ろしいのですが、島の者に対しては気さくで気が向けば特攻の話をしました。子供たちは彼の話に夢中でした。木山の話を聞きたいばかりに、隣の集落から小さな弟を背負って来る子もいたほどです。

「その日、鹿屋基地を飛び立った特攻機は全部で二十七機だった。徳之島の近くまで来た時は、それが七機だけになっていた」

木山がそう話すだけで子供たちは息を飲みました。彼の乗る零戦が三機のグラマンと空中戦をしている傍らで同僚機が次々に敵艦に体当たりし、巡洋艦が沈むのが見えたという件《くだり》では感激して涙ぐむ子さえいました。

木山は気性の荒さから、島では陸軍式に「軍曹」と呼ばれていました。要は「鬼」ということです。あの時代の兵隊はたいていそうでしたが、彼も話が上手でした。平和な時代に比べて体験することの数が多く、そのどれもが見てきた者にしか分からない迫力を持っていたのです。木山にはユーモアのセンスもありました。グラマンとの空中戦の話は眉唾《まゆつば》でしたが、鹿児島の特攻基地の話は真実味があり、いくらかなまめかしくもあって、大人たちにも喜ばれました。

鹿屋基地の食堂から始まる話は木山の十八番でした。何度も聞いたので空で言えるほどです。特攻隊員として出撃する日、彼は遺髪と遺爪《いそう》を切り、最後の食事を済ませ、遺書を入れた封筒に米粒で封をする。暗い通路を通って指揮所へ入ると、周囲のざわめきが一転して緊張に変わる。司令による重々しい訓示があり、スルメと冷酒で別杯《べっぱい》が交わされ、四方から「頼むぞ」と声がかかる。直立不動で恩賜《おんし》の煙草《たばこ》を吸っていると、視界の端に涙ぐんでいる同僚の顔が映る。煙草を吸うのもこれが最後だ。そんな思いに圧倒されて両足が地面にめりこむ感覚があったが、いまさらやめるとは言えない。自分は死ぬことを望まれている。それを知って哀《かな》しいような、誇らしいような気持ちで胸がいっぱいになる。死刑の執行に立ち会ったことはないが、雰囲気としては少し似ているかもしれない――大人たちを相手に話す時は、冷酒と一緒に丸薬を渡されたという話がここに入る。それを飲んだら身体が熱くなり、疲労がポンと飛んだから、あれはヒロポンだったに違いないというジョークが挟まり、さらに情を交わした鹿児島の女たちの思い出が加わるのです。

海軍では玄人《くろうと》女性との同衾《どうきん》を「ブラックプレイ」と言っていたそうです。素人《しろうと》が相手なら「ホワイトプレイ」になるわけですが、特攻出撃が決まって数日たった夜、世話になっていた人の家で夜中に目を覚ますと、部屋の隅に白い着物を着て三つ指をついた若い女性がいたというのです。そこまで話すと木山は首をひねり、あれはどっちだったのだろうかと言う。状況としてはブラックプレイに近かったが、三つ指をついていた女はいかにもホワイトだった、と。こういう話に皆が大喜びするわけです。同じ諸見《しょみ》集落に住んでいたので、木山とはよく顔を合わせていました。泡盛の瓶を持ってふらりと訪ねてくることもあり、そんな時は決まって長居をしました。

「こんなことになるなら九七式《きゅうななしき》艦上機で飛びたかった」

初めて訪ねてきた夜、木山がそう話すのを聞いて、彼が不時着したことに引け目を感じているのだと分かりました。九七式艦上機は三人乗りで、操縦士の他に見張り役の機長と電信兵が乗る。同乗者がいれば不時着した原因を証明できた。そう言いたいようでした。

「とにかく、このままじゃ恥ずかしくて鹿屋へは戻れん」

「そんなことはないでしょう」

「海軍にもう船がないことは知っているだろう。特攻しかないんだよ。その特攻機もうない。ここへ来る途中で見たが、指宿《いぶすき》基地はゲタ履きまで特攻に出していた」

「ゲタ履き？」

「偵察用の水上機だ。あんなもの、敵の射撃訓練の的にしかならない。もう何でもいいから行ってこいということだ」

木山は出撃前夜の見送りがいかに盛大なものであったかについて話しました。他の人間のことではないかと思ったほどに人柄が讃《たた》えられ、訓練の苦労話を語っていた同僚が絶句し、檄文《げきぶん》を読み上げた上官が「おれもあとから行く」と叫んで涙ながらの万歳が三唱される——要するに絶対に生きて戻ってくるなということだ、いまさらのこのこ戻るわけにいかん、木山は酒を呷《あお》りながら言いました。

「おれが飛ぶ前に、不時着して戻ってきた男がいた。そいつが戻ってきたのは二度目だ。本人はまた飛ぶと言っていたが、基地の外れにある小屋に閉じ込められた。二日目に、昼飯の代わりに拳銃《けんじゅう》が差し入れられた。その日は嘘《うそ》みたいに静かだった。三時間くらい、じっとして銃声がするのを待っていたわけだ。陸軍の事情は知らんが、海軍というのはそういうところだ」

木山は私のコップに泡盛を注ぎ、「あんた、特務機関の人だそうだね」と言いました。

「誰がそんなことを言っているのですか」

「誰がって、知られている話ではないのか。隣の伊平屋島にも特務機関の者がいると聞いた。三十歳くらいだというから、あんたの上官なんだろう」

「まったく、本当に誰がそんなことを」

「そんなことはどうでもいい。第一、もう特務機関の出る幕じゃない。敵は四月一日に嘉手納《かでな》海岸から上陸している。いま頃、わが物顔で那覇を歩いているよ」

木山は海軍の「菊水作戦」について話しました。四月六日にその第一号作戦が始まり、戦艦大和の他に九隻の駆逐艦が沖縄へ向けて出撃したが、大和は翌日の午後に坊《ぼう》ノ岬《みさき》沖で撃沈されたということでした。

「何のためか知らんが、大和は二千五百人も乗せていたらしい。特攻隊もおしまいだ。最近は十七、八のガキまで特攻機に乗せている。鹿屋では生きているだけで肩身が狭かった」

「本島の状況はどうですか」

「知らん。おれが言いたいのは、この島にもじきに敵が来るということだ。その時に、あんたに下手な動きをされたら島全体に迷惑がかかる。島の者たちはそれを心配している」

「私は教師です。何もできません。心配している者たちにそう伝えて下さい」

「それならいい。おれもこの島に世話になっている。陸軍にも協力したいが、もうどうにもならん」

木山は『光』という煙草を勧め、伊平屋島から戻った行商人が持っていたと言いました。私はキナースーに会ったのかとたずねました。木山は頷き、調子のいい野郎だが、あれでなかなか役に立つと言いました。

それを聞いて、私のことを軍人だと触れ回っているのはキナースーだろうと思いました。キナースーはクリ舟で近隣の島を巡り、食料品や着物などを売りさばいているブローカーでした。スーというのは目上の男に親しみを込めて呼びかける時の言葉ですから、「喜納《きな》おじさん」といったところでしょうか。

キナースーは四十代の前半で、眉毛も髭《ひげ》も濃く、見るからに精力的な男でした。彼は北部の集落に一家を構えていましたが、本妻は本部半島におり、伊平屋島にも妻がいると言われていました。島では複数の妻を持つことは珍しくありませんでした。漁師たちは魚を追って沖に行き、近隣の島で数日過ごすことがあります。そんな時、島の女と関係ができるのです。久しぶりに訪ねると女が妊娠していて、祝言《しゅうげん》を挙げざるを得なかったという話を何人かから聞きました。漁師たちはそこを「分家」と呼び、子供たちの安否を気づかっていました。年配者の中にも二人の妻を持つ者がいたので、昨日や今日に始まったことではないようでしたが、女が余っていた上に戦争未亡人も多く、事実上の一夫多妻はよくあることでした。

翌日、私は木山とキナースーの家を訪ねました。彼は内花《うちはな》という新興の集落で、話に聞いていた現地妻と暮らしていました。家には寝たきりの父親と八歳になる息子がいました。金回りはいいらしく、サンゴの石垣に囲まれた家に住み、家畜の豚をつぶして私たちに振舞いました。キナースーはよくしゃべる男でした。十八歳の時に家畜の商いを始め、マニラへ渡って商売を覚え、いまは女以外は何でも売りさばいていると話し、必要なものはないかと訊《たず》ねました。

彼は三月に伊平屋島へ行ったものの、戦争が始まったために足止めを食い、四、五日前に戻ってきたところでした。商品を入れていた小屋が空襲で焼け、ひと財産なくしたとぼやきながら、また伊平屋島へ商売をしに行くと話していました。空襲が減ったとはいえ、敵の哨戒機《しょうかいき》が目を光らせていた時期です。私はどこまで本気で言っているのかと疑いました。

「あんた、無事に着けると思っているのか」と木山は言いました。

「大丈夫です。敵の目はもう本島にしか向いていません。それに、舟に黒い塗料を塗ってある。夜中に出れば見つかりっこありません」

「そんな舟で行ったら逆に怪しまれる。敵の哨戒機は夜中も飛んでいる。サーチライトを当てられたらおしまいだぞ」

「なるほど。普通の舟の方が無難ですかね」

キナースーは悪い人間ではありませんでした。陽気で気前がよく、話をしている分には楽しい男でした。ただ、彼には見聞の広さを自慢したがるところがありました。こういう人間はどこにでもいます。平時なら何の害もないのですが、戦局が逼迫《ひっぱく》していた時期だけに危険な人物だという印象を持ちました。

木山は「相手にするな」と言いました。「あの男はどうせ死ぬ。妙な舟でちょろちょろしているうちに空から蜂《はち》の巣にされるのが落ちだ」

私が寄食していた家の主人は、さとうきび畑を持っていました。さとうきびを作っても出荷する先がなかったのですが、主人は戦争が終わることを見越し、いまに大口の買いが入ると言っていました。私は家賃も払えない身だったので、午前中はずっと彼の手伝いをしていました。

六月三日の朝、畑仕事をしていると、主人が来て「敵が来た」と言いました。さとうきび畑を抜けて通りへ出ると、北の海上に戦艦の黒い影が見えました。ざっと三十隻《せき》あまりで、遠くの海上にも別の艦隊の列が見えました。戦艦は北へ針路を向けていました。米軍のヘリコプターが戦艦を追い越していくのを見て、伊平屋島を占領するつもりだと分かりました。とはいえ兵力のない島へ上陸するにしては戦艦の数が多く、何が目的なのか分からないというのが率直なところでした。

その日は曇り空でした。鉛色の海に浮かぶ艦隊は伊平屋島の沖合に停まり、細長い島に向き合う形で縦に並びました。動きを停めた戦艦隊は、岩礁《がんしょう》の連なりのように見えました。数機のヘリコプターが島に近づき、山がちの島の上空をゆっくりと旋回しました。ヘリコプターは十分ほどで島を離れ、直後に中部の山裾《やますそ》から白い煙が上がりました。それが合図のようになって艦砲射撃が始まり、四キロしか離れていない兄弟島はたちまち煙に包まれました。米軍の強さは何よりも物量にありましたが、攻撃の特徴は執拗《しつよう》さにあったと思います。艦砲射撃は八時頃に始まり、昼近くまで延々と続きました。途中で何度か撃つのをやめましたが、その間も砲声が途絶えることはありませんでした。敵は島の反対側からも撃っていたのです。

その夜、校長が私の部屋を訪ねてきました。校長は役場の会議から戻ったところだと話し、米軍が来たらすみやかに降伏することになったと告げました。その意思を示すために、会議では布地を集めて白旗を作ることが決議されたようでした。

「五つの集落の代表が話し合って決めたことだ。君もあれを見ただろう。無駄死にを防ぐには降伏するしかない」

数日すると、伊平屋島にぽつぽつと夜の灯かりが戻り、昼間は星条旗が翻《ひるがえ》るようになりました。島民たちは交代で沖合に停泊している敵艦の動きを見守り、一隻がほんの少し動いただけで忙《せわ》しなく半鐘を打ち鳴らしました。

「終わったな」

さとうきび畑にやってきた木山は、護衛もなしに飛んでいる敵機を見て呟《つぶや》きました。

私もそうだろうと思いました。

ところが、敵はなかなかやってきませんでした。梅雨が続いていたため、四、五日すると見張りの者さえ立たなくなり、鐘の音もしなくなりました。本島ではまだ火の手が上がっていましたが、それも下火になり、夜はカエルの鳴き声の方が気になるくらいでした。

善太郎《ぜんたろう》の話

その日――というのは六月十日ですが、午前中にさとうきびの手入れをしていると、通りの方から女たちの話し声が聞こえました。島には前日まで雨が降っていました。梅雨の晴れ間に、女たちが溜《た》まっているはずの洗濯物を放り出して無駄話をしているとも思えず、私は気になって通りへ出てみました。

女たちは民家の庭にいました。国防婦人会の女たちで、一人は「女軍曹」とあだ名されていた女でした。前歯の欠けた品のない中年女ですが、珍しく絣《かすり》の着物などを着て潑剌《はつらつ》としているように見えました。庭で女たちが芋や冬瓜《とうがん》を選り分けているのを見て、私はどうかしたのかと彼女に訊ねました。

「兵隊さんが島にお見えになりました」と彼女は言いました。

「兵隊が？」

「はい。今朝、伊是名の浜にお着きになられました」

島に来た兵隊は七人で、防衛隊の副隊長である教頭の家で休んでいるということでした。女たちは来島を歓迎する食事会をすると聞かされ、兵隊に出す料理の食材を集めていたのです。

半信半疑で教頭の家に行くと、門の前に二十人ほどの男が立っていました。兵隊たちが座敷で寝ているので、外で待つように言われたということでした。普段は口の重い連中でしたが、どの男も上気した顔つきで、「皇軍が来た」「島を守りに来てくださった」などと言い合っていました。私は顔見知りの大工に声をかけ、どこから来た兵隊たちかと訊ねました。

「ゆうべ本部半島の海岸を発《た》ったと話していました」と彼は言いました。

「何という部隊ですか」

「重砲部隊の方々で隊長さんは陸軍大尉《たいい》だそうです」

「大尉？」

「はい、本部の重砲部隊の大尉だそうです」

いかがわしい話でした。陸軍の大尉が大した護衛もなしに離島へ来るなど、ありえることではありません。まして重砲部隊が大砲を放置して来るはずがないのです。

「大尉がそう話していたのですか」

「沖縄の兵隊です」と別の男が言いました。「沖縄の言葉を話す兵隊がいて、その人が言っていました。全員でクリ舟を漕《こ》いで一晩がかりで着いたそうです」

沖縄出身の兵隊は大半が現地召集された二等兵です。陸軍大尉と二等兵の組み合わせは、状況的にはともかく、常識的にはありえません。大尉がなりふりかまわず二等兵と同じ舟を漕いで来たのなら、本島を離れること自体が目的だったのでしょう。座敷にいる七人はこの島に逃げてきたに違いありませんでした。

大工と話している間にも続々と男たちが集まってきました。どの顔もほころんでいました。私が着いたのは十時頃でしたが、昼近くに教頭が出てきて、ようやく中へ入ることを許されました。

兵隊たちは東の一番座で食事をしていました。沖縄では東が上座ですから賓客としてもてなされていたわけですが、私は兵隊たちの姿にぎょっとさせられました。七人とも髪も髭も伸び放題で、皇軍どころか、山賊と見まがうような姿でした。彼らは借り物の着物を着ていました。よほど腹を空《す》かせていたのでしょう、音を立てて冬瓜の汁をすすり、着物の前をはだけて黙々と箸《はし》を動かしていました。髭面《ひげづら》のせいか、どの男も年を食っているように見え、ロートルの寄せ集めという印象でした。

私は庭にいた仲村という漁師に声をかけました。仲村は地元の防衛隊の幹部でした。年はもう四十でしたが、筋肉質の引き締まった身体《からだ》をしていて、冷淡に見えるほど落ち着きのある男でした。明け方に兵隊たちを見つけ、この家に連れてきたのは彼でした。

「それにしても危ないところでした」と仲村は言いました。「あの人たちは伊平屋島に行こうとしていたんですよ」

「伊平屋島に？」

「途中で潮に流されて、夜明けも近かったのでこの島に上陸したそうです」

「誰がそう話したのですか」

「宮平という二等兵です。右端に体格のいい兵隊がいるでしょう。ここに来る途中で、あの人がそう話していました」

宮平という二等兵は、本部半島の漁師のようでした。沖縄相撲の力士でもあるらしく、痩《や》せた男たちの中で一人だけ肉付きがよく、こげ茶色にふくらんだ顔の真ん中でらんらんと光る目が印象的でした。隊長が方言を解さないのをいいことに、クリ舟を漕げるのは自分だけだ、自分の指示がなければ全員死んでいたなどと、勝手なことを言っていたようでした。

「あの兵隊たちは戦況を何も知りません」仲村は続けました。「伊江島の方角が明るかったので、それを目印にして漕いできたと言っていました。あの灯《あ》かりは米軍のものかと聞かれました」

「他には?」

「武器をかなり持っています。舟に重そうな箱を三つ積んでいました」

兵隊たちは食事を済ませ、隊長から順に座敷を出ていきました。十分ほどして隊長が戻ってくると、庭に軽いどよめきが起きました。髭を剃《そ》り落とした隊長は十歳以上も若返り、私と変わらない年に見えました。他の兵隊たちも髭を剃り、次々に出てきました。一番年嵩《としかさ》に見える男でも三十歳くらいで、あとは全員が二十代の半ばでした。

隊長は長身で胸板の厚い男でした。切れ長の目と薄い唇に特徴があり、歌舞伎《かぶき》役者を思わせました。二枚目の立役で、九代目の海老蔵《えびぞう》といった雰囲気でした。強面《こわもて》のタイプではなく、華があるのですよ。剃刀《かみそり》負けしたのか、青々とした頰の所どころに血がにじんでいましたが、本人は気にする様子もなく、腕組みをして畳の一点を睨《にら》みつけるようにしていました。彼は当時二十七歳だったのですが、落ち着いた物腰と背筋を伸ばした姿勢のよさは、いかにも陸軍の青年将校という印象でした。

全員が髭剃りを済ませたところで、教頭が恭《うやうや》しい口調で隊長である山岡武《たけし》大尉を紹介しました。山岡という人は典型的な陸軍のエリートでした。陸軍士官学校の出身で、百二十名あまりの部下を率いる中隊長だという説明に感嘆したようなどよめきが沸き起こりました。山岡大尉は軽く顔を上げ、どよめきが収まるのを待って不意の来島について説明しました。

「我われは本部半島に十五センチ砲を二門設置して敵に大打撃を与えた。その後も本島北部で遊撃戦を続けたが、近く予想される本土からの総攻撃に呼応すべく、この島で一時待機することになった。島のみなさん、それまでよろしくお願いする」

山岡大尉は煙草《たばこ》に火をつけて深々と一服吸い込み、細い煙を吐き出しながら座敷にいた人たちに笑いかけました。その場にいた人たちは感激した面持ちで拍手をしました。庭から遠巻きに眺めていたせいか、それこそ歌舞伎の舞台でも見ているような気分でした。

兵隊たちも階級順に紹介され、一言ずつ話しました。驚いたことに、大尉の次はいきなり階級が下って兵長でした。上等兵が一人、一等兵と二等兵が二人ずつで、彼らは儀礼的な拍手を浴びただけでした。島の人たちは兵隊の階級に敏感でした。陸士出の大尉は仰ぎ見るほどの存在でしたが、退役した島の元兵隊にも軍曹が数名いたので、他の兵隊は単なる一兵卒としか見られなかったのです。

こういう見方は子供たちの間ではいっそうあからさまでした。山岡隊が来てから子供たちは「大尉ごっこ」というのをするようになりました。一人が陸軍大尉になり、小首をかしげる山岡大尉の仕草を真似《まね》て、「お前の出身地と階級を言え」と言う。すると、二等兵役のもう一人が「はい、本部《もとぶ》町出身のクチサリであります」などと答えるのです。軍馬の世話など取るに足らない雑用をするクチサリが二等兵たちを指しているのは明らかでした。

七人は農民と漁師になりすまし、伊是名地区の民家に分散して住むことになりました。山岡大尉は島では善太郎、宮平二等兵は沖縄相撲のしこ名である大吉と呼ばれていました。他の兵隊たちの偽名は忘れましたが、木山と私を含め、こうして九人の将兵がこの島で顔を揃《そろ》えたのです。

山岡隊は何しろ皇軍でしたから、島の有力者たちは各集落で歓迎の酒席を設けました。私の記憶では場所を変えて三、四日続いたと思います。

夜間は灯火管制が敷かれていたので、酒席は昼頃に始まりました。もっとも、酒が入ると昼も夜もありません。私も参加しましたが、むしろ陽の高いうちに飲む酒の方が早く回るものだと知りました。どの兵隊も酒好きでした。山岡大尉もそうで、盃《さかずき》ではなくコップで飲めと命じていました。彼の酒を断れる者はおらず、ほとんどの男は夕方には横になっていました。私も嫌というほど飲まされました。そのせいか、いまでもあれは白昼夢だったのではないかと思うことがあるのですよ。来るはずのない皇軍が来て、催されるはずのない酒席が催され、隣の島に米軍がいるのに昼間から「天皇陛下万歳」が叫ばれていたのですから。酒の量も度を超し、とても現実とは思えないわけです。

私は島の者たちが芸達者なことに驚かされました。普段は口の重い連中なのですが、酒が入ると陽気に踊ったりして様相が一変するのです。女たちも大勢来ていました。三線《さんしん》の演奏や琉球《りゅうきゅう》舞踊が披露され、戦争中とは思えないほどの賑《にぎ》やかさでした。山岡という人は、こういう席では気さくに振舞う人でした。彼は兵隊たちにも歌や踊りをさせ、自分でも舞を演じました。兵隊たちの歌や踊りもそれなりに面白かったのですが、山岡大尉の剣舞『川中島』は見事なものでした。「流星光底、長蛇を逸す」というあれですが、彼が部下の鼻先に軍刀を振り下ろした瞬間が、あの酒席のクライマックスだったかもしれません。ともかく、それで座が大いに沸きました。空襲が減っていた時期であり、酔いもあって、大東亜戦争など一体どこでやっている戦争かと思ったほどです。

私は呆然《ぼうぜん》として歌や踊りを眺めていましたが、兵隊の一人が宇土《うど》部隊の話をするのを聞いて、やはり本島から逃げてきた敗残兵たちだと確信しました。

ご存じのように、国頭《くにがみ》支隊は宇土武彦《たけひこ》大佐が率いていたことから宇土部隊と呼ばれていました。本部半島の八重岳《やえだけ》を拠点としていた三千名の部隊ですが、青年義勇隊や十四、五歳の鉄血勤皇隊員らを含む混成部隊で、統制が取れておらず、指揮官の評判も芳《かんば》しくありませんでした。五月の半ばに稲葉に会った時、私はこの部隊が四月中に敗走したと聞かされていました。四月五日頃から米軍との戦闘に入り、およそ十日間の山岳戦の後、本部半島から敗走して散り散りになったというのです。もっとも、山岡大尉は戦況を見極めた上で部下たちと連絡を取り、再び本島へ戻ると話していたのですが。

山岡大尉がさとうきび畑を訪ねてきたのは、歓迎の酒席が終わり、島がまた静かになった頃でした。

彼はつばの小さな麦わら帽子をかぶり、さとうきびの幹をかき分けて私の前へ現れました。畑仕事は昼までだったので、訪ねてきたのは昼前だったと思います。

山岡大尉は大柄な男でした。身体に合う着物がなく、藍色《あいいろ》の丈の短い着物を着て、寄食先の八歳くらいの男の子を連れていました。

「この子は軍人志望らしい」彼は男の子の頭を叩《たた》き、快活な笑顔を見せました。「米兵を何人殺したのかと聞かれて往生している。島に来てからその質問ばかりだ」

「それは困りましたね」と私は言いました。

「なに、軍人が一番多く受ける質問だ。それにしても暑い。水をもらってもいいか」

「ええ、どうぞ」

山岡大尉は薬缶《やかん》からじかに水を飲み、着物の袖《そで》で額に吹き出た汗を拭《ふ》きました。彼は菊の紋章が入った黒革の煙草入れを持っていました。そこから『光』を取り出し、私にも一本勧めました。

「子供からは決まってその質問を受ける。大した数ではないと答えたら三十人くらいかと聞かれた。山口さん、失礼、山口先生、どう答えるべきだろうか」

男の子は少し離れたところから、じっと私たちを見つめていました。伊是名地区の地主の孫で、いかにも鼻っ柱の強そうな子でした。

「正直に答えるしかないようですね」と私は言いました。

山岡大尉は頷《うなず》き、男の子の方を向いて「三百人くらいだ」と言いました。さとうきびの葉の下で陽射《ひざ》しを避けていた子は、それを聞いて目を瞬《また》かせました。

「一人で殺したわけではない」山岡大尉《たいい》は続けました。「おれには百二十四人の部下がいた。その連中たちと大砲で戦艦を粉々にしたんだ。死体を数えたわけではないから正確な数はわからんが、そのくらいは死んだはずだ。敵が上陸してからは銃で撃ち合った。本部半島の学校で敵と一対一になった。いまでもその時のことを思い出す。大砲を撃つのは訳はない。撃たれた方だって、粉々になって痛みも感じないだろう。恐ろしいのは敵と銃で撃ち合うことだ。思い出すだけで膝《ひざ》が震えてくる」

軽蔑《けいべつ》を感じたのか、地主の孫は面白くなさそうな顔で何か呟《つぶや》きました。

「特に恐ろしいのは敵と目が合った瞬間だ。学校を抜け出した時は、人生の半分をそこで過ごしたような気がした。しかし、それは終わりではなく、始まりだったんだな。来る日も来る日もその繰り返しで、気が休まることがない。それが軍人の生活だ。小僧、お前にその覚悟ができているのか。この島で戦争ごっこをしているのとはわけが違うんだぞ」

山岡大尉はさとうきびの根元に腰を下ろし、男の子に「帰れ」と言いました。しぶしぶといった感じで男の子が立ち去ると、彼は「しょうがないガキだ」と吐き捨てました。

「まあ、座れ。忙しいみたいだが、ちょっと付き合え。戦争中にさとうきびなんか作っても仕方がないだろう」

私は彼の横に腰を下ろし、「本部半島におられたのですね」と言いました。

「ああ、食い物もないし、とんでもない山の中だ。そこに小さな学校があった。学校があるなら民家もあるはずで、食い物にありつけるということだ。しかし、暗くて民家は一つも見えない。そこで、とりあえず学校へ行くことにした。もちろん、学校なんぞに用はない。米兵がうようよしていて建物に入るのは危険だった。それでもどうしても行きたくなって斥候を出した。実は用を足したかったんだよ。慣れないものを食ったせいで腹をこわしてしまってな」

「腹を？」

「腹をこわすくらい何だと思っているんだろう。その通りだ、どうってことはない。本音を言うと一人になりたかったんだよ。四六時中、同じ連中と顔を合わせていたから、一人きりで色々と考えてみたかった。どっちにしても贅沢《ぜいたく》な話だ」

「いえ、わかります」

山岡大尉は麦わら帽子を取り、軟らかそうな髪を後ろへ撫《な》でつけました。彼は体格こそよかったものの、どちらかといえば古風な顔立ちの優男《やさおとこ》でした。陽に焼けて頬は真っ黒でしたが、インテリに特有の鈍い光が目に宿っていて、およそ島の農夫には見えませんでした。

「とにかく山の下に学校が見えた途端に下腹が痛み出した。夜の八時頃で、校舎は真っ暗だった。斥候に出した兵隊は誰もいないと伝えてきた。ところが、中へ入ったらいきなり敵が撃ってきた。どういうことか分かるだろう、自分の仕事をしない兵隊がいかに多いかということだよ」

山岡大尉は近くにあった石ころで地面に校内の見取り図を描きました。平屋建ての小さな学校のようでした。護衛の軍曹とトイレへ向かった彼は、渡り廊下の先から狙《そ》撃《げき》され、とっさに近くの教室へ飛び込んだと言いました。玄関で警戒に当たっていた仲間が応戦し始め、真ん中に取り残される形になって廊下へ出ることもできず、窓から外に飛び出したと話しました。

「こっちは大部隊だった」

山岡大尉はそう言って笑顔を見せました。四月の下旬で、その時点ではまだ二十人近くの兵隊が残っていたようでした。

「兵隊たちはとにかく撃ちまくっていた。渡り廊下の先からは散発的に銃声が聞こえるだけで、敵はそう多くないとわかった。銃声を聞いている限りではこちらが圧倒的に優勢だった。しかし、いくら優勢でも弾が当たればそれまでだし、予断を持つことほど危険なことはない。校舎の脇《わき》で身を伏せていると急に物音がしなくなった。敵を始末したのだろう、そう思いたかったが、それにしては何の物音もしない。撃ち合いで一番危険なのはこういう時だ。様子見をしているうちに五感が研ぎ澄まされて射撃の精度が格段に上がるんだよ。次の銃声で誰かが死ぬ。経験からそれがわかっていただけに恐ろしかった。おれはじっとして部下が死体の確認に動くのを待った。ところが、一分くらいしても何の動きもない。それどころか校舎に人がいる気配さえしない。すぐ横にいた護衛の息遣いがするだけで、他には何の音もしないんだ。そいつに偵察を命じて息を潜めていたが、あんなに恐ろしかったことはない」

私は意外に思いながら彼の話を聞いていました。階級の高い者ほど手柄を語りたがるものですが、山岡大尉は何度も「恐ろしかった」と言いました。少なくとも、彼は武勲を自慢にするタイプではないようでした。

山岡というのは弁の立つ男でした。彼は麦わら帽子をあみだにかぶり、書き言葉でも読み上げるように澱《よど》みのない口調で続けました。

「一緒にいた護衛は二十五、六の軍曹だった。軍曹といえば、たいてい『鬼』の冠がつくものだが、そいつは山の中で漢詩を口ずさんだりするようなやつだった。ちょっとしたインテリなんだ。偵察に行く前に、軍曹は二つになるという息子の名前をおれに告げた。北支の部隊にいて息子とはまだ会っていないとも言っていた。こんな時におかしなことを言う男だと思ったが、いまから思えば死の予感があったのだろう。おれは息子の話はあとで聞くと言った。軍曹は頷き、暗闇《くらやみ》に目が慣れるのを待って窓から校舎へ入っていった。

おれは下腹をさすりながら窓の下にうずくまっていた。最初の銃声と同時に腹痛は消し飛んでいたが、一人になるとまた腹が痛み出した。人間の身体《からだ》というのは不思議だ。すぐ近くで銃声を聞くとあらゆる感覚が麻痺《まひ》してしまう。死というのはああいう無感覚の状態になることなのかもしれない。そんなことを思って下腹をさすっているうちに恐怖感がぶり返してきた。外は真っ暗だった。目はどうにか慣れてきたが、光というものが一切ない。漆黒の闇とはあのことだ。蒸し暑い夜で、蚊が多かった。沖縄の蚊は獰猛《どうもう》だ。昼間からうるさく付きまとってくる。夜はもう手がつけられない。おれは嫌な音を立てる蚊を手で追い払い、下腹を押さえ、校舎の壁に張りつくようにして中の物音に耳を澄ませていた。

蚊のことはすぐに忘れた。一分もしないうちに物音がし、二十メートル先の窓から黒い影が出てきたのが見えたからだ。見るからに大きな影で、米兵に違いなかった。

ぎょっとしたが、相手は一人きりだった。米兵は校舎を背にしてしゃがみ、首をすくめて左右を見回していた。目が異様に白かった。やつは水筒からじかに水を飲み、ヘルメットをかぶり直して忙《せわ》しなくあたりを窺《うかが》っていた。その目が白く光っているように見えて気味が悪かった。そいつは黒人兵だったんだ。

校舎の中は奇妙なくらい静まり返っていた。敵は蚊に悩まされているらしく、手で顔の前を払い、肩で息をしていた。白い歯がはっきりと見えた。やつはおれがいることに気づいていなかった。校舎の中を気にしながら大きく口を開けて呼吸しているのを見て、こいつは斥候に出されたのだと直感した。つまり、いまは数えるほどの敵しかいなくても、そのうちに大挙してやって来るということだ。いや、もうそこまで来ているのかもしれない。

おれは黒人兵に気づかれないようにサンパチ銃をたぐり寄せた。この時、士官学校の教官の言葉を思い出した。曰《いわ》く、引き金は闇夜に霜が降るがごとくに引け。三八式歩兵銃は優秀なライフルだが、慌《あわ》てて引くとどうしても銃口が下がってしまう。いわゆるガク引きというやつで、どんな名手でもたまにこれをやる。教官は、女を扱うように優しく扱え、と言っていた。殺されたくなかったら引き金はそっと引け、と。四月の沖縄に霜は降りそうになかったが、まさにその教えを活《い》かす場面だった。

敵は身を低くして銃を握り締めていた。震えているらしく、上体を小刻みに揺らしていた。おれは腹ばいになったままで銃を構え、黒人兵に狙《ねら》いを定めた。この時ほど緊張したことはない。的はでかく、外すような距離でもなかったが、向こうが持っているのはオートマチックの銃だ。こっちは一発撃つごとにボルトを引いて薬室に弾を送らなければならない。二発目はないと覚悟した。一回こっきり、要するに人生そのものだ。それにしても、あの軍曹は何をしているのか。そんなことが頭をよぎった。銃声は途絶えたままだったから、やつはまだ校舎の中にいるはずだった。不信感を募らせながらライフルの銃口をほんの少し下げた。頭から胸へ。とにかく、敵の身体のどこかへ弾をぶち込もうと思ったわけだ。

次の瞬間、敵が弾《はじ》かれたようにこっちを見た。安全装置を外すカチリという音が聞こえたのだ。目が合った時間は永遠にも思えたが、実際は半秒かそこらだろう。おれが引き金を引いたのと、やつが教室へ飛び込んだのはほとんど同時だった。霜が降るがごとくには引けなかったが、ぎゃっという叫び声がしたから身体のどこかには当たったと思う。続けざまに校舎の中から五、六発の銃声がした。さらに何発かが発砲され、廊下を駆け回るような靴音がし、『殺《や》ったぞ』と叫ぶ声が聞こえた。

おれは近くの窓から教室へ入って兵隊たちの名前を叫んだ。教室に四、五人が駆け込んできて、喘《あえ》ぎ声で戦果が報告された。始末した米兵は三人、こちらの被害は一人だけだというから戦果としてはまずまずだった。残りの兵隊たちは廊下にいて、仲間の死体を取り囲むようにしていた。殺られたのはおれの護衛をしていた軍曹だった。廊下に飛び出してきた黒人兵に至近距離から撃たれたんだ。軍曹は左目を撃ち抜かれ、鼻と口から血を流していた。正視に堪えない姿だった。全員が集まったところで黙禱《もくとう》が捧《ささ》げられ、遺体の横に線香代わりの煙草《たばこ》が置かれた。

黒人兵は三メートル先で仰向《あおむ》けになっていた。二メートル近くありそうな毛むじゃらの大男だった。やつは胸と腰から血を流し、万歳でもするような格好で倒れていた。黙禱が済むと、兵隊たちは黒人兵を取り囲んだ。全員がひどく気が立っているのがわかった。兵隊を引き連れていると、こういうことがあった後が一番手を焼く。頭に血が昇って言うことを聞かないやつが出てくるんだよ。この時もそうで、一人が死体に唾《つば》を吐きかけ、それをきっかけに足蹴《あしげ》にしたり、顔を踏みつけたりし始めた。とりわけおれが斥候を命じた兵隊は執念深かった。部隊からはぐれて山の中に一人で隠れていた兵隊で、虫も殺せないようなやつだった。そいつは泣きながら黒人兵の腹を刺し始めた。銃剣を引き抜くたびに血が噴き出し、目を剝《む》いている死体の顔が動いた。まったく、ぞっとするような光景だった。あの兵隊はそうするしかなかったんだ。

わかるだろう？　誰かが手を抜けば、必ずそのとばっちりを受ける者が出る。面と向かって非難する者はいなかったが、その場にいた全員がそう思っていたはずだ。

黒人兵は体臭が強かった。臓物の臭《にお》いも混じって、そばに寄っただけで鼻がひん曲がりそうになった。黒人兵を見て、おやっと思ったことがあった。黒人というのは全身が黒いのだと思っていたが、広げられていた掌《て》は真っ白だった。ある兵隊が言っていたが、腋《わき》の下や足の裏なんかも真っ白なんだそうだ。そんなものかと思って聞いていたが、しかしあの兵隊はどこでそれを知ったのかな。沖縄へ来る前は北支にいたと話していたし、考えてみると不思議だが、もう死んじまったから聞くわけにもいかない。永遠の謎《なぞ》だ。

……こんなふうに話すと、けっこう時間がかかったように思うかもしれないが、我われが学校にいたのは十分かそこらだ。撃ち合いというのは長く感じても実際はあっという間に終わる。本気で撃ち合うと、あっけないくらいに早く片がつく。もちろん長引くこともある。それは本気で戦っていない時だ。

その点、うちの兵隊たちは、ああ見えてなかなかのものだ。それまでに殺された仲間を何人も見てきたせいだろう。特に死んだ護衛には司令部に感状を申請したいくらいだ。藤井善太郎といって、福井の農家の四男坊だ。名前を忘れちゃいけないと思って善太郎と名乗ることにしたが、なかなかいい名前だと思わないか」

そこまで話したところで、間借り先の主人が現れました。よくあることでしたが、私の働きぶりを監視しにきたのです。山岡大尉《たいい》は『チュウガナビラ《こんにちは》』と言って煙草を差し出し、土地の言葉で主人に話しかけていました。主人は愛想のない年寄りでしたが、相手が相手だけに無理に笑顔を作ろうとしていました。

「うるさそうな親父《おやじ》だな」主人がいなくなると山岡大尉は舌打ちをしました。

「三月に孫が戦死して、それ以来、ずっとあの調子です」

「それは気の毒に。それはそうと、先生、二、三日付き合ってもらえないか。伊平屋島の状況を見ておきたい」

「伊平屋島？　それは無茶です」

「そう無茶でもない」彼は着物についた土を払いながら言いました。「あの島と行き来している商売人がいるそうじゃないか。キナースーとかいうやつだ」

「あの男は向こうへ行ったきり消息が不明です」

「しかし、殺されたとは聞いていない。向こうに着いたら、あんたの上官にも会おうじゃないか。三人で話して仕切り直しだ」

「誰のことですか」

「思ったより口数が多いんだな。いいから四の五の言わずに付き合え」

「誰が舟を漕《こ》ぐのですか」

「あんたの手下だ。うちの兵隊に漕がせてもいいが、途中に難所があると聞いた。慣れている者がいい。防衛隊の漁師を一人出してくれ」

「いまは誰も行きたがらないと思います」

山岡大尉は私の目をじっと見つめ、「これは軍の命令だ」と言いました。「そう言って舟を出させろ。出発は明日の夜だ」

彼は地面に地図を描き、とりあえず具志川島《ぐしかわじま》へ渡る、と言いました。具志川島は伊平屋島へ行く途中にある細長い島です。世捨て人のような者が数人住んでいるだけの小島ですが、いったんそこへ渡り、状況を見てから上陸する気でいるようでした。

「この島はだらけ切っている。防衛隊の連中にも少し活を入れないとだめだ」

ひと通り説明をしたあとで、山岡大尉は吐き捨てるように言いました。

防衛隊の幹部は大半が兵役を終えた者たちでした。彼らは重砲部隊が大砲を放置して島へ来るのはおかしい、と仲間内で囁《ささや》き合っていました。まだ大きな声にはなっていませんでしたが、私はいずれ何らかの火種になるのではないかと案じていました。もっとも、山岡大尉にとっては島民の思惑など二の次だったに違いなく、稲葉に会うことで良からぬ噂《うわさ》が軍に伝わるのを防ぐ——伊平屋島行きの目的はそのへんだろうと思いました。

「明日の夕方に迎えに来る。北の浜から出るから舟の手配をしておいてくれ」

軍の命令だと念を押され、私は覚悟を決めましたが、この計画は数日延期になりました。というのは、その翌日に米兵が島に漂着するという出来事があったからです。

フランク

米兵は明け方に南の浜に漂着し、砂防林の中に潜んでいたようでした。

私が聞いたのは奇妙な話でした。朝の五時頃、浜へ向かっていた漁師が松林の中にゴムボートがあるのを見つけ、銛《もり》を手にして近寄った時、後ろからぽんと肩を叩《たた》かれたというのです。すぐ後ろに立っていたのが米兵だと分かり、漁師は凍りついたようになって一歩も動けずにいたということでした。

まだ薄暗く、助けを呼ぼうにも誰もいない松林の中です。米兵は身振りを交えてしゃべっていたものの、漁師はひと言も理解できず、顔を上げることさえできずにいたようでした。奇妙なのはそのあとです。ひとしきり話すと、米兵は漁師に銃を渡し、「行こう」というように彼の背中を叩いたので、どこに行くかもわからないまま、おっかなびっくり銃を持って歩き、結局、仲田地区の集会所に行ったということでした。

仲田の集会所は人で埋まっていました。入り口には宮平二等兵が立っていて、集まってきた島民たちに「庭に回れ」と言っていました。人垣をかきわけて庭に行くと、ランニングシャツ姿の白人が濡《ぬ》れ縁《えん》に腰かけていました。見たところ二十代の半ばでした。米兵はたいがい長身で肉づきがよかったのですが、この男は線が細く、卵型のほっそりした頰をしていました。目を引いたのはふさふさとした金髪です。米兵は時折顔を上げ、途方に暮れた様子で首を振りました。そのたびに額にかかった前髪が揺れ、我われとはまったく別の生き物だという印象を与えました。

島の男たちは濡れ縁を取り囲み、押し黙って米兵を睨《にら》みつけていました。間近でアメリカ人を見たのは初めてだったのでしょう。彼らは怒っているようでもあり、戸惑っているようにも見えました。私には戸惑いの理由がわかる気がしました。米兵は華奢《きゃしゃ》で、透けるような紅色の頰をしていました。島民たちは、鬼畜であるはずの米兵がむしろ女性的な印象を与えることに戸惑っていたのです。

座敷では山岡大尉を囲んで兵隊たちが話をしていました。やがて兵隊たちが出てきて米兵を取り囲むように座りました。山岡大尉は米兵の隣に腰を下ろし、どこから来たのかとたずねました。米兵はほっとした様子で顔を上げ、自分は伊江島から来たパイロットだと言いました。庭にいた男たちは山岡大尉の英語が達者なことに驚いて顔を見合わせました。

山岡大尉は米兵と二、三分話し、庭の方を向いて「聞いてくれ」と言いました。

「この男は敵のパイロットだ。昨日の午後、わが軍の特攻機を迎撃するために伊江島の飛行場を飛び立った。その時、味方の防空砲火を受けて落下傘《らっかさん》で脱出し、備えつけのゴムボートを漕いで一晩中かかって辿《たど》り着いたのがこの島だということだ。いまはとても眠いし、喉《のど》が渇いていると言っている」

山岡大尉は米兵に水を渡し、「ウェルカム」と言いました。米兵はうまそうに水を飲み、顔をほころばせて何か言いました。山岡大尉も笑顔で応じていましたが、表情とは裏腹に「何を馬鹿《ばか》な」、「でたらめな宣伝をするな」などと言いました。反発を持たれているとも知らず、米兵は身振りを交えてかなり長く話しました。

「パイロットと聞いたら放っておけないな」

知らぬ間に木山が横に立っていました。彼は手にしていた麻袋の口を広げて中を見せました。米兵が持っていたというコルト・ガバメントが入っていました。

「もう一度集まってくれ」

山岡大尉に手招きされ、私も座敷に上がりました。兵隊たちが顔を揃《そろ》えると、山岡大尉は「とんでもないデマを流す野郎だ」と吐き捨てました。

「あの野郎、本島にいる兵隊は散り散りになって、司令部も壕《ごう》の中に隠れている、日本の降伏は時間の問題だとぬかしている。伊江島へ帰してくれれば、この島を攻めないように上官に話すと交渉までしかけてきた。どれもでたらめに決まっている」

米兵は二十五歳で、医科大学に在学中に空軍へ志願したようでした。同い年の妻との間に子供が二人、もうじき三人目が生まれてくると言っているが、どうせ同情を引くための嘘《うそ》だ、と山岡大尉は言いました。

「あいつは宣伝工作に来たスパイだ。アメリカ軍の勢力はいまが最高潮で、イギリス海軍も参戦しているから日本に勝ち目はない、真珠湾で大破した戦艦も沖縄に来ている、戦艦の乗組員は復讐心《ふくしゅうしん》に燃えているから、早く降伏しないと大変なことになるとデマを言っている」

「戦艦のことは本当かもしれない」そう言ったのは木山でした。

「どういうことだ?」

「あいつが言っているのはネヴァダのことだと思う。三月の終わりに本島の近くを飛んでいた男が、雲の隙間《すきま》からネヴァダを見たと言っていた。そいつは真珠湾を攻撃した男だ。ハワイへ行く前に敵艦の名前と形を全部覚えさせせられたから間違いないと言っていた」

「沖縄にネヴァダが来ているというのか。見間違いだろう」

「いや、そいつの記憶力は並外れている。油圧系の目盛りから何から全部憶《おぼ》えていた。真珠湾を攻撃したのは日曜の朝で、オアフ島に近づくとグレン・ミラーの『サンライズ・セレナーデ』という曲が無線機に入ったらしい。それを聴いて勝利を確信したと言っていた」

　私たちはしばらく無言でいました。真珠湾を攻めた海軍機が戦艦アリゾナを撃沈し、ネヴァダを大破させたという話は当時知らぬ者がないほどでした。とはいえ、私たちは敵艦が修復されたことに驚いていたのではありません。縁側にいる米兵の話は本当かもしれないという思いに圧倒されていたのです。

　押し黙っている間に庭がざわついてきました。米兵がゼスチャーを交じえて庭にいた男たちに話しかけているのでした。米兵は笑みを浮かべて振り向き、何か食べさせてほしいと訴えました。山岡大尉は頷《うなず》き、そいつは敵の密偵だ、と言いました。

　山岡大尉はそれから二日間、米兵を尋問しました。もっとも、向こうがそれを尋問と思っていたのかは分かりません。風が強く、小雨がぱらついていたので、むしろ島に足止めを食っているだけだと感じていたふしがあります。山岡大尉はジョークを交えて質問し、できるだけ多くのことを知ろうとしていました。酒も飲ませていました。泡盛は口に合わなかったようでしたが、米兵はよくしゃべりました。

このパイロットはフランクと名乗っていました。名前通りのフランクな男で、「アツイデス」とか「ミズ、クダサイ」などと言って見張り役の兵隊を笑わせ、その笑顔を見て安心している風でした。山岡大尉も優しい言葉をかけ、彼との会話を楽しんでいるように見えましたが、私たちには、だらしのない毛唐だ、と言っていました。「食事が合わない、ここは蚊が多い、早く伊江島へ帰せ、あいつは要求ばかりだ。挙句にどこで英語を覚えた、軍の階級は何だと聞いてきた。油断も隙もない」そう言いながらも山岡大尉は上機嫌で、フランクと英語の歌を口ずさむことさえありました。

三日目は一転してよく晴れました。その日の午後、山岡隊はフランクを散歩に連れ出しました。木山の他になぜか二人の漁師が一緒でした。二人とも島内で人望のある男たちです。

私たちは山間《やまあい》の道を南に向かいました。山岡大尉とフランクのあとに十人の男が続く奇妙な散歩です。途中からススキの生い茂った草むらに入り、二、三分進んだところで松林が見えてきました。三日前に漂着した浜に向かっていると知ってフランクは饒舌《じょうぜつ》になりました。自分はロサンゼルスの生まれだとか、カリフォルニアの海を思い出すとか、そんな話でした。

「飽きもせず、よくしゃべる毛唐だな」山岡大尉《たいい》が振り返って言うと、兵隊たちはどっと笑いました。

狭い浜に着くと山岡大尉は口笛を吹きました。『茶色の小瓶』というアメリカの民謡で、グレン・ミラー楽団の演奏で有名になった曲です。フランクは歓声を上げ、いっそう多弁になりました。山岡大尉は水筒とトウモロコシを入れた袋を彼に渡し、伊江島の方角を指差して「気をつけて帰れ」と言いました。砂浜には黄色いゴムボートが置かれていました。山岡大尉が空気の抜けたボートを指差すと、フランクはこれ以上ない笑顔で彼に握手を求めました。山岡大尉も笑顔でフランクの手を握り返し、「最後だ、握手くらいしてやれ」と兵隊たちに言いました。兵隊たちは長身のフランクを見上げるようにして順番に握手しました。隊長の命令とはいえ、笑顔の敵に両手を握りしめられて、どの兵隊も困っているように見えました。漁師たちは握手を拒みました。二人は三月に死んだ新兵の父親だったのです。

「フランク、自分の仕事だろう」山岡大尉がぺしゃんこのゴムボートを指差して言いました。

フランクはもっともだというように頷き、砂の上にしゃがんでボートの空気口をくわえました。浜はひっそりとしていて、穏やかな波の音とボートに空気を吹き込む音しか聞こえませんでした。

六月の沖縄はもう夏でした。陽射《ひざ》しを遮るものは何もなく、砂の白さが目に痛いほどでした。遠くの方から米軍機のエンジン音が聞こえました。もう慣れっこになっていて気にする者はいませんでしたが、空から見つけてもらおうと思ったらしく、フランクはゴムボートを広げ、空気口をくわえたまま上空を見上げました。必死の形相でしたが、ボートはなかなか膨らまず、彼の白い腕はもう真っ赤でした。

ボートが半分ほど膨らんだ頃、松林の中にいた兵隊が木箱を持ってきました。木箱には三丁の銃が入っていました。兵隊が十四年式拳銃《けんじゅう》を漁師たちに渡し、フランクに背を向けて指示を与えました。松林から出てきた木山が「早くしろ」と怒鳴りました。午後二時の海岸には垂直の日光が降りそそぎ、顔も腕も焼けつくようでした。漁師たちが引きつった顔で横に並ぶと、木山は手にしていた麻袋からコルト・ガバメントを取り出しました。五十メートル先の牛を一撃で殺せると言われていた大型銃です。兵隊たちが後ずさりすると、フランクは空気口をくわえたまま顔を上げ、ゆっくりと三人の方へ首を向けました。奇妙なことに彼は口元をほころばせ、自分に向けられた銃口を見ても動こうとしませんでした。

「的はでかい。一発で仕留めよう」

木山はそう言い、安全装置を外しました。フランクはカチッという音に反応して首をすくめましたが、ほぼ同時に三発の銃声が浜に響き、首と背中に銃弾を浴びて仰向《あおむ》けに倒れました。耳を覆《おお》いたくなるような野太い銃声でした。

「もういい、銃をしまえ」

山岡大尉は死体の横にしゃがみ、傷口に目を凝らしました。

「背中に二発、首に一発。頸動脈《けいどうみゃく》をぶち抜いている。頸骨も粉々だ」

コルト・ガバメントというのは恐ろしい銃です。首をぶち抜いただけでなく、顎《あご》まで砕け、フランクは人相が変わっていました。縦に大きく裂けた傷口は女性の陰部を思わせました。そこから噴き出てくる血に骨のような白っぽいものが混じり、浜の砂は見る間に赤黒く染まりました。兵隊たちも唖然《あぜん》として、全員が死体の前で棒立ちになっていました。

「何をしている。さっさと運べ」と山岡大尉は言いました。

兵隊たちは死体の足を持って松林の中に引きずり、細長い穴の中へ入れました。あらかじめ掘っておいたのでしょう、フランクの身体《からだ》がちょうど収まるサイズの穴でした。兵隊たちがスコップで死体に土をかけている間に嫌な臭《にお》いがしてきました。ゴムボートに火がつけられたのです。木山は木切れでボートを突っついていました。火の回りをよくしようとしていたのでしょうが、暑さに耐えられず、すぐに松林の中へ駆け込んできました。穴に砂をかけるだけなので作業は五分もせずに終わりました。それでも全員が汗みずくになり、肩で息をしていました。山岡大尉は額の汗をぬぐい、「やっぱり夜にすればよかったな」と木山に言いました。

二人の漁師は木漏れ日の下に立ち尽くしたまま、呆然《ぼうぜん》としていました。山岡大尉は彼らのそばへ行き、井戸水が入った水筒を渡し、『光』を勧めました。

「見事でした。あなたたちは立派に息子さんたちの仇《かたき》を討った」

彼はそう言って二人の肩を叩《たた》きました。漁師の一人は無言で頷き、もう一人は顔を伏せて汗を拭《ぬぐ》っていました。喉を震わせているように見えたので、あるいは泣いていたのかもしれません。どちらにしても仇討ちに成功した人のようには見えませんでした。

木山は松の幹にもたれ、銃を手にしていました。山岡大尉に「おつかれさん」と声をかけられると、木山は「うまくいきましたね」と言いました。それは、島民をうまく巻き込めたという意味でした。人望の厚い漁師たちが加わったことにより、米兵殺害は島の秘密になったのです。

具志川島の虫

次の日、私たちは伊平屋島を目指して北の海岸を発《た》ちました。西の空に薄明かりが残っていたので、舟を漕《こ》ぎ出したのは七時頃だったと思います。私の役どころは伊平屋島の子供たちを気遣う教師といったもので、向こうに知り合いのいない山岡大尉は商人を装《よそお》うことにし、酒や昆布を舟に積み込んでいました。

舟の漕ぎ手は仲村に頼みました。伊平屋島までは四キロほどですが、心配なのは夕方から風が出てきたことでした。普段よりも波が高く、潮の流れも急で、クリ舟はかなり揺れました。おまけに向かい風です。

島を出て三十分ほどたった頃、どこからともなく轟音《ごうおん》が聞こえ、暗くなった上空に青白い光が見えました。「櫂《かい》を上げ」。仲村がそう叫んだ時には敵の哨戒機《しょうかいき》は間近に迫っていました。とっさに身を伏せてやり過ごしたものの、五分ほどしてまた轟音が聞こえ、生きた心地がしませんでした。敵機をやりすごしている間に舟が風でかなり流され、こんなことで無事に伊平屋島へ辿り着けるのか不安でした。

具志川島に着いたのは十時頃です。風に逆らっての航行に疲れきり、私たちは浜の上に寝転がりました。

具志川島は伊平屋島との中間に位置する、外周が四キロほどの細長い島です。砂浜の先に原野が広がっているだけで、およそ人間が住める島ではありませんでしたが、その頃は数人が自給自足の暮らしをしていました。仲村の案内で、私たちは真っ暗な道を進み、竹やぶの中にある小屋に行きました。壁の一部が崩れ、石ころや貝殻が転がっていて、三人が入ると身動きもできないような粗末な小屋でした。

山岡大尉は「水を汲《く》みに行こう」と言いました。私も喉《のど》が渇いていたので立ち上がりましたが、仲村は自分が汲んでくると言いました。驚いたことに岩層から湧《わ》き出る水が唯一《ゆいいつ》の生活水で、そこまではかなり距離があるので住人に水を分けてもらうというのです。仲村が藪《やぶ》の中へ入って行ったあと、近くの浜に出て山岡大尉と交代で双眼鏡を覗《のぞ》きました。風が強く、海は大きな波音を立てていました。伊平屋島にはぽつぽつと灯《とも》かりが点り、東の沖合には黒い影がいくつも見えました。敵の掃海艇だろう、と山岡大尉は言いました。計画では夜中に島の西端から上陸することになっていましたが、そのあたりにも小さな灯かりが見えました。あちこちで動く光があり、ジープのヘッドライトだとわかりました。海岸線をジープが行き来し、時折、サーチライトが黒い雨雲を照らしました。夜陰に乗じて上陸するのはむしろ危険でした。掃海艇に沈められるか、陸からの一斉射撃で蜂《はち》の巣にされるかのどちらかです。山岡大尉も口数が少なくなっていました。陸軍大尉としての面子《メンツ》もあったのでしょう、それでも「どこから上陸するのがいいと思う?」とたずねてきました。私は「灯かりのないところでしょうね」と言いましたが、どうせなら昼間の方がましだと思いました。もちろん、一番いいのは引き返すことです。

私は仲村が戻るのを待っていました。戦場では「やめよう」と言う勇気のある者がいるかどうかで、その部隊の命運が決まると言っていい。上官の顔も立てなければならないから難しい役割ですが、私はそれを兵隊でもない仲村に期待していました。彼がいなくなって二、三分しかたっていないのに、山岡大尉も「遅いなあ」と言っていたから、この時はうまくいくような気がしていました。

仲村が戻ってきたのは二十分ほどしてからでした。

彼は水筒の他に水を容《い》れた容器を抱え、粗末な着物を引っ掛けた男を連れていました。四十代半ばのひどく小柄な男で、最初は子供ではないかと思ったほどです。仲村によれば銛《もり》使いの名手で、この島で漁をして暮らしているということでした。

山岡大尉に顎で促され、私は漁師に名前をたずねました。男はなぜか黙ったままでした。波の音で聞こえなかったのかと思い、もう一度名前をたずねたのですが、漁師は大きな目を見開いて私を見上げているだけでした。

「名前なんかどうでもいい。おい、ここへ来て伊平屋島の様子を聞かせろ」

山岡大尉がそう言っても漁師はきょとんとした顔をしていました。

彼は舌打ちをし、闇《やみ》の中を見回して仲村の名を呼びました。すぐに仲村が小屋から出てきました。運んできた水を水筒に移し替えていたようでした。

「すみません、この人は沖縄の言葉しか分からないのです」

それを聞いて山岡大尉はまた舌打ちをしました。仲村に声をかけられ、漁師はようやく口を開いたのですが、何を言っているのか分からず、仲村がいちいち通訳をしました。この漁師と話しても時間の無駄だと思い、私は双眼鏡で伊平屋島の灯かりを見ていました。山岡大尉は水を飲み、私の横であくびを嚙《か》み殺していました。ところが、漁師の話は意外にまともでした。仲村を介して言うには、伊平屋島では敵の攻撃で五十人近くが死に、島民は中部の田名《だな》という集落に集められ、いまもそこで暮らしているというのです。

「伊平屋島の周りには米軍の船がうようよしていて、陸上でも米兵が夜通し警戒に当たっているそうです。捕まると収容所へ入れられるから島には近づかない方がいい、そう言っています」

「ほう、なかなか詳しいな」

山岡大尉は漁師の前にしゃがみ、なぜ収容所の場所を知っているのかと訊《たず》ねました。再び漁師とやり取りをした後、仲村は首をかしげながら言いました。

「四、五日前に、米軍が戦車でここへ来たと言っています」

「戦車で?」

「はい。目が覚めたら戦車が浜を走っていたそうです。収容所の話は、その時、一緒に来た伊平屋島の漁師から聞いたと言っています」

「なるほど。敵は何をしに来たのか」

山岡大尉の反応が面白かったのか、漁師は白い歯を見せ、カメラをかまえるような格好をしました。米兵は島中を回って、小屋や舟の写真を撮っていたようでした。

山岡大尉は首を傾けて男の顔を覗き込み、「生活はどうしている」と訊ねました。

意外にも漁に出ているという答えでした。

「朝のうちは魚を獲《と》っていても何も言われない、しかし昼と夜は海に出るな、米兵と一緒に来た伊平屋島の役人からそう言われたようです」

「それはいいことを聞いた」と山岡大尉は言いました。「それならおれたちが舟を漕いでいてもいいわけだ」

仲村は漁師の肩を叩き、今度はかなり長く話しました。

「舟で伊平屋島へ近づくのは危険だと言っています」

「なぜだ？　向こうは見分けがつかないだろう」

仲村は少し困っている様子でした。早く訊《き》けと急《せ》かされ、彼は「目印の旗があるようです」と言いました。

「何だ、その旗というのは？」

「ここへ来た米軍から渡されたそうです。米兵の間では釣りが流行《はや》っていて、伊平屋島の漁師たちはその旗を立てた舟で釣り場に案内しているようです」

山岡大尉は立ち上がり、三度目の舌打ちをしました。漁師は笑顔を浮かべて仲村に何か言っていました。この男は山岡大尉が次第に不機嫌になっていることに気づいていないのでした。

「よくしゃべるやつだな。何と言っている？」

「その旗を立てていないと、米兵に銃を突きつけられるそうです。あやうく発砲されそうになったことがある、若い米兵は伊平屋島のハブよりも恐ろしい、そう言っています」

「ほう、あの島にはハブがいるのか。それは気をつけないと」

漁師はまだしゃべっていました。その都度仲村が通訳しましたが、あとは同じ話の繰り返しでした。

山岡大尉《たいい》は波打ち際《ぎわ》へ私を呼び、「どう思う?」とたずねました。「何の旗か知らんが、敵から受け取ったわけだろう。あいつ、敵と取引したのかもしれないぞ」

「取引といっても、あの男が米軍に見返りを差し出せるとは思えませんが」

「見た感じはそうだが、どうも引っかかる。伊平屋島の連中は収容所へ入れられているのに、あいつは米軍から旗を渡されて漁を許されている。こんなに近いのに、おかしいと思わないか」

漁師は裸足《はだし》で、いかにもみすぼらしいなりをしていました。背丈も仲村の首くらいまでしかなく、笑顔を見せるたびに欠けた前歯が覗きました。米軍がこんな男を相手にするとは思えませんでしたが、山岡大尉は疑いを解こうとせず、沖縄の人間は信用できない、あいつは言葉がわからないふりをしているだけだと言いました。小柄な漁師はまだ何か話していました。仲村はその話に頷《うなず》きながら不安げな目でこちらを見ていました。

「しかし、あの男の話が本当なら、その旗をつけていれば安全かもしれません」と私は言いました。

「問題はそれが罠《わな》だった場合だ。あんたはあいつを信用するのか」

「とりあえずどんな旗なのか見ましょう。その上で、明日の朝、同じ旗が立っているかどうか確認してはどうですか」

「それもそうだな」

気がつくと、すぐ後ろに仲村が立っていました。山岡大尉は漁師に旗を持って来させろと命じ、あいつとの付き合いは長いのかと仲村にたずねました。仲村は頷き、戦争が始まるまで伊是名島に住んでいたと言いました。

「仲村さん、あいつは敵のスパイかもしれないぞ」

仲村は首を振り、「それはありえません」と言いました。

「あんた、なぜそう言い切れる？」

「見ての通り、人畜無害の男です。子供の頃はうちに住んでいました。生まれてすぐに母親が死んで、気の毒に思ったうちの父親が引き取ったのです。島ではよくあることです。あれは虫も殺せない男です」

山岡大尉はふっと笑い、「あんたは甘い」と言いました。「虫を殺せなくても取引くらいはできる」

「あれは魚を獲るしか能のない男です。学校も出ていないし、読み書きもできないのですよ。沖縄の言葉しか話せないのに、敵と取引などできるはずがありません」

「沖縄の言葉しかしゃべらないから怪しいんだよ。ここは日本だ。おれの前ではちゃんとした日本語を話せと言ってやれ」

「あの男にはそれができないのです」

仲村は漁師がいかに無知で無害な人間であるかについて説明しました。彼にしては珍しく力説したといってよかったのですが、山岡大尉は耳を貸そうとせず、「家族はいるのか」と訊ねただけでした。

「家族はいません。一人で魚を獲って暮らしているだけです」

山岡大尉は頷き、そうだろうなと言いました。「あいつのところへ人間の女が嫁に来るわけがない」

仲村は俯《うつむ》いてふっと息を吐きました。めったにないことですが、彼は腹を立てているのでした。山岡大尉はそうした反応に敏感でした。彼は苛立《いらだ》たしそうに唾《つば》を吐き、「野良犬《のらいぬ》以下の野郎だ」と吐き捨てました。

「本島にも敵のスパイがうようよしていた。あんたは知らんだろうが、食糧を調達した後に襲撃されたのは一度や二度じゃない。そのたびに仲間が減った。何人死んだと思う？　それも四月に入ってすぐだ。あの連中は敵が上陸したとたんに国を売ったんだよ。それこそ、虫も殺さないような顔をしたやつらだった。あの連中を信用したおれが馬鹿《ばか》だった」

山岡大尉は死んだ兵隊の名前を挙げ、彼らの死に様について語りました。兵隊が食糧を届けに来たのと同時に襲撃されたこともあったようです。それが密告によるものかどうかはともかく、話しながら彼の吐く息が荒くなっていくのがわかりました。

「それからはやり方を変えた。その家の者に食糧を運ばせるようにした。案の定、襲撃は減ったが、今度は家族が騒ぎ立てるようになった。訳のわからない言葉でわめき散らすので兵隊たちは気が気じゃなかったらしい。本島の山の中にいて、はっきりとわかった。あの島の連中はどっちでもいいから強そうな方について生き延びようとしていただけだ。だからスパイにでも何にでもなる。いまの男もそうだ。あいつはまだ何か隠している。別にどうってことはない、あんなやつの口を割らせるのは簡単だ」

漁師が藪の中を抜けて戻ってきました。山岡大尉が懐中電灯の灯かりを向けると、漁師は眩《まぶ》しそうに目を細めました。仲村から何か耳打ちされたのでしょう、小作りの顔がこわばっていました。

漁師は手にしていた細長い棒を山岡大尉に差し出しました。山岡大尉は受け取った棒を高く掲げました。棒の先に結わえつけられた布切れが、強風にばたばたと音を立てました。旗とも呼べないような代物《しろもの》でしたが、日章旗と同程度の大きさで、近海で漁をする分には識別できそうです。

山岡大尉は地面に布を広げ、懐中電灯を当てて目を凝らしました。口笛を吹いたりして機嫌がよさそうでした。彼は手招きして私を呼び、あいつはおれたちを騙《だま》そうとしていると言いました。

「これが証拠だ。よく見ろ、敵がこんなものを渡すわけがない」

布の上部に漢字が書かれていました。「比嘉」とあったので人名だろうと思いました。山岡大尉が言うように、米軍から渡されたものでないことは確かでしたが、書かれていたのはそれだけです。

「おれの経験から言って、嘘《うそ》つきが一つしか嘘をつかないということはまずない」山岡大尉は煙草《たばこ》を吹かしながら言いました。「それらしく思わせるために、やつらは本当のことを一つか二つ混ぜて話す。他は辻褄《つじつま》合わせか、まるきりの嘘だ」

「明日の朝、同じ旗が立っているかどうか確認しましょう」

「そうだな。あとはあの男に洗いざらい吐かせるまでだ」

山岡大尉はくわえ煙草のままで立ち上がり、正座しろと漁師に命じました。漁師はきょとんとしていましたが、仲村に声をかけられて砂の上で膝《ひざ》を折りました。山岡大尉は漁師の前に立ち、顔に懐中電灯を向けました。漁師は肩をすぼめ、眩《まぶ》しそうに目を瞬《またた》かせました。恐ろしかったに違いありませんが、怯《おび》えているように見えたのはむしろ仲村の方でした。歯を食いしばっている仲村を見て、隠し事をしているのはこの男なのではないかと疑いました。

山岡大尉は私に懐中電灯を預け、「すぐに済む」と言いました。彼はくわえ煙草のままで漁師の腹を蹴《け》り、髪を摑《つか》んで顔に膝蹴りを食らわせました。漁師は両手でみぞおちを押さえ、山岡大尉の膝を避《よ》けようとして左右に頭を振りました。火花が飛び散り、ぎゃっという叫び声がしました。漁師が顔を押さえて倒れたのを見て、煙草の火を押しつけられたのだと分かりました。山岡大尉は無防備になった腹を蹴り、馬乗りになって漁師を殴りつけました。殺してやる、と喘《あえ》ぎながら。私は懐中電灯を放り出して彼の腕を押さえました。せいぜい十秒かそこらのことでしたが、漁師の目はふさがり、口から砂の混じった血を吐いていました。間に入った仲村も足蹴にされ、砂の上に膝をついて口許《くちもと》を押さえていました。

「本当のことを言わなければ五分以内に殺す。この非国民にそう言ってやれ」山岡大尉は荒い息を吐きながら言いました。

仲村が叫ぶように漁師に何か言いましたが、漁師の方はそれどころではありません。

彼は焼かれた頬を両手で押さえ、背中を丸めて足をばたつかせていました。息ができないらしく、しきりに喘ぎ声を上げ、一時もじっとしてはいませんでした。そのうち、漁師は声を上げて泣き出しました。子供のように喉《のど》を震わせてしゃくり上げ、狂ったみたいに何か叫んでいました。山岡大尉は砂の上に落ちていた懐中電灯を向け、漁師の様子をじっと見ていました。彼はもう落ち着きを取り戻していました。といっても自分の行為を反省しているわけではなく、漁師が受けたダメージを量っているように見えました。

どこで拾ったのか、山岡大尉は五十センチほどの長さの丸太を手にしていました。彼は頭の上で丸太を振り回し、早く本当のことをしゃべらせろと言いました。

「一体、何をですか」

仲村は漁師の身体《からだ》をさすり、鼻の骨が折れている、と言いました。その声には怒気がこもっていました。非難されたと思ったのでしょう、山岡大尉の反応は素早く、徹底していました。彼は漁師に突進して腹を蹴り、馬乗りになって殴り始めました。漁師は大きく口を開いていましたが、声は出しませんでした。片手で首を絞められていたのです。

仲村と二人で割って入ると、山岡大尉は「わかった」と言って身を起こしました。

漁師は白っぽい唾液《だえき》を吐き出しました。口の中に砂を入れられたのです。嘔吐《おうと》を繰り返していましたが、急に仰向《あおむ》けになり、これ以上はないほど大きく口を広げました。山岡大尉が腹の上に爪先《つまさき》立って全体重をかけていたのです。慌《あわ》てて引き離しましたが、そうするべきではなかったかもしれません。漁師の顔を覗《のぞ》き込んでいると、「頭をどけろ」という声がしました。山岡大尉は両手で丸太を振り上げていました。びっくりして脇《わき》によけたのと、漁師の顔に丸太が振り下ろされたのはほぼ同時でした。丸太はさらに二度振り下ろされました。特高の拷問《ごうもん》もかくやと思うほどの光景です。私と仲村は山岡大尉の腕を押さえ、最後は三人とも折り重なるようにして砂の上に倒れました。

「もうやめてください。全部話したと言っています」仲村は漁師の身体に覆《おお》いかぶさっていました。

私は足元に転がっていた懐中電灯を拾い、恐るおそる漁師の方へ灯かりを向けました。漁師はもう動きませんでした。腫《は》れ上がった顔は血で濡《ぬ》れ、黒く光っているように見えました。死んだのだろう。そう思って鼻先に指をかざしましたが、まだかすかに息がありました。仲村は水筒を取りに小屋へ走り、漁師の身体を起こして水を飲ませ、沖縄の言葉で必死に呼びかけていました。

「やめろ」山岡大尉は水筒を奪って水を飲み、「虫けらに皇国の水はもったいない」と言いました。

「虫けらですか」仲村は喉を震わせていました。私はその声の暗さにぞっとしました。

「虫けら以下だ。この男はトンボや蚊と変わりない。大体、こんな島で魚を釣って、何のために生きているんだ。こんなやつに釣られる魚が気の毒だ」

山岡大尉は砂の上で仰向けになり、煙草を吹かしていました。何か聞き出そうにも、相手が動かないのだからどうにもならないわけです。土地の言葉で呟《つぶや》くように話す声がしました。声のする方に懐中電灯を向けると、仲村が漁師の頭を撫《な》で、何か囁《ささや》きかけていました。

「何を話している」と山岡大尉が言いました。

「すみません」と仲村は言いました。「山岡大尉、この男が言わなかったことがあります。私が黙っていろと言ったのです」

「ほう、何だ?」

「これは私の兄です」

山岡大尉は水筒を放り投げ、「どういうことだ」と言いました。

「それだけのことです。兄が敵のスパイなら私が殺します。どうか、それで勘弁してもらえませんか」

「いまになって何を言う。あんた、おれを騙そうとしていたのか」

「そんなつもりはありません。腹違いですが、兄は兄です」

「なぜ先に言わなかった」山岡大尉は仲村の前に腰を下ろし、咎《とが》めるように言いました。

「言いたくありませんでした」

「だから、なぜだ」

仲村は答えませんでした。私は、あとにしましょう、と言いましたが、山岡大尉は「やかましい」と怒鳴りました。

「なぜ黙っていた。さっさと答えろ」

「わかりませんが、私も半分くらい、兄を虫けらだと思っていたのかもしれません」

「そうか。虫けらの弟なら貴様も虫けらだ。一緒にけりをつけてやる」

収まりがつかないらしく、山岡大尉は荒い息を吐いて小屋へ走りました。私は何を言われても黙っていろと仲村に言いました。彼は頷いてそっぽを向きました。泣いているようでした。

漁師は仰向けになったまま、微動だにしませんでした。両目とも腫れて塞《ふさ》がり、額と鼻から血が出ていました。涙とも汗ともつかない液体がそれに混じり、顔中が濡れて、ニスでも塗ったみたいに赤黒く光っていました。私は半開きになっていた漁師の口に手をかざしました。虫の息とはこのことでしたが、手で口を塞ぐと十秒ほどで息絶えました。

「この人は死んだ」私は背中を向けていた仲村にそう告げました。「とんでもない仕事に付き合わせてしまった」

　聞こえなかったはずはありませんが、彼は何の反応も示しませんでした。その時になって、仲村が嫌な顔もせずにこの仕事を引き受けた理由がわかりました。彼は兄の安否を気遣っていたのです。

　山岡大尉は十四年式拳銃《けんじゅう》を手にして戻ってきました。彼は仲村を正座させ、膝の前に銃を置きました。長引きそうでしたが、山岡大尉が舟の漕《こ》ぎ手を死なせるわけがなく、これで事が済んだと思いました。

　私は死体の横にしゃがみ、藪《やぶ》の間から見える伊平屋島の灯かりを眺めていました。伊平屋島は怖いほど間近に見えました。その気になれば泳いででも行けそうなほどです。ぼんやりと島の灯かりを眺めているうちに、強風に混ざった雨がぽつぽつと額にかかり出しました。山岡大尉はずいぶん長く仲村を怒鳴りつけていました。何時だったのか、とにかくもう夜中でした。伊平屋島の灯かりを見ながら、山岡大尉の言った

「皇国」という言葉を思い出しました。そして、この真っ暗な島が皇国の一部なら、あそこは一体何なのだろうかと思いました。

進軍

私たちは朝の六時に具志川島を発《た》ちました。妙な旗を立て、向かい風に逆らっての舟出です。

雨雲が広がっていましたが、伊平屋島の近くには四、五隻《せき》のクリ舟が出ていました。どの舟も旗など立てておらず、逆に目立つだけだと思いましたが、いざ漕ぎ出すと、旗のことなど気にしている余裕もありませんでした。北東への強い風に押され、舟は沖合にどんどん流されました。大型の駆逐艦が二隻停泊していたので、舟の向きを変えるのに必死でした。

半分ほど進んだところで、小型のボートが近づいてきました。ボートは二十メートル先で停まり、「トマレ、トマレ」という声がしました。上下に揺れる甲板にマシンガンを構えた米兵が立っていたので停まるしかありませんでした。二十歳くらいの白人兵で、瞬《まばた》きもせずにこちらを見ていました。彼は嚙《か》みしめた上下の歯を覗かせ、五秒おきに甲板に唾《つば》を吐き棄《す》てていました。両手を挙げて抵抗の意志がないことを示しても銃口を下げようとせず、片言の日本語で「トマレ」と繰り返すだけでした。白人兵が一人だけなのが不気味でした。この男を制止する者はおらず、彼の気分ひとつで何もかもが終わる、そんなことを思い、息が詰まるようでした。

港には軍服を着た米兵が三人立っていました。私たちはそこで「マテ」と命じられました。

稲葉に会いに一度この島へ来ていたので、そこが我喜屋《がきや》という地区だとわかりました。役場のある島の中心地で、左右に見える山の形に見憶《みおぼ》えがありましたが、あたりの光景は一変していました。近くにあった民家はあらかた消滅し、跡地にはかまぼこ型の簡易兵舎が等間隔で建ち並んでいました。稲葉が間借りしていた家のあたりも更地になり、レンガ色の倉庫がぽつんと建っていました。

三十分ほどしてジープが来ました。後部座席に日本人が乗っていました。眉《まゆ》が濃く猪《いのしし》のような太い首をした中年男で、典型的な沖縄の人間です。男はびっくりしたような目で「正司」と仲村に呼びかけ、「何をしに来た?」と言いました。仲村が打ち合わせ通りの答えをしましたが、男は途中で話を遮り、「ゆっくり学校まで歩け」と言いました。

私たちは両手を頭に当てて、アスファルトの路《みち》を歩きました。そのあとをジープがゆっくりとついてきました。銃を手にした米兵が前を歩いていましたが、大して警戒している風でもなく、私たちの頭越しに運転手に話しかけていました。天気がよくないとか、そんな話です。目の前には整地された舗装路が開け、路肩には標識が立っていました。標識には「Ｈｅａｄｑｕａｒｔｅｒｓ《司令部》」と書かれていました。

国民学校の校庭にはテントが張られ、平屋建ての校舎が見えないほどでした。入り口の前に二、三十人の米兵がいました。米兵たちは車座になり、ヘルメットの上に腰を下ろしてトランプをしていました。数人がちらっとこちらを見ましたが、すぐにまた自分が手にしているカードに目を戻しました。

私たちは校舎に入ってすぐ右側の部屋へ入れられました。畳が三枚敷かれただけの部屋で、むっとするような暑さでした。司令部として使うために残したのか、校舎はほぼ無傷でした。米兵に連れられて、さっきの日本人が入ってきました。仲村が「石《いし》嶺《みね》」と呼びかけるのを聞き、この島の役人だとわかりました。石嶺は伊平屋島で唯一《ゆいいつ》、「英語らしきものが話せる男」だと稲葉が言っていた男です。石嶺は下手な英語で米兵に何か言い、仲村を連れて部屋を出て行きました。

山岡大尉と私は、銃を手にした米兵に見張られ、蒸し暑い部屋でじっとしていました。二十分ほどして石嶺に呼ばれ、表に停まっていたジープに乗せられました。隣に座った石嶺は、「正面を見ていろ」と言ったきり、口をきこうとしませんでした。二人のジープはでこぼこの道を走り、山裾《やますそ》にある古ぼけた民家の前で停まりました。二人の米兵が膝《ひざ》を立てて縁側に座り、離れたところに九十歳くらいの老婆《ろうば》がちょこんという感じで腰かけていました。

「うちの祖母です」石嶺が来て言いました。「迎えが来るまでここにいてください。外には絶対に出ないように。出たら撃たれます」

それだけ言うと石嶺は出て行きました。私は石嶺の祖母が淹《い》れたお茶を飲み、米兵たちの話に聞き耳を立てました。彼らは一言話すたびに笑い声を上げました。一人がもうじき除隊になるようでした。

翌朝早くにジープが迎えに来ました。今度は米兵だけでした。

石嶺の祖母は身振りで米兵に何か訴え、「髭《ひげ》を剃《そ》って行け」と私に言いました。迎えに来た米兵は縁側に腰を下ろし、私が髭を剃るのを待っていました。石嶺の祖母は、前の日からそうでしたが、私を「先生」と呼び、あれこれとたずねてきました。親切なばあさんでしたが、頻繁に島の人間が出入りしていたので私は黙っていました。方言が理解できないことを悟られるのはまずいと思ったのです。石嶺の祖母は方言がきつく、何を言っているのかほとんどわかりませんでしたが、米軍の攻撃で孫を亡《な》くしたことはわかりました。死んだのは石嶺の兄のようでした。そのせいか、米兵たちは彼女に遠慮しているところがありました。干からびたような老婆でしたが、縁側で孫の話をしていた時、皺《しわ》の奥の目が濡れていたことがいまも忘れられません。

ジープで向かった先は学校で、前日と同じ三畳間で三時間近く待たされました。曇り空でしたが、蒸し暑く、五分もしないうちに畳が汗で湿りました。

「山口先生」

十時を回った頃、日本人にしては長身の男が部屋の入り口から声をかけてきました。ランニングシャツに短パン姿で、どう見ても島の男ではありませんでした。彼は快活そうな笑みを浮かべて見張りの米兵に何か言いました。それまで五十回くらい「ジャップ」と呟いていた米兵は、捧《ささ》げ銃《つつ》をするような格好で後ずさりをし、そのまいなくなりました。男は「待たせたな」と言いました。私とさして変わらない年に見えましたが、出《い》で立《た》ちといい、早口の英語といい、ただの日本人ではなさそうでした。

私は男のあとについて廊下へ出ました。男は「シノダ」と名乗り、時折、振り返って私を見ました。話しかける材料を探しているように見えましたが、薬指に銀色の指輪をしているのを見て日本人ではないとわかりました。通訳でもなさそうでした。

「あなたは伊是名島の教師だそうだね」とシノダは言いました。「しかし、この島の者はあなたを見たことがないと言っている」

「私は去年の暮れに赴任してきたばかりです」

シノダは頷《うなず》き、教員の身分を証明するものはあるかとたずねました。県知事の辞令があると答えると、今度は何を教えているのかとたずねてきました。私は「何でも」と答え、島には教師が足りていないと言い添えました。

「何でも？　鬼畜米英とか、そういうこともか」

シノダは声を上げて笑い、「足りていない教師が何をしに来た？」と言いました。

私は島の子供が心配で来た、子供たちの姿がまったく見えないと言いました。

「大丈夫だ。三度ずつ、ちゃんと食べている。ほとんどの子が、おやつの時間を楽しみにしている。写真を見せよう」

シノダは木製の机が向かい合わせに六つ置かれた部屋に入りました。職員室のようでした。シノダは新聞を読んでいた米兵に声をかけ、壁に貼《は》られた新聞の切抜きを指差しました。

「見ろ、みんな元気そうだろう」

切抜きには島民の集合写真が出ていました。ざっと見て七、八十人といったところです。彼らは琉球松《りゅうきゅう》に囲まれた一角に腰を下ろし、緊張した目をして写っていました。

「病人や年寄りは医者にかかっている。ハブの血清も用意した。臨月の女もいたけれど、無事に生まれたよ」

シノダは写真に写っている子供の頭を撫《な》でるような仕草をしました。私は愛想笑いを浮かべ、写真に写っている男たちを見ました。子供たちの周りには教師らしき者が数人いました。稲葉の姿を探しましたが、彼は写っていませんでした。

シノダはピクニックに連れて行った時の写真も見せました。ホットドッグをかじっている子の写真を見ていると石嶺が職員室に入ってきました。石嶺は困ったような笑顔を浮かべていました。いまから思えば典型的な「ジャパニーズ・スマイル」ですが、曖昧《あいまい》な笑顔には兄を亡くした哀《かな》しみも混じっていたに違いありません。私は石嶺にお悔みを言おうと思いましたが、彼がシノダに「中尉《ちゅうい》」と呼びかけるのを聞いて思い留まりました。

「マイクでいいよ」とシノダは言いました。「あの漁師はあなたの知り合いなのだね」

石嶺は頷き、メモを差し出しました。「子供の頃からよく知っています。親兄弟も全員知っています」

「無謀なところのある男ですか」

「もう四十歳です。娘が三人います。度胸はありますが、無謀なことをするとは思えません」

「結論を先に言え。無謀なことはしない男なのだな」

「いたしません」

シノダは渡されたメモに目を落とし、一九〇四年生まれか、と呟《つぶや》きました。「しかし、ヒロヒトはもう少し年上で、六人も子供がいるのに無謀な戦争を始めたぞ」

石嶺は私の方をちらっと見て、「おっしゃる通りです」と言いました。「ですが、向こうは大元帥《だいげんすい》です。あの男はただの漁師です。そこが違います」

「そんな男がなぜ危険を冒してこの島へ来たのだろう」

「もう一度聞いてみます」

「そうしてくれ」

石嶺は頷き、お辞儀をして出て行きました。

「あの男は勧めてもたまにしか風呂《ふろ》に入らない」シノダは鼻をつまむような仕草をしました。「他の役人や教師たちもそうだ。それでいて、やることはやっている。そこが油断ならない」

私は何のことなのかわからずに黙っていました。わかったとしても、この男には軽々に物が言えないと思いました。部屋の中を蚊が飛び回っていました。私はすっかり慣れっこになっていましたが、シノダはうるさそうに手で追い払いながら続けました。

「この学校にはヒロヒトの写真がなかった。伊江島の学校にもなかった。教師たちは最初からなかったと言っていたが、ありえないことだ。日本人は風呂に入る暇がなくても、ヒロヒトの写真は隠す。教師も平気で嘘《うそ》をつく。那覇《なは》にそう報告しておいた」

シノダは隣接する部屋を指差し、そこで待っていろと言いました。そこは校長室でした。十分ほどして現れたシノダは窓を背にした机に着き、前の椅子《いす》にかけろと言いました。彼は軍服に着替えていました。ノートを団扇《うちわ》代わりに使い、「正直に答えろよ」と言いました。

私は正面の椅子に腰かけて、生年月日や出身地、出身校などについて答えました。シノダはそのへんの日本人よりも日本のことを知っていました。国分の出身だと話すと、彼は『おはら節』の一節を口にしました。花は霧島、煙草《たばこ》は国分、燃えて上がるは桜島――下手なごまかしの利《き》く相手ではないと思いましたが、話し好きで脱線することの多い男でもありました。

「よくご存じですね」ひと通り話したところで私はそう言いました。

「母親の実家が鹿児島なんだよ」シノダは笑顔を浮かべました。「一度も行ったことがないけれど、桜島の火山灰が降るので晴れた日でも傘がいると話していた」

「そうでしたか。道理で日本のことをよくご存じだと思いました」

「東京のことはもっと詳しいよ。九歳まで九段の尋常小学校に通っていたからね。最後の担任が山口という教師だった。下の名前は何といったかな。その学校は関東大震災で全焼して、コンクリート造りの校舎に変わった。ここはえらい違いだ」

シノダは蚊が気になるらしく、丸めたノートを振り回しながら子供の頃の話をしました。日本の教師はひどく恐ろしかったと言いながら、通っていた小学校のことについて話す時は楽しそうでした。一見しただけでは普通の日本人と変わりありませんでしたが、よく見ると髪の毛が茶色っぽく、瞳《ひとみ》は濡《ぬ》れているような薄い水色でした。祖父母の一人か、あるいはその前の世代に西洋人が一人混じっている、そういうことだろうと思いました。

話をしているうちに、校庭に強い陽が射《さ》してきました。いつの間にか雲が追い払われ、蟬《せみ》が鳴き出し、設営されたテントの照り返しが眩《まぶ》しいほどでした。シノダは窓の外に目をやり、マニラの話をしました。三月までフィリピンにいたようでした。日本に来たのは十八年ぶりだと聞き、自分より二つ年上だとわかりました。真珠湾攻撃以来、敵性外国人扱いされていた日系人という点を考慮に入れれば、二十七歳で海軍中尉というのは大変な出世です。アイゼンハワーでさえ、その年齢ではまだ大尉だったのではないでしょうか。

シノダはよく話し、よく笑いました。そしてまた、よく質問してきました。不安だったのは山岡大尉について聞かれることでした。山岡大尉はどう見ても沖縄の離島にいるタイプではなく、シノダを相手に嘘をつき通すことはできないだろうと思いましたが、シノダは山岡大尉との関係をたずねただけでした。私に対する尋問だったとはいえ、これは不思議なことでした。

十分ばかり話をしたところで、石嶺が来てシノダにメモを渡しました。

「山口先生はいい仲間を持っている」

石嶺が部屋を出て行くと、シノダはメモを見ながら言いました。

「仲村はあなたを、これまで会った中で二番目に信頼できる人間だと言っている。二番目というところがいい。あの男にはもう両親はいないのか」

「そう聞いています」

「あの漁師は面白い。一番大事なのは家族、これはわかるが、二番目は舟だと言っている。そんなに立派な舟なのか」

シノダは職員室にいた米兵に声をかけ、どんな舟なのかとたずねました。トム・ソーヤーが乗っていそうな舟だという返事に、シノダは声を上げて笑いました。腹の底から笑っている人間を見たのは久しぶりでした。

「先生、おしゃべりはこれで終わりだ。あとでまた会おう」

私は入り口に現れた米兵に背中を押され、三畳間に戻りました。十一時を回り、窓から強い陽が射し込んでいました。校庭にいた米兵たちは木陰で上半身裸になり、島の女たちに声をかけていました。女たちは米軍の洗濯物を干しているのでした。校庭も校舎も静かで、聞こえてくるのは蟬の鳴く声だけです。私は知らぬ間にうとうとしました。

サイレンの音で目を覚ましたのは正午すぎでした。集合を命じるサイレンらしく、米兵たちが次々に校舎を出ていきました。五分ほどしてまたサイレンが鳴りました。その音が空気に吸い込まれるようにして消えたあと、石嶺が現れ、ワイシャツとズボンを渡して着替えろと言いました。石嶺は米兵と一緒でした。訳がわからないまま着替えを済ませると、あなたは伊是名島の宣撫《せんぶ》要員に選ばれた、と石嶺は言いました。

私は校門の前に停まっていたトラックの荷台に乗せられました。荷台には迎えに来た米兵と石嶺もそのまま乗りました。具体的な指示はなく、荷台から下りる前に石嶺から「うまくやれ」と耳打ちされただけでした。

港は閑散としていました。エンジンをかけたクルーザーが停泊していて、船尾にロープで仲村のクリ舟がくくりつけられていました。ほどなく三台のジープが港に到着し、四、五人の米兵がクルーザーに乗り込みました。私も石嶺のあとについて乗りました。中央の急な階段を降りた船室にベンチ型のシートがあり、七人の米兵が向かい合わせに座っていました。どれも三十歳前後の白人兵でした。

船はすぐに動き出しました。唸《うな》るようなエンジン音を立て、ジャンプを繰り返して進みました。かなりのスピードでした。

五分ほどたった頃、石嶺が手すりに摑《つか》まって階段を昇りました。ボート酔いしたのか、足がふらついて、泥酔《でいすい》しているように見えました。私もあとに続いて階段を上がり、大丈夫かとたずねました。石嶺は黙って外を見ていました。前方に戦艦の隊列が糸のように延び、三百メートルほど先に伊是名島が見えていました。仲田港の近くに円形の黒い物体が点々と浮かんでいました。小型の上陸用船艇でした。

クルーザーは島まであと百メートルといったあたりでスピードを落とし、波間に浮かぶ船艇を避けて右に左にゆっくりと蛇行しました。機銃を備えた上陸用船艇には六、七人の海兵隊員が乗っていました。これが三十隻《せき》ほど。数機の軍用ヘリコプターが島の上空を旋回し、沿岸では水陸両用戦車がごろごろと不気味なエンジン音を轟《とどろ》かせていました。海岸の外れに大きな船艇が乗り上げるようにして停まるのが見えました。座礁《ざしょう》したのかと思いましたが、下部が左右に開き、中からジープが出てきました。波打ち際《ぎわ》で漂っていた円形の船艇から銃を抱えた海兵隊員たちが降り、膝《ひざ》を濡らしながら身を低くして島の方へ歩いて行くのが見えました。

港には三人の男が立っていました。村長と旗持ち役の役人、もう一人は通訳で移民先のペルーから戻ってきた男でした。話せるのはスペイン語ですが、英語が話せる者がいなかったのです。三人とも直立不動で額からだらだらと汗を流していました。

港に停泊していた小型船からシノダが出てきました。一緒にいた半ズボンの男が仲村だと気づくまで数秒かかりました。仲村はカーキ色の半袖《はんそで》シャツを着ていました。髪もずいぶん短くなり、まるで別人です。山岡大尉はいませんでした。仲村に聞くと、彼も見ていないと言いました。

シノダは腰に手を当てて村長に話しかけていました。学校に全島民を集めろと命じていたのです。

「集合は三十分以内と言いたいところだが、一時間待つ。それでどうだ？」

「病人や年寄りはどうすればよいでしょうか」と村長はたずねました。

「一時間後に島内の調査を始める。家に残っている者は抵抗者と見なし、問答無用で射殺する。誰一人として家に残っていてはいけない」

村長は自分の息子よりも若いシノダに、「閣下」と呼びかけていました。閣下のご意志は承りました——そんな言い方までしていました。もちろん、あの状況では承るしかないわけですが、その呼称を聞くたびに私は頭がくらくらしました。星の数ほどいる米軍の中尉が「閣下」なら、神であり大元帥である陛下は一体どのあたりに位置しているのか。耐えがたい陽射しの下でそんなことを思っていました。

校庭にはすでに二百人ほどが集まり、二十歳くらいの白人兵が指を動かして人数を数えていました。これがなかなか終わりませんでした。十人ずつ並ばせて数えれば済むのに、遅れてきた者が集団の中に混じると、米兵は癇癪《かんしゃく》を起こして怒鳴りました。なぜ怒鳴られているのか分からず、島民は目を白黒させていました。別の兵隊が代わりに数えましたが、この男は一人ずつ手を挙げさせていました。そうしている間にも続々と人が集まってきました。

校庭には陽射しを遮る物がなく、十分もすると気分が悪くなる者が出てきました。その一人が有銘《ありめ》氏の妻でした。

「実は妻は妊娠中です」

横にいた有銘氏に耳打ちをされ、私は思わず、「誰の？」と問い返しました。有銘氏はちょうど五十歳でした。人生五十年、軍人はその半分と言われた時代に、その年で産まれてくる子供の父親になると知り、暑さもあって、私はまた頭がくらくらしました。彼の妻は白いハンカチを頭に乗せていました。着物を着ていたので下腹部は目立っていませんでしたが、横にいる由紀子に支えられてどうにか立っているといった様子でした。

私は由紀子のそばへ行き、大丈夫かと声をかけました。

「見てわからないのですか」由紀子は冷たく私を見て言いました。

「すみません、いまになって気がつきました」

「そうですか。米英並みですね」

彼女は下ぶくれの頰をいっそう膨らませました。私は近くにいた米兵に声をかけました。眼鏡をかけた米兵が「ｖｏｍｉｔ《吐く》」という言葉に反応し、由紀子の手を引いて棕櫚《しゅろ》の木陰へ連れて行きました。有銘氏の妻があとから続く格好になり、米兵に水筒を差し出された由紀子は戸惑ったような笑みを浮かべていました。

「間違えられました」隊列に戻った由紀子は頰を紅潮させていました。

「すみません。私の英語が下手だったからです。妊婦という言葉が思いつきませんでした」

「何と言ったのですか」

「気分を害している女がいると言いました。それで間違えたのでしょう」

由紀子はじっと私の方を見ました。彼女はまだ頰を紅潮させていました。怒っているように見えましたが、表情とは裏腹に疲れた声で「ほっとしました」と言いました。

「正春がとても心配していました。どうしてこういうことをするのですか」

「伊平屋島の子供たちのことが心配だったのです」

由紀子は頷《うなず》き、棕櫚の木陰に目をやりました。有銘氏の妻は木の幹にもたれるようにしていました。その様子を見て、不意に由紀子に結婚を申し込もうという気になりました。義理の母親の妊娠に戸惑わない娘はいないでしょう。由紀子は家を出たがっているはずでした。若い女が家を出るには結婚する以外になく、相手は自分の他にはもういないと思いました。

シノダがハンドマイクを持って校舎から出てきました。上官らしき男が一緒でした。

上官は軍服の似合うすらりとした男でした。

「伊是名島の皆さん、こんにちは。アメリカ合衆国は博愛の国です。我われは鬼畜でも何でもありません」

シノダがマイクを使って話し出すと、校庭がざわめきました。

「我われは皆さんに何も危害を加えないことを約束します。ただし、いくつかの条件があります。それについて、これからグロース中佐がお話しします。暑いところ申し訳ありませんが、重要な話ですのでよく聞いてください」

グロースという中佐は一つ咳払《せきばら》いをし、シノダからマイクを受け取って話し始めました。何を言っているのか分からず、島民たちはきょとんとしていました。マイクを使う無意味さに気づいたのか、グロースはシノダにマイクを渡し、彼に語りかけるようにして手元の紙を読み上げました。

それは『ニミッツ布告』に基づく通達でした。グロースは「日本帝国政府のすべての行政権の行使を停止する」と宣言し、布告の骨子を要約しました。高らかな宣言が終わると、一転して具体的な話が続きました。要点は四つ、日の出前と日没後は集落の外へ出てはならない。農業はすべて許可する。漁はサンゴ礁の内海まで、それより先へ出ることは許されない。違反は米軍への抵抗と見なし、上空から監視して射殺するので注意せよ。

校庭に安堵《あんど》の声が洩《も》れました。島民に異存のあるはずがありません。話に聞いていた暴行や略奪が起きそうな気配はなく、米軍が島に駐留する意志がないこともはっきりしたわけで、シノダが質問を募っても無言で頷いているだけでした。

島民たちは木陰に入ることを許され、渡された水を飲みました。米兵たちは「ハバ、ハバ」と言ってキャンディーを与え、煙草《たばこ》を配りました。あちこちから紫煙が上がり、ひとしきり煙草の味が話題になりました。時ならぬピクニックのような光景です。米兵たちは腕や肩に彫った刺青《いれずみ》を見せていました。それは小さな髑髏《どくろ》であったり、錨《いかり》のマークであったり、女の名前であったりしました。刺青をしているのだからやくざに違いない、その割に迫力がない、あっちにもやくざがいる——そんなことを囁《ささや》き合いながら、どの顔もほころんでいました。

漁師たちは車座になって漁に関する注意事項を確認していました。大柄な男がやってきて話の輪に加わりました。伊平屋島の漁師のようでした。男は得意気に伊平屋島の様子を話しました。こういう話でした。

米軍が上陸した後、彼は田名《だな》の収容所から米軍の兵舎がある我喜屋《がきや》へ移され、兵舎の掃除を命じられた。夕方までかかるきつい仕事で、毎日のように米兵に怒鳴られていた。ある日、顔見知りになった米兵が六十センチくらいのロウニンアジ《ガーラ》を見せた。ロウニンアジの中には二メートルくらいのものもあるから大したことはない。それでも米兵は何枚も写真を撮り、このまま食べてしまうのは惜しいと言った。というか、そんなふうに見えた。そこで漁師は家へ硯《すずり》を取りに行き、それを魚拓にしてやった。それだけでは芸がないと思い、毛筆で米兵の名前を書き入れ、家紋の朱印を押した。米兵は大喜びし、漁師は翌日から掃除を免除され、それ以来、毎日釣りに付き合わされることになった——その場にいた男たちは、大柄な漁師の話に声を上げて笑っていました。私も面白く聞いていましたが、その先の話には笑えませんでした。

魚拓のことは米兵の釣り仲間たちに伝わり、漁師は米軍の釣りクラブに出入りするようになった。そこで魚拓屋の真似事《まねごと》をしているうちにパーティーに招かれるようになった。米兵たちは毎晩のように兵舎でパーティーを開いていた。英語は理解できなかったが、その場に別れの雰囲気が漂っていることはわかった。それは除隊になる兵士の送別会だった。漁師は日本の土産に何十枚も魚拓を作り、家紋の朱印を押した。

ある晩、パーティーに日系フィリピン人の若い通訳が来た。漁師は通訳に本島の様子はどうかとたずねた。

沖縄にいる日本兵はしぶとい、と通訳は言った。まだ壕《ごう》の中に潜んでいる者が大勢いる。同じ壕に民間人もいるので排除には時間がかかる。むしろ、東京の方が早く片がつく。一晩に四十万発の焼夷弾《しょういだん》を落としたから東京に木造の家は残っていない。沖縄のように広い壕もないから、ほとんどの人間は瓦礫《がれき》の下で息絶えているはずだ。ある将校は、東京という街はもう地図上にしか存在していないと話していた。……

知らぬ間に山岡隊の連中が近くに来ていました。伊平屋島の漁師と顔を合わせないように俯《うつむ》いていましたが、彼が立ち去ると、全員が私を睨《にら》みつけるようにしました。

その夜、山岡隊が私を売国奴呼ばわりしているという話を耳にしました。彼らは私が山岡大尉を「売った」と言っているようでした。とりわけ窪田《くぼた》という上等兵が私を目の敵《かたき》にしているということでした。

窪田は兵隊たちの間でも恐れられていた男でした。鍛え上げられた上半身の持ち主で、はちきれそうなシャツの胸は中量級の拳闘家《けんとうか》を思わせました。道端で顔を合わせると、窪田は決まって私の目を数秒見つめました。からみつくような、ねっとりとした視線で。それでいて目が合うと相好《そうごう》を崩し、空模様がどうのと言い、郷里の鹿児島の話をしました。私が国分の生まれではないことを見抜いていたのでしょう、鹿児島弁で国分のことや卒業した学校名をたずねてきたりするのです。噂《うわさ》では、窪田は本島の山中で一個小隊分に相当する人間を殺したということでした。一個小隊といえばざっと三十人です。山岳戦で三十人殺すのは並大抵のことではありませんが、この男の不敵な態度にはそれを丸きりの作り話だと思わせないものがありました。

奄美《あまみ》の少年たち

米軍は行方不明のパイロットを探してはいました。しかし、パイロットが事件に巻き込まれたとは思っておらず、役場の前に情報提供を呼びかける貼《は》り紙をしただけで帰っていきました。貼り紙には七、八人の米兵の写真が出ていました。フランクの写真もありましたが、ほとんどの島民は見て見ぬふりをしていました。

米軍が引き上げた翌日、木山がさとうきび畑にやってきました。

「危ないところだった。あの男はなかなか頭がいい。島の厄介者のおれたちだけで殺《や》っていたら、いま頃どうなっていたかわからん」

あの男、というのは山岡大尉《たいい》のことでした。島には戦争で子や孫をなくした者が大勢いました。パイロットの殺害に関与した漁師たちは、その中でも人望が厚く、島の有力者が親戚《しんせき》にいたため、山岡大尉が二人を指名したのです。それでも密告される可能性はありましたが、木山の言うようにひとまずは無事でした。

二日後、木山が夜遅くに私の部屋を訪ねてきました。磊落《らいらく》を装《よそお》うのが好きな男でしたが、いつになく落ちつかない様子でした。

「本題に入る前に一つ言っておく」と木山は言いました。「ゆうべ、兵隊たちがおれのところに来た。あいつらは、あんたが敵に隊長を売ったと思っていた」

「それなら、彼らのところへ説明に行きます」

「その必要はない。ただの教師だと思って舐《な》めてかかると軍を敵に回すことになる、そう脅しておいた。あれで十分だろう。それに、あの連中はそんなことを言いに来たんじゃない」

「何を言いに来たのですか」

「敵のスパイを見つけたというんだよ」

「スパイを？」

「奄美から来ている小僧だそうだ。山岡隊はいま、血眼《ちまなこ》でその小僧を捜している」

前にお話ししたように、島には奄美から身売りされてきた少年が何人かいました。どれも貧しい島の出で、十二、三歳から十五、六歳くらいまでの少年たちです。小さな子は家で雑巾《ぞうきん》掛けや洗濯、もう少し年長になると漁に出たりして家業の手伝いをしていました。網元の家にいたケイスケのように実子同然の扱いを受けている子もいましたが、ほとんどの子は余所者《よそもの》扱いで単なる労働力としか見なされていませんでした。

手が焼けるのは、まともな扱いを受けていない年嵩《としかさ》の少年です。主人に対する恨みもあったでしょうし、あと一、二年でどうせ兵隊に取られるのだという捨鉢《すてばち》な思いもあったのでしょう、盗みを働いたり、畑を荒らしたりする者もいて、農家の主人たちの恨みを買っていました。腹立ち紛れに彼らが言うには、少年を買った漁師たちが満足な食事を与えていないからだということでした。

「子供のスパイというわけですか」と私は言いました。

「サブローという、もじゃもじゃ頭のガキだ。いまも兵隊たちがそのへんで聞き込んでいた。子供といっても馬鹿《ばか》にできないらしい」

私はサブローを知っていました。五分ばかり歩いたところにある農家にいた子で、一文字の太い眉《まゆ》をした、いかにも鼻っ柱の強そうな少年でした。サブローは主人の言うことを聞かずに髪を伸ばし、鳥の巣のような頭を揺らして近所を走り回っていました。小柄ながら腕っ節の強い少年で、気に入らない子を見つけると追いかけ回し、相手が泣いて謝るまで殴るのです。余所者に殴られた子の親が黙っているはずはなく、農家の主人が謝りに行き、その晩は顔が腫《は》れ上がるほどサブローを殴る、そうしたことの繰り返しでした。

誰からも悪ガキと思われていたサブローですが、あまりにも主人の扱いがひどいため、近所では彼に同情する者もいました。かくいう私もその一人です。サブローが住み込んでいた農家には精神を病んだ娘がいました。この娘は三十をいくつか過ぎていたのですが、近所をふらふらと歩き回っていることがよくあり、夜道で出くわすとどきりとさせられたものです。農家に出入りしていた人の話では、サブローは彼女の下の世話までさせられているということでした。

サブローは当時十六歳でした。彼は柱に縛りつけられていることがありました。農家には立派な石垣がありましたが、春先の空襲で石垣が壊され、後ろ手に縛られているサブローの姿が道端から見えるのです。犬同然の扱いですが、あの当時、奄美の少年を使っていた家はどこも似たようなものだったのではないでしょうか。

その頃、私は子供たちに新聞の読み聞かせをしていました。週に一度か二度、校長の家に十五、六歳の子を集めて開戦当初の快進撃を報じた新聞を朗読していたのです。一度、校長の家にサブローを連れて行ったことがありました。彼を気の毒に思う気持ちが半分、この野性児を防衛隊に加えたいという計算も半分くらいあったと思います。他の子たちの冷やかな視線に遭ってサブローは居心地が悪そうでしたが、帰り際《ぎわ》に「また来い」と言うと、それでも黙って頷《うなず》きました。教師というのは、問題児が前向きな態度を見せると嬉《うれ》しくなるものです。私はいいことをしたつもりでいたのですが、校長の反応は意外なものでした。夕方に子供たちが引き揚げ、いつものように奥さんを交えて三人で話していた時、「余所者を連れてくるな」と言ったのです。あの島で校長ほど尊敬されていた人はいませんでした。また、彼ほど教え子を大事にしていた人もいなかったと思います。しかし校長も島の人間で、奄美から売られてきた少年については他の者たちと同じように考えていたのです。島の人間は余所者を露骨に差別していました。奄美の少年たちはわが子を脅《おびや》かす薄汚い魔物であり、田畑を荒らす大きな害虫としか見なされていなかったのです。

木山は片目を押さえながらサブローの話をしました。火傷《やけど》の痕《あと》は赤黒く変色し、くるみのように皺《しわ》だらけになっていました。サブロー、サブローと言いながら、彼はサブローを見たこともないようでしたが、ともかくも木山が山岡隊から聞いたという話はこうでした。

サブローを使っていた農家の裏手に、駐在の安里《あさと》が住んでいました。無給の身分に転落していた安里は、食事時になると農家にやってきてごちそうになることがよくあるようでした。二日前の晩もそうで、山岡隊の兵長などもいて賑《にぎ》やかだったそうです。酒が切れたのでサブローを呼んだものの、すぐに座敷へ来なかったので、主人がサブローの頰に平手を張った——そこまではよくあることのようでした。

「しばらくして親父《おやじ》がまたサブローを呼んだが、へそを曲げたのか、今度は一向に出てこない。腹を立てた親父が木刀を持って奥に行き、そこで『伊平屋島へ行く』という書き置きを見つけたそうだ」

慌《あわ》てた主人は、山岡隊や安里と手分けしてサブローを捜して回り、夜遅くに木山がいた家に駆け込んできたようでした。私は馬鹿げた話だと思って聞き流していましたが、山岡隊が夜中に捜索用のクリ舟を出したと聞いて、どうも普通の事態ではないようだと思いました。

舟を出したのは二つの理由からだ、と木山は言いました。一つは、書き置きが米軍が貼っていった貼り紙の裏に書かれていたこと。もう一つは、サブローは並外れて泳ぎが達者で、一年近く前に家出をした時は具志川島まで渡っていたということでした。数日して具志川島の漁師のクリ舟で連れ戻されたというから、あの島まで二キロほど泳いだのは事実のようでした。

舟で行くのでさえ苦労した私には信じられない話でした。具志川島の手前には潮流の急なところがあります。漁師たちも恐れる海の難所ですが、そこを泳ぎ切ったというのだから、サブローというのはなまなかの泳ぎ手ではないようでした。具志川島から伊平屋島へ渡るのはむしろ容易だと聞き、前の晩、山岡隊が島の漁師を駆り立てて二隻《せき》のクリ舟で具志川島へ向かったということでした。

「兵隊も二人行っているが、まだ戻らない」と木山は言いました。「ひょっとしたら敵に捕まっているのかもしれない」

「この島にまだ潜んでいる可能性もあるでしょう」

「さっき兵隊に訊《き》いたら、島の連中にも頼んで一日かけて島中を捜したそうだ。屋那《やな》覇島《はじま》にも舟を出したが、見つからなかったらしい」

サブローは屋那覇島へ渡ったこともあるようでした。伊是名の浜から間近に見えるものの、そこも一キロほど離れた島です。

「どのみち、密告されたらあんたもおれも終わりだ。この島だって、ただじゃ済まないだろう。サブローというのは、とんでもないガキだ」

木山と話をしているうちに一ノ瀬という兵隊が部屋に飛び込んできました。一ノ瀬は兵長でしたが、島にいる兵隊の中では階級が一番上で、山岡大尉のいない兵隊たちの間ではリーダー格の男でした。格、というのは、兵隊たちが必ずしも彼に服従していたわけではなかったからですが、一ノ瀬はそれでも必死に隊内をまとめようとしていました。

もう十二時を回っていました。一ノ瀬は目をしょぼつかせ、顔中から汗を滴《したた》らせていました。水をやると一息で飲み干し、夜明けと同時に山狩りをするので防衛隊の者を全員駆り出してほしいと言いました。一ノ瀬はもうふらふらでした。私は少し休んでいけと勧めました。彼は「ありがたい」と言って横になり、すぐにいびきをかき始めました。

私の記憶では、これが六月二十三日の未明のことです。沖縄の人間にとって極めて重要な日付になるわけですが、当時の私たちにはもちろん知る由《よし》もないことでした。

寝ているところを揺すり起こされたのは二十三日の深夜です。私の肩をつかんでいたのは肉づきのいい腕でした。ぎょっとして目を覚ますと、宮平二等兵が枕元《まくらもと》にしゃがんでいました。沖縄相撲の力士だった宮平は巨漢といっていい男でしたが、恐縮した様子で突然の来訪を詫《わ》び、外で待っていますと言いました。

蒸し暑い夜でした。着替えをして門を出ると、暗がりから「先生」と宮平が声をかけてきました。彼は道端にしゃがんで煙草《たばこ》を吹かしていました。宮平は私にも煙草を勧め、「奄美の小僧を見つけました」と言いました。

「どこにいたのですか」

「具志川島です。さっき戻ってきました。あのガキのせいで命がけですよ。とにかく来てください」

私は真っ暗な砂利道を歩き、宮平の話を聞きました。具志川島に行ったのは宮平と窪田上等兵でした。サブローは明け方に小屋で寝ているところを見つかり、窪田に手ひどく痛めつけられたようでした。十分もすると前歯がなくなり、満足に口がきけなくなった、と宮平は言いました。

「サブローには伊平屋島の漁師に買われた弟がいます。弟は前泊《まえどまり》という集落の名嘉《なか》という家にいると言っていました。あのあたりには名嘉姓が多い。うちの女房も伊平屋島の出身で旧姓は名嘉です」

「ともかく、見つかってよかった」

「本当に危ないところでした」宮平は長いため息をつきました。「サブローは伊平屋島にいる弟に三回も会っていたんです。しかも、敵があの島に上陸した後にも行っていたというんですよ」

「まさか」

「南西の島尻《しまじり》という集落から前泊まで延々と歩いたそうです。弟がいた家が無人になっていたので、途中で道を訊いて、そこから収容所のある田名まで歩いたと言っています」

サブローは、米兵に会っても見咎《みとが》められることもなく、収容所には哨兵《しょうへい》さえいなかったと話しているようでした。私が見た伊平屋島の雰囲気とは違っていましたが、途中でかまぼこ型の兵舎をいくつも見かけたというから作り話ではなさそうでした。窪田は小屋の入り口にサブローを縛りつけ、暗くなるのを待ちながら気の向くままに殴りつけていたようでした。具志川島の小屋と聞き、無残な光景が目に見えるようでした。宮平は暇つぶしに漁師たちと魚を獲《と》り、空腹を訴えたサブローに生の魚をたっぷり食わせてやったと言いました。

「あれを食うと喉《のど》がからからに渇く。サブローは水をくれと言っておいおい泣き出した。泣き疲れて、夕方には声を出さなくなった。一瞬、死んだのかと思って焦《あせ》りましたよ」

着いたのはサブローを買った農家でした。母屋《おもや》の座敷に農家の主人を囲んで木山と山岡隊の二人が座っていました。兵長の一ノ瀬と窪田上等兵です。

「先生、ゆうべはお騒がせしました」一ノ瀬が言いました。「まあ一杯やってください」

「サブローは？」

「蔵にいます。大丈夫、見張りをつけてあります」

座敷にいた四人は浮かない表情で酒を飲み、机の上のロウソクを睨《にら》みつけるようにしていました。農家の主人が「あいつを買うために畑を処分した」と言うのを聞いて、サブローを殺す相談をしていたのだと分かりました。そのうちに一ノ瀬が、「小僧の様子を見てこい」と宮平二等兵に命じました。

真夜中にもかかわらず、外はむっとするような暑さでした。気温は三十度を超えていたと思います。私はサブローが蔵にいると聞いて気になり、宮平の後について母屋を出ました。宮平は懐中電灯を振り回し、口の中でぶつぶつと不満をくすぶらせていました。具志川島から戻ったばかりなのに、使い走りを命じられたのが面白くないようでした。

白壁の蔵は天井が高く、上部に小さな通気孔がいくつかあるだけでした。空襲で崩された石垣の破片が周囲に散乱し、入り口に大きな南京錠《ナンキン》がかけられていました。宮平は舌打ちをし、横の納屋《なや》から鍵《かぎ》を持ってきました。見張りの兵隊たちは納屋で寝ているようでした。

宮平は南京錠を外し、大きな扉を力まかせに押し開けました。重い空気が充満していて、中は蒸し風呂《ぶろ》のようでした。宮平は「小僧」と声をかけ、懐中電灯で中を照らしました。サブローは中央の柱に後ろ手で縛られ、肩の前に頭をがっくりと垂らしていました。宮平が髪を引っ張って顔を持ち上げ、頬を二、三度平手で叩《たた》きましたが、目を閉じたままでピクリともしませんでした。サブローの顔は赤黒く腫《は》れ上がり、唇の端に乾いた血がこびりついていました。煙草の火を押しつけられたのか、額の所どころに黒い斑点《はんてん》のようなものがあり、顔だけではサブローだと判断がつかないほどでした。宮平は血のこびりついた鼻先に耳を当て、まだ息をしている、と言いました。私たちは大急ぎで柱の麻縄を外し、サブローを抱えて蔵の外へ運びました。納屋から兵隊が出てきて、どうしたのかと声をかけましたが、宮平は答えず、水を取りに駆け出しました。

真っ先に駆けつけてきたのは兵長の一ノ瀬でした。彼は縁側から裸足《はだし》のまま飛び出してきて、見張りの兵隊たちを怒鳴りつけました。宮平が持ってきたバケツの水がかけられ、サブローは縁側に運ばれました。一ノ瀬はずぶ濡《ぬ》れになったサブローの上半身を抱え、口を開かせて無理やり水を飲ませました。それでも目を覚まさないので、また水がかけられました。殺す相談をしていたのに、なぜサブローを蘇生《そせい》させようとしているのか。奇妙に思いながら、私は水を運ぶのに手を貸しました。バケツの水が何杯もかけられ、縁側はもう水浸しでした。この光景を異様なものに見せていたのは農家の娘の存在でした。座敷に現れた娘は白粉《おしろい》を厚く塗っていました。彼女は縁側に腰かけて両足をぶらぶらさせ、すぐ横の騒ぎを見ながら指先で縁側に溜《た》まった水をかき回しているのでした。

サブローが水をほしがってバケツに手を伸ばしたことで、この騒動はようやく収まりました。喉を鳴らして何杯か水を飲んだ後、サブローは着物を脱がされ、床の間へ担《かつ》ぎ込まれました。死の淵《ふち》からの生還とは、ああした状態を言うのでしょう、サブローはふんどし一枚で天井を向いていました。両目を閉じ、農家の主人が頬を叩いても微動だにしませんでした。一ノ瀬が懐中電灯の灯かりをサブローの目に当てました。まだ生きていると言っていましたが、生きているというよりも死んでいないというだけで、息絶えるのは時間の問題だと思いました。

どのくらいの時間がたったのか、私は床の間の柱にもたれて、うつらうつらしているところを木山に起こされました。木山は茶碗《ちゃわん》に入れた泡盛を勧め、何もしていないのに疲れたな、と言いました。サブローはまだかすかに息をしていました。私はどうするつもりなのかと彼にたずねました。

「どうするって、この小僧に何もしゃべらないでくれと頼むのか」

「そのうちに奄美の親が騒ぎ出すかもしれない」

「こいつの弟はまだ十二だそうだ。そんなガキまで売り飛ばしている親が騒ぐと思うが、木山は「あした、浜で殺《や》ることになった」と言いました。

座敷の方から一ノ瀬の声が聞こえました。主人との話し合いはまだ続いていました

か」

ユタの判示《はんじ》

沖縄にはユタと呼ばれる巫女《みこ》がいます。

あの島にもユタがいました。吉凶の判断から赤ん坊の命名、結婚や家庭内の問題に至るまで、島のユタはあらゆる相談事を受けていました。戦争中でしたから家を建てる者はいませんでしたが、家相を見るのもユタの仕事で、病人のいる家ではとりわけ頼りにされていました。

島のユタは三十代半ばの女でした。その年にしては皺《しわ》が多く、前髪の生え際《ぎわ》が真っ白になっていて、異様な外見をしていました。その上に斜視でもあったので、彼女を見て泣き出す子もいたほどです。ユタは子供の頃に大病をしたものの、自分の血を吸って人並み以上に成長したと言われていました。五尺八寸というから百七十五、六ですか、両親とも小柄なのに見上げるほどの大女だったので、この話は島の子供たちの間で信憑性《しんぴょうせい》を持って語られていました。もちろん、そんなのは作り話で、乳飲み子

の頃に本島から来た女に置き去りにされた気の毒な女性だという人もいました。

こう話すと、何かおどろおどろしい印象を与えるかもしれませんが、普段の彼女は至って気さくで、島の人に会うと長身をかがめてお辞儀をし、道端で年配の人と話し込んでいることがよくありました。

彼女は相談者に生まれ年や家の間取りなどをたずね、墓や井泉《せいせん》、宗家などを拝むことを勧めるということでした。もちろん、拝んでもどうにもならないこともあります。いくら拝んでも重病人はそのままでしたし、激戦地へ行った息子が還《かえ》ってくることもありませんでした。それでも島の人間はユタの見立てが外れたとは考えないのです。願いが叶《かな》わなかったとしても、それはユタの言う通りに拝まなかった、あるいは拝み方が足りなかったからだと考え、いっそう熱心に拝むようになるのです。

夫婦間の不和や嫁姑《よめしゅうとめ》の問題を相談されることも多く、ユタは島の人たちの秘密を何でも知っていると言われていました。それが漏れることがなかったため、彼女は口が堅いという評判でした。しかし、真相はちょっと違っていたかもしれません。

私が間借りしていた先の主人は、孫が出征する前に二度ユタに相談していました。主人によれば、ユタは相談を受けている途中で突然神がかったようになり、自分が言ったことを何一つ憶《おぼ》えていなかったそうです。それでいて助言は二度とも「孫は戦地で魂《マブイ》を落とす」というものだったから彼はユタの言うことをすっかり信じ込んでいました。

ユタが突然神がかりになり、事後にはどんな相談をされたのかも憶えていないというのは、よく言われていたことでした。一人で何役もこなさなければならないから、いちいち憶えていないのだろうという不心得者もいましたが、そう話す者でさえ、ユタがまったくの出まかせを言っているとは思っていないようでした。

夕方、私はサブローの様子を見にまた農家を訪ねました。

農家の座敷からは笑い声がしていました。上座には白い着物姿のユタがいて、農家の主人や兵隊たちとお茶を飲んでいました。夜中の騒ぎが嘘《うそ》のように思える和やかさでした。

縁側から声をかけると木山が庭に下りてきて、あっちで話そうと言いました。農家の土間を横切り、勝手口から外へ出たところで、さっきまで村長たちが来ていたと彼は言いました。村長の他に役場の男たちも同席し、島の将来についてユタにお伺いを立てていたというのです。

木山は空襲で崩れた石垣の上に腰を下ろし、「あのユタは本物かもしれない」と言いました。村長や一ノ瀬から相談を持ちかけられたユタは、ひと通り話を聞いたあと、いくつか質問をしたようでした。質問の声が途中から男の声に変わり、最後には野太いダミ声になったというのです。

「ユタは男の声でしゃべっているうちに座敷に倒れて、気が触れたみたいにぶつぶつと何か言い始めた。そのうち突然起き上がって、目を剝《む》いて話し出した。いまにも目玉が飛び出すんじゃないかと思ったよ」

ユタは、余所者《よそもの》が災いの種を作っている、と言ったようでした。私は見立てとしてはそんなところだろうと思いました。余所者の話は事あるごとにユタが言っていたことでした。

「一ノ瀬は自分のことを棚に上げて、やっぱりあのガキどもかと言っていた。しかし、あの女の言う余所者って、おれたちのことじゃないのか」

「そうかもしれません」

「一ノ瀬というのは調子のいい野郎だ。あいつ、サブローのことをひと言もユタに話していなかった。大丈夫かと聞いたら、ユタなんだから、いちいち説明しなくてもわかるというんだ」

石垣の上で話していると、農家の裏にある倉庫から駐在の安里が出てきました。火事で駐在所が焼けた後、彼はそこを寝ぐらにしていたのです。木山は、大丈夫か、と安里に声をかけました。安里は「しぶといガキです」と言いました。

宮平二等兵が見張りをしていると聞き、私は倉庫へ行きました。畦道《あぜみち》の先にある大きな倉庫で、前は農耕馬の厩舎《きゅうしゃ》として使われていた建物です。倉庫に近づくと宮平が簾《すだれ》を持ち上げ、半畳ほどの窓から汗だらけの顔を覗《のぞ》かせました。中は蒸し暑く、むっとするような臭気が漂っていました。安里の寝所はミカン箱を周囲に積み上げた一角で、ゴザの上には食べ残しやがらくたが置かれ、食器に蠅《はえ》がたかっていました。衝立《ついたて》代わりのベニヤ板を支えるようにミカン箱が積み重ねられ、ひどく風通しの悪い場所でした。

宮平は文机《ふづくえ》に腰かけて水筒から直《じか》に水を飲んでいました。赤黒い顔をしていたので、水筒の中身は泡盛だろうと思いました。宮平はあくびを噛《か》み殺し、明け方にもひと騒動あって、ほとんど眠れなかったと言いました。私はサブローはどうしているのかとたずねました。

「馬小屋に放り込んでいます。いくらか持ち直しました。見ますか」

宮平は大きな身体《からだ》を横にしてミカン箱の隙間《すきま》を抜けました。私は水を入れた薬缶《やかん》を持って彼のあとに続きました。細長い通路の先にベニヤ板と棒で仕切られた馬房が向き合う形で四つずつ並んでいました。宮平は手前の房の前に立ち、「小僧」と声をかけました。夕方の五時頃で、馬房の窓から強い西陽が差し込んでいました。サブローは麻縄で手足を縛られ、こちらに背を向けて横たわっていました。私は仕切り棒をくぐって馬房へ入り、サブローを仰向《あおむ》けにして手首に触れてみました。手はひんやりとしていましたが、脈拍は強く、すぐに死ぬことはないだろうと思いました。西陽の当った顔の傷は夜中に見た時よりも生々しく感じられました。目の周りが黒ずみ、頬はでこぼこで、特徴的な一文字の濃い眉毛《まゆげ》を別にすれば、私の見知っていた少年の面影はどこにも残っていませんでした。

サブローというのは実に強靭《きょうじん》な少年でした。身を起こして薬缶の口を近づけると、喉《のど》を鳴らして水を飲み、粘ついた涎《よだれ》を垂らしながら薄目を開けました。水がなくなっても顎《あご》を上下させ、薬缶の口に齧《かじ》りついていました。

「すみません、水をお願いできませんか」

私はその場から宮平に声をかけました。返事はなく、姿も見えませんでした。不思議に思って馬房を出ると、宮平は通路に積み上げられた藁《わら》の上で寝ていました。肩を揺すって汲《く》み置きの水はどこかとたずねたのですが、彼は薄目を開けただけでした。どこからか、がさがさと音がしました。鼠《ねずみ》かと思って首を回した時、奥の馬房でうつ伏せになっている少年と目が合いました。彼は手ぬぐいで猿ぐつわをされ、首を上げてこちらを見ていました。宮平は薄目を開け、「おとなしくしていろ」と少年を怒鳴りつけました。

「おれたちをアメリカへ売ろうと言い出したのはこのガキですよ」

それは島の人たちから「クマモト」と呼ばれていた少年でした。やはり奄美大島から来ていた少年で、熊本から奄美に流れてきた一家の息子だということでそう呼ばれていたのです。

私は彼のいる馬房へ入り、口に巻かれていた手ぬぐいを外しました。小便を漏らしたらしく、嫌な臭《にお》いがしました。クマモトは後ろ手に縛られ、着物の上半身をはだけていました。体格がよく、気性も荒いことから島の子たちに恐れられていた少年でしたが、よほど脅されたらしく、何を聞いても頷《うなず》くだけで声も出せないほどでした。殴られた跡はなく、顔はきれいでしたが、後ろ手に縛られていた手は血だらけでした。

クマモトに声をかけているうちに、木山が馬房の前に来ました。

「そいつが首謀者らしい」と彼は言いました。「クリ舟を盗んで伊平屋島へ行こうとした。漁師たちはもうかんかんだ」

私はクマモトの血だらけの手を指差して、これはどうしたのかとたずねました。

「窪田が軍刀で小指を落としたらしい。あれはとんでもない野郎だ」

「小指の先です」水を持ってきた宮平が訂正しました。「窪田さんに言われて腕を押さえつけていたんですが、あまりにもクマモトが暴れるので、危うくこっちの指が落とされるところでした」

宮平によれば、朝方になって意識を取り戻したサブローが、首謀者としてクマモトの名前を挙げたということでした。朝早くにここへ引き立てられてきたクマモトは、サブローと伊平屋島へ行くつもりだったことを認め、他の仲間の名前も口にしたようでした。私は誰なのかとたずねました。

「網元のところにいる小僧らしい」と木山は言いました。

木山が言っているのはケイスケのことでした。横にいる宮平も頷き、網元が小僧を手放そうとしないので、いま説得に当たっている最中だと言いました。

クマモトの告白はこうでした。奄美の少年たちはいずれも自分の主人を憎んでいた。クマモトは、島に来た米軍を見て子供に危害を加えることはないと判断し、サブローと一緒に伊平屋島へ脱出する計画を立てた。とはいえ、クマモトはサブローほど泳ぎが達者ではない。そこで網元の家にいるケイスケがクリ舟を盗み出し、三人で伊平屋島へ渡ることにした――話の辻褄《つじつま》は合っているのですが、クマモトが一方的にした話のようでしたし、そもそもケイスケが主人を憎んでいたという前提が間違っていると思いました。

ケイスケは買われてきた子にしては珍しく、網元の家で大事にされていました。島の子と同じように学校へ通っていたというし、勉強部屋も与えられ、普通の子よりもむしろ恵まれていたのです。戦争で二人の息子を亡《な》くした網元はケイスケと養子縁組をし、ゆくゆくは自分の跡継ぎにするつもりだと話していました。そんな子が脱出の計画に加わるはずがありません。ケイスケには島を抜け出す理由がなかったのです。クマモトが網元の力を頼ってケイスケの名前を出した、大方、そんなところだろうと思いました。

翌日は朝から雨になりました。畑仕事が中止になり、私は珍しく一人で過ごしていました。仲村が部屋を訪ねてきたのは午後になってからでした。

「暗くなったら伊是名の浜に集まることになりました。雨天決行だそうです」

仲村は途中で網元の家へ向かう山岡隊に会ったようでした。兵隊たちは軍刀を持っていたというから力ずくでケイスケをさらう気でいるのだろうと言いました。

ユタの家に着いた時には雨は小止《こや》みになっていました。あたりはまだ明るく、日没まで一時間あまりといったところでした。

ユタは伊是名地区に住んでいました。両親はすでになく、ハイビスカスの垣根に覆《おお》われた家に一人で住んでいました。裏に回って勝手口の扉を叩《たた》くと、有銘氏が顔を出しました。

ユタは白い着物を着て座敷に正座していました。判示《はんじ》の最中だと聞き、私は台所で有銘氏と話しました。ケイスケは、サブローたちとは何ヵ月も会っていないと話しているようでした。

「伊平屋島へ行ったこともなければ、そんな誘いも受けていないと言っています。じかに話してみますか」

私は「あとにする」と言いました。尋問の真似事《まねごと》をしている暇はなかったし、もうそういう次元の問題でもありませんでした。本人が何と言おうと時の勢いを得た者がスパイだと言えば、それはスパイなのです。

「この島にいるとケイスケは殺されるそうです」と彼は言いました。

「それはあの人の見立てですか」私はユタの方を見て訊《たず》ねました。

「はい。伊平屋島に逃がせと言われました」

「伊平屋島に?」

ユタは背筋を伸ばし、目を閉じて何か呟《つぶや》いていました。彼女の見立てはよく当たると評判でしたが、私はとんでもないことを言う女だと思いました。ケイスケを伊平屋島へ逃がしたところで、早晩、向こうから噂《うわさ》が伝わってくるのは目に見えていました。すぐに誰が逃がしたのかという話になり、二次被害を招く危険が大でした。

「今朝、うちに窪田という兵隊が来ました」と有銘氏は言いました。「明日、また来ると言っていました。この先、どうしたものでしょうか」

「しばらく、ここへ置かせてもらうしかないでしょう。あなたもこの家には近寄らない方がいい」

窪田は一個小隊分の敵を殺したと自慢しているような男です。あと何人殺すのも一緒だと嘯《うそぶ》いていたし、ここまで来たら一ノ瀬も後には引けないだろうと思いました。一ノ瀬は窪田に比べれば話の分かる男でした。それに、窪田を毛嫌いしていました。あの男にどう話そうかと考えていると、「こんな時に恐縮ですが」と有銘氏が言いました。

「兄の家がこんなことになっているとも知らず、私は昨日の朝もここへ来ていました」

「判示ごとですか」

有銘氏は居住まいを正し、「娘のことです」と言いました。「娘は山口先生の申し出を受けさせてもらうと言っています。先生、ふつつかな娘ですが、どうかよろしくお願いします」

「こちらこそ」

私は突然の話に戸惑い、そう言うのが精一杯でした。有銘氏は台所の床に頭をこすりつけるようにしました。私も同じように頭を下げましたが、床板を見つめながら、ひどく困惑していました。由紀子との結婚は網元と親戚《しんせき》になることを意味していたからです。

「あれは二度も結婚した女です。私が急がせたせいです。もう嫁に出すのは無理だと思って不憫《ふびん》に思っていました。気に入らないことがあれば何でも言ってください」

有銘氏が話している間、ユタはじっとこちらを見ていました。まったくの無表情でした。すぐに正面を向いて目を閉じましたが、この女は結婚に反対したのだと直感して、私は落ち着かない気持ちになりました。実のところ、私もユタの霊感を信じていたのです。

海岸沿いの道へ出ると、砂防林の間からちらちらと炎が見えました。

浜へ続く細い道に足を踏み入れたところで、松林の先に四、五人の男がいることに気がつきました。そのうちの一人が声をかけてきました。伊是名地区の漁師で、松林に近い砂場に墓穴を掘っているのでした。

砂浜に十人ほどの男が集まっていました。男たちは黒煙を上げている炎を囲むようにして砂の上に腰を下ろしていました。どれも地元の漁師でした。

「サブローたちの持ち物を焼いているところです」

漁師の一人が私にキセルを見せました。吸い口に金メッキが施されたキセルで、父親の遺品だと言いました。

「なくしたと思って諦《あきら》めていたら、サブローがあの家の蔵に隠していたんですよ」

他の男たちも農家に押しかけたらしく、口々に被害にあった品々を並べ立てました。盗品は農家の納屋《なや》や娘の着物入れからも見つかり、盗まれた時計や反物が傷《いた》んだということで、農家の主人に弁済を迫っていると話す者もいました。クマモトは盗品を伊平屋島へ持って行き、キナースーに売るつもりだったと兵隊たちに話したようでした。

雨はすっかり上がっていました。空は濃い紫色に変わり、遠くに本部《もとぶ》半島の灯かりがぼんやりと見えていました。一人が「見ろ」と言って松林の方を指差しました。松林の中で懐中電灯の灯かりが上下していました。サブローが引き立てられてきたようでした。

やがて男たちが浜に出てきました。兵長の一ノ瀬を先頭に、ざっと二十人といったところです。兵隊たちの後ろに島の男たちが立っていました。暗くなった浜に二十人の男が立ち尽くしている姿は異様でした。

一ノ瀬に手招きされ、私は兵隊たちの輪に加わりました。彼らは浜に敷いたゴザに座っていました。ゴザには十四年式拳銃《けんじゅう》と「三式」と呼ばれていた軍刀が置かれていました。兵隊たちは松林の方へ懐中電灯の灯かりを向けていました。

「この小僧、小便をしている間に逃げようとしやがった」

松林の中から出てきた宮平二等兵がズボンの前を直しながら言いました。宮平はクマモトの髪を摑《つか》み、島の男たちがいる方へ引きずっていきました。クマモトは猿ぐつわをされ、後ろ手に縛られていました。着物のあちこちが破れ、顔は砂だらけでした。砂浜に立っていた男たちが輪を崩し、宮平とクマモトを中へ入れました。その時、男たちの足元に倒れているサブローの姿が見えました。あいつらに任せることになった、隣に来た木山がそう言いました。フランク殺害の時のように秘密を守らせるためです。

「おつかれさん」

宮平二等兵が来ると、一ノ瀬が彼に水筒を差し出しました。

他の兵隊たちは首を回して男たちの背中を眺めていました。男たちは十メートルくらい先の浜に立ち、クマモトを見下ろすようにしていました。責め立てるような口調でクマモトに何か言っていましたが、土地の言葉でしゃべっていたので何を言っているのか分かりませんでした。男の一人がクマモトの猿ぐつわを外し、足首に巻きついていた縄をほどきました。海岸はもう暗く、視界の端に本島の灯かりがちらっと映りました。あのあたりも米軍に占拠されているのだろう——そんなことを思った時、「天皇陛下、万歳」という涙まじりの叫び声がしました。クマモトは砂の上に土下座して、途切れ途切れの言葉で何か訴えていました。命乞《いのちご》いをしているようでしたが、嗚咽《おえつ》交じりの声でほとんど聴き取れませんでした。男たちの輪が広がったのを見て、そろそろだ、と一ノ瀬が言いました。兵隊たちが声のする方へ身体《からだ》を向けると、すすり泣きが一段と大きくなり、喉《のど》を震わせているような音がしました。周りに立っていた男たちはもう何も言いませんでした。兵隊たちは腰を浮かし、背筋を伸ばすようにしていました。聞こえてくるのは波の音とクマモトの泣き声だけです。全員が息を詰めて銃声がするのを待ちかまえていましたが、男たちは無言でその場に立ち尽くしているだけで、一分ほどしても何も起こりませんでした。

「何をしているんだ」

一ノ瀬が立ち上がり、男たちの方へ歩み寄りました。浜全体に響き渡るような銃声がしたのはその時でした。一ノ瀬は身をすくめ、砂の上に両手をつきました。兵隊たちが立ち上がったのと同時に泣き叫ぶ声がし、静まり返った浜に二発目の銃声が轟《とどろ》きました。一ノ瀬は飛び跳ねるようにして男たちの方へ駆け寄り、「もういい、撃つな」と叫びました。泣き声はもうしませんでした。兵隊たちは腰をかがめてそろそろと男たちの輪へ歩み寄り、懐中電灯で砂浜を照らしました。撃たれたのはサブローでした。サブローは口を大きく開け、膝《ひざ》を折ったままで仰向《あおむ》けに倒れていました。脇腹《わきばら》と胸から流れ出ている血で裸の上半身が濡《ぬ》れ、赤黒く光っていました。撃たれた時に腹を押さえたのでしょう、広げられた掌《てのひら》は両方とも真っ赤でした。後ろから足を蹴《け》られ、私はびくっとして振り返りました。そこにいたのはクマモトでした。彼は後ろ手に縛られたまま、砂の上を転げ回っていました。兵隊の一人が馬乗りになってクマモトを押さえつけ、平手を張り、再び猿ぐつわをかませました。クマモトの顔は砂だらけで、目だけが異様に光っていました。数人の男が足を持ってサブローを松林の方へ引きずって行き、クマモトも着物の襟首を摑まれそちらの方へ引き立てられていきました。

「おい、待て。これはどういうことだ」

そう言ったのは上等兵の窪田でした。窪田は浜に落ちていた拳銃を拾い上げ、「誰が落としたっ」と叫びました。男たちはその場に立ったままでいました。窪田がなぜ怒っているのか分からなかったのです。窪田は懐中電灯で砂浜を照らし、「ぶっ殺すぞ」と怒鳴りました。浜には他に四丁の銃が落ちていました。

「誰が落とした。陛下からお借りした銃だと知ってのことか。撃った者は誰だ。名乗り出ろ」

誰も答えようとしませんでした。窪田は一人ひとりに「お前か」と聞いて回り、銃口で男たちの胸を突きました。窪田の興奮は簡単には収まりませんでした。この男は冗談の通じない国粋主義者でした。木山に銃を取り上げられてからも男たちを怒鳴り散らし、近くにいた男に平手を食らわせたりしていました。一ノ瀬が怒鳴りつけてやめさせましたが、その後も窪田はぶつぶつと不平を言い続けていました。

「撃ったのは一人だけだ」

木山は砂の上の銃に懐中電灯を当て、「見ろ」と私に言いました。彼の言う通り、発砲されていたのは一丁だけで、残りの銃は安全装置さえ外されていませんでした。

「誰が撃ったのか分からないようにしたんだろう」と木山は言いました。

松林から「埋めるのを手伝え」という声がし、男たちはぞろぞろとそちらへ向かいました。墓穴のそばへ行った時には、サブローの身体に半分ほど砂がかけられていました。幅の広い穴で、二人をまとめて埋めるのだろうと思いました。

「もう一人のガキはどこだ？　連れてこい」

穴の前にしゃがんでいた一ノ瀬が誰にともなく言いました。島の男たちがクマモトを連れてくると、一ノ瀬は懐中電灯で穴を照らしました。顔だけを残して埋まっているサブローを見て、クマモトは縄の手をほどかんばかりにして暴れました。

「兵長、ここは自分に任せてください」

そう言ったのは窪田でした。一ノ瀬は返事をしませんでした。松林にいた兵隊たちはこわばった表情で二人を見ていました。男たちも作業の手を止めましたが、一、二分して一ノ瀬が小用に立ち、またスコップを動かしました。

「小僧の縄と猿ぐつわを外してやれ」

一ノ瀬がいなくなると窪田はクマモトの顔に懐中電灯を向けて言いました。兵隊たちは顔を見合せましたが、早くしろと急《せ》かされ、窪田の言う通りにしました。猿ぐつわを外された途端、クマモトは火がついたように泣き叫びました。喉の奥底が見えそうな、腹の底からの叫びでした。窪田は髪の毛を掴んでクマモトの頭を振り回し、

「黙れ」と怒鳴りました。

「貴様、見苦しいぞ。それでも日本男児か。そこに座っておとなしくせんか」

二、三発平手を食らい、クマモトは倒れこむようにして砂の上に両手をつき、血の混じった涎《よだれ》を垂らしました。

窪田は近くにいた男に懐中電灯を持たせ、手にしていた十四年式拳銃の装弾を確認しました。慣れた手つきでした。窪田は指先でクマモトの額の砂を払うと、そこに細長い銃口を押し当てました。クマモトは背筋を後ろに反らせ、下顎《したあご》を細かく震わせました。懐中電灯を渡された男も震えているのか、灯かりが上下に揺れていました。

「貴様、何をしている」

一ノ瀬が走ってきて、「勝手なことをするな」と怒鳴りました。

窪田は声のした方をちらっと見て「ご心配なく」と言いました。「この小僧と話をするだけです」

松林の中は再び静まり返りました。近くにいた男たちは後ずさりをし、懐中電灯の灯かりも徐々に遠ざかりました。窪田は銃口でクマモトの額を突き、口を開け、と言いました。クマモトは背中を弓なりに反らし、上空を見上げるようにして大きく口を開けました。窪田は前かがみになってクマモトの口に銃口を入れ、「しゃべりたくなったら右手を挙げろ」と言いました。

「よく聞けよ、これは陛下からお借りしている大事な銃だ。ちょっとでも貴様の薄汚い涎をつけてみろ、脳みそを吹っ飛ばす」

安全装置を外すカチッという音がし、松林の中はこれ以上ないほど静まり返りました。一ノ瀬が押し殺した声で「いい加減にしろ」と言いましたが、窪田は返事をしませんでした。

「小僧、貴様らをここへ連れてきたのはなぜか分かるか」と窪田は言いました。

クマモトは小刻みに震える手をゆっくりと挙げました。窪田は口から銃を抜き、真上から額に銃口を押し当てました。クマモトは口を開けたままでゆっくりと顎を上下させましたが、黙ったままでした。窪田は舌打ちをし、さっさと答えろ、と言いました。

「お詫《わ》びを、するためです」クマモトは手を挙げたままで言いました。

窪田は首をかしげ、誰にだ、と畳みかけました。

「島の、みなさん」

クマモトが喘《あえ》ぎ声でそこまで言った時、赤い火花が飛び、木の幹が弾《はじ》け飛ぶ音がしました。クマモトは膝を折ったまま、仰向けに倒れていました。窪田はクマモトの口に銃口を入れ、甲高い声で「違うだろう」と言いました。

「貴様は馬鹿《ばか》のようだからヒントをやったが、普通の馬鹿じゃないってことが分かった。仕方ない、もう一つヒントをくれてやる。答え損なったら、それまでだと思え。

いいか小僧、貴様はこの大日本帝国を裏切ったんだよ」

クマモトは仰向けになったまま、恐るおそる宙に右手を伸ばしました。窪田は頷《うなず》き、その場にあぐらをかきました。

「さあ、ちゃんと正座して答えろ。どなたにお詫びする？」

クマモトは必死に身を起こそうとしていたものの、腰が抜けたのか、地面に両手をついたままでした。窪田はその手を踏みつけ、「早く答えろ」と言いました。クマモトが口を開けたままで何か言いました。離れた場所にいたので聞こえませんでしたが、窪田が頷いているのを見て、どうにか正答したようだとわかりました。

「兵長、お騒がせして申し訳ありません。これだけはどうしても教えておきたかったのです」

窪田は一ノ瀬に銃を渡して頭を下げました。渋面の一ノ瀬が手にしていた水筒を渡すと、窪田はそれを持ってクマモトの横に腰を下ろしました。

「小僧、やっと分かったな。貴様がいま生かされているのも陛下のおかげなんだぞ。もうひとつ聞くが、その陛下に何と申し上げてお詫びする？」

窪田はクマモトの背中を叩《たた》き、水筒の水をやりながら言いました。

「悪いことをしたので、もう二度としないとお詫びします」

いかにも子供っぽい口調でクマモトが話すのを聞いて、松林にいた男たちは息を吐いてその場に腰を下ろしました。

「そうだな。十分に反省して陛下にお詫びするんだぞ」と窪田は言いました。

「はい、申し訳ありませんでした」

クマモトはようやく身を起こし、窪田の前に正座して地面に頭をこすりつけるようにしました。

「おいおい、おれは陛下じゃないぞ。きちんと宮城《きゅうじょう》の方を向いて謝れ」

松林に安堵《あんど》したような笑いが広がりました。宮城の方角が分からないのか、クマモトは首を動かして左右を見ました。窪田は「あっちだ」と言って浜の方を指差しました。

「小僧、目を閉じろ。そうだ、そのまま静かな心で陛下にお詫びしているんだぞ」

クマモトが本島の方角を向いて目をつむると、窪田は「灯かりを消してくれ」と言いました。懐中電灯が消されてあたりが真っ暗になっても、松林の奥にいた私には二人の姿が残像となってしばらく残りました。

「どこに向かってお詫びしているんだ」一ノ瀬が笑いながら言いました。「陛下は沖縄にいらしているのか。もういい、灯かりをつけろ。さっさと仕事を片づけるんだ」

懐中電灯が点《つ》けられると、松林の中に再び緊張が走りました。窪田は抜身の軍刀を手にしていました。場の空気が変わったことを察したのか、正座していたクマモトは肩のあたりをぴくっと動かしました。木山が「おい」と叫んで立ち上がった時、窪田がクマモトの首に当てた軍刀を手前に引くのが見えました。一瞬の出来事でした。クマモトは、ぎゃっと叫び声を上げて真横へ倒れたものの、すぐに起き上がり、首に手を当てて浜の方へ駆け出しました。

男たちは一斉に松林から飛び出し、クマモトの後を追いかけました。私もびっくりして後を追いました。ほとんど条件反射です。深手を負っているはずなのに、いや、それゆえになのか、クマモトの脚力は驚くほどでした。彼は上下に揺れる懐中電灯の灯かりを避けるように右に左に走りました。海岸は真っ暗でした。追いかけてもすぐに姿が見えなくなり、浜のあちこちから「どこだ?」という声がしました。そんなふうにして、でたらめに四、五百メートルも走ったでしょうか、クマモトの姿がまったく見えなくなり、懐中電灯の灯かりが浜の上で千々に乱れました。しばらくして「こっちだ」と誰かが叫び、全員が声のする方へ駆け出しました。その時、背後で銃声がしました。

「窪田、止まれ。貴様、この責任をどう取るつもりだ」

一ノ瀬でした。一ノ瀬は喘ぎ声で窪田の名前を叫び、夜空へ向けてさらに一発撃ちました。浜は静まり返り、しばらくの間、一ノ瀬の怒声しか聞こえませんでした。全員がその場にしゃがんで身をすくめていました。やがて銃声のした方に灯かりが向けられました。銃を構えた一ノ瀬が仁王立ちしていました。彼は砂浜に落ちていた懐中電灯を拾い、肩で息をしながら浜の上にいた者を一人ずつ照らしていました。よほど腹に据えかねたのでしょう、一ノ瀬は近くにいた宮平の頭上に発砲し、「窪田を連れてこい」と怒鳴りました。びっくりして浜にへたり込んだ宮平は、握り締めた砂を叩きつけ、押し殺した唸《うな》り声を上げました。

山岡隊が松林の方へ引き返してからも男たちは暗い海岸にしゃがんでいました。松林から延々と一ノ瀬の怒鳴り声が聞こえました。やがて「こっちだ」という声がして男たちが立ち上がりました。クマモトは百メートル先の波打ち際《ぎわ》にうつ伏せで倒れていました。湿った砂がついて顔は真っ黒でした。木山が潮水をかけ、懐中電灯で傷口を照らしました。頸動脈《けいどうみゃく》は切れていませんでしたが、首の後ろに五センチほどの切れ目があり、そこからまだ血が滴《したた》っていました。

死体は浜の上に引き上げられ、その場で全員が手を合わせました。誰かがクマモトの本名を聞いていましたが、答えられる者はいませんでした。真っ暗な松林から時折、怒鳴り声が聞こえました。一ノ瀬はまだ腹の虫が収まらないようでした。

「あっちは揉《も》めているようだが、とにかく仏さんを埋めよう」

木山がそう言い、もう一度、全員でクマモトの死体に手を合わせました。

これが奄美少年殺しの顚末《てんまつ》です。山岡大尉《たいい》が少年たちを射殺したと話している人がいるようですが、彼はそもそも島にいなかったし、戻ってくるとも思われていませんでした。

本部町の一家

その夜、私は仲村の家に泊まりました。一ノ瀬が激昂《げっこう》していて、浜で窪田を処刑するという噂《うわさ》があったからです。

仲村は妻の実家へ三人の娘を預けていました。おそらく娘たちに銃声を聞かせたくなかったのでしょう。それくらいに家は浜から近く、さっきまでいた松林が縁側から見えるほどでした。浜は静かでしたが、私は眠れず、仲村が寝た後も起きていました。

東江《あがりえ》二等兵が縁側に現れたのは夜の十一時を回った頃でした。他の兵隊に寝床を取られたので泊めてほしい、と彼は言いました。騒ぎは収まったようでした。私は蚊帳《かや》を出て寝床を譲り、居間で寝ることにしました。

東江はずいぶん酔っていました。深酒をする男ではないのですが、その夜は一ノ瀬と窪田が激しく言い争い、不機嫌になった窪田に付き合わされたということでした。嫌な酒だったというので、私は座敷で彼と飲み直すことにしました。

東江は有銘《ありめ》家の近くに住んでいたので、道端で顔を合わせることがよくありました。小柄な上にやせっぽちで、兵隊らしくもない、くりくりとした目の男でした。彼は二月まで名護の役所で働いていたと話していました。ある朝、役所を訪ねてきた将校に生年月日を聞かれ、午後には名前も知らない上官にビンタを食らっていたというから最末期の現地召集兵です。その部隊は米軍が上陸して二週間ほどで壊滅し、東江は逃げ込んだ本部半島の山中で山岡隊に拾われたということでした。兵隊としてはずぶの素人《しろうと》で、山岡隊の隊員でさえなかったのです。

ありがたいことに東江は煙草《たばこ》を持っていました。私たちはロウソクの火で煙草に火をつけ、彼が持ってきた泡盛を飲みました。話は一ノ瀬と窪田のことでした。二人は本島にいた頃から折り合いが悪かったらしく、その夜は一触即発の状況だったようでした。

「窪田上等兵は怖い人のようですね」と私は言いました。

東江は充血した目を瞬《またた》かせ、「恐ろしい人です」と言いました。「本島にいた時は何

「あの人は仲間を脅すのですか。しかし、無事だったわけでしょう」

「はい、私は無事でした」

東江はちびちびと泡盛を飲み、時折、縁側の方を窺《うかが》うようにしました。この兵隊はいつもびっくりしているように見える目に特徴がありました。どうしたのかとたずねると、彼は大きな目を見開き、我われはこんなことをしていていいのでしょうか、と言いました。

「いいも悪いも、これが現実です」と私は言いました。

「そうですが、それでも悩みます。先生、私はまったく国の役に立っていません。国は戦えといいますが、私は恐ろしくて銃が撃てなかった。仲間が次々に殺されていくのを見てようやく戦う気になれたのに、なぜ子供を相手にしなければならないのですか。おまけに仲間割れです。正直に言って、私はこの島へ来たことを後悔していいます」

「東江さん、国は戦えとはいっていますが、無駄に死ねとはいっていません。山岡大尉の決断があったから皆さんは無事でいる」

「それは、そうです」

「山岡大尉から聞きました。あなたも本島で大変な目にあったのでしょう」

東江は頷き、長い間、名護湾が見える山の中にいて、毎日、そこへ下りていきたいという思いと戦っていたと言いました。

その夜に東江がしたのは、山岡隊が山岳を転戦していた時の話でした。山の中で撃ち合いが何度かあり、そのたびに少しずつ仲間が減っていった。マラリアにかかって足手まといになった兵隊を放置したこともあった。しかし、戦争なのだからそれは仕方がない。部隊は死んだ兵隊たちの銃をかつぎ、山の中を少しずつ移動して本部半島の東海岸を目指した。山岡大尉が本島を脱出することを決め、クリ舟の調達を命じたのは六月の初めのことで、その時点では与論島へ行くと聞かされていた――ということでした。

行き先を巡って、隊内は揉めていた、と東江は言いました。――与論島は鹿児島県だから、沖縄守備隊である三十二軍の傘下《さんか》から離れることになる。田中という伍長《ごちょう》がそう言ったのが揉め事の始まりで、上等兵の一人もその意見に同調した。東江も内心では与論島行きに反対だったが、隊内には緊張が漲《みなぎ》っていて、沖縄出身の二等兵風情《ふぜい》が軽々に物を言える雰囲気ではなかった。

「クリ舟を確保しろと言われた時は、正直、ほっとしました。とにかく、部隊から離れていたかったのです。宮平と出かけたのは朝の七時頃でした。前の日も本部町の漁師の家を回ったのですが、漁師たちは空襲で舟は全部焼かれたと言っていました。もちろん、そんなのは嘘《うそ》です。漁師にとっては命の次に大事な舟ですから、どこかに隠しているに決まっているのです。隊長もそんなことは先刻承知で、銃で脅せば簡単に確保できるはずだと怒鳴られました。隊長の言う通りなのですが、私たちには同じ沖縄の人間を脅すことに抵抗がありました。まして宮平は本部町の出身です。顔見知りばかりだし、銃で脅したりしたら、あとで家族がどんな目に遭うか分からない。それで、とにかく探そうということになったのです。

半日ほどかけて、私たちはようやくクリ舟を見つけました。神社の裏の草むらに二隻《せき》隠してあったのを見つけたのです。宝物でも見つけたみたいに二人で抱き合って喜びました。しかし、兵隊は全部で十二人いたし、武器もそれなりにあったので二隻では足りないわけです。

『しょうがない、明日もまた探そう』

宮平がそう言った時は、もう暗くなりかけていました。陽が落ちると何もできません。夜の山で道に迷うくらい心細いことはないし、腹も減ってきたので、私たちは別の場所に舟を隠して山の中へ戻りました。

部隊がいたところへ戻ると、反省会のようなことをやっていて、一ノ瀬兵長が隊長に怒鳴られていました。暗かったので声しか聞こえませんでしたが、お前は何をやっているんだとか、えらい剣幕で怒鳴っているんです。兵長は正座させられていましたが、窪田さんはその場で隊長から一階級上げてもらって鼻高々でした。名誉兵長というわけです。だからあんなふうに揉めるわけですが、私らには何が何だかさっぱり分からない。近くにいた兵隊に事情を聞いても答えようとしない。何かあったようだが、それが何なのかは分からない――こういうことはよくありました。考えても分かるようなことではないし、我われのような者には何の説明もありません。とにかく毎日のように何かがあり、そのたびに分からないことが増えていくのです。私はだんだん慣らされて、その頃は何も考えないようになっていました。それに翌日も朝からクリ舟探しです。ひどく疲れていたので、私はそのうちに誰かから聞ければ十分だと思いました。

次の日は隊長の命令で窪田さんがクリ舟探しに加わりました。窪田さんには情は通じません。隊長から命じられれば何でもやります。おまけに一階級昇進してやる気満々でしたから、案内役を命じられた宮平はひどく困っていました。

宮平が案内したのは集落から離れたところにある民家でした。その家には小さな畑があって、四十歳くらいの漁師が畑仕事をしていました。これは私の想像ですが、宮平はなるべく気の弱い漁師の家を選んだのだと思います。本部町あたりの漁師は大てい荒くれ者です。気の弱い漁師というのはめったにいないのですが、畑仕事をしていたのはいかにも気弱そうな漁師で、漁に出られないので芋を作っていると話していました。

我われは芋をもらい、漁師が近くの井戸から汲《く》んできた水を飲みました。宮平は漁師に町の様子をたずねていました。米兵はたまにジープで通りすぎるだけで、この四、五日は静かだということでした。漁師たちは皆そうでしたが、彼も我われに早く帰ってほしがっていました。万一、敵が来たら巻き添えを食うのだから当然です。漁師は缶詰をいくつか差し出し、クリ舟は粉々にされたと言いました。これはまあ、お決まりの台詞《せりふ》です。宮平はかなり粘っていましたが、そのうちに諦《あきら》めて、『舟はないようです』と窪田さんに伝えました。窪田さんは座敷で缶詰を食い、黙って家の中を見回していました。そんな話は端《はな》から信じていないわけです。

家には漁師の妻がいました。窪田さんは家の中を調べて回り、台所へ行って奥さんに床板を開けさせました。一メートル四方の床板を開けると、固い土の上に米や缶詰など、食糧品がかなり備蓄されていました。窪田さんは米が入っていた麻袋を取り出し、奥さんに命じてそれに缶詰や芋などを詰めさせました。奥さんは途中から泣き始め、土地の言葉で勘弁してくれと宮平に訴えていました。

『漁にも出られないのだから困る』

漁師が遠慮がちに言うと、窪田さんは台所に干してあった手ぬぐいで拳銃《けんじゅう》を拭《ふ》き始めました。日当たりのよい台所で、『九四式』と刻印された部分が鈍く光って見えるのが不気味でした。漁師はびっくりして自分で食糧を詰め始めました。奥さんががたがた震えていて手を動かせなかったからです。九四式拳銃は暴発しやすいと聞いていたので、窪田さんが台所を出て行くと私はほっとしました。宮平はもう心底から困った様子でした。罪滅ぼしのつもりだったのでしょう、床下にいた漁師に煙草を差し出したのですが、漁師は彼の手を払いのけました。私は嫌な予感がしました。その様子を座敷から窪田さんが見ていたからです。窪田さんは舌打ちして、奥の部屋に行きました。二言か三言話す声が聞こえ、こもったような低い銃声がしました。漁師は血相を変えて奥の部屋へ駆け込みましたが、宮平と私は凍りついたようになって台所からしばらく動けずにいました。

窪田さんに呼ばれ、私たちは恐るおそるその部屋へ行きました。漁師は畳の上に膝《ひざ》をついて呆然《ぼうぜん》としていました。声も出ないとはあのことでしょう。撃たれたのは漁師の母親でした。七十歳くらいの小柄な老婆《ろうば》で、布団《ふとん》の上で仰向《あおむ》けになり、こめかみのあたりから血を流していました。銃声を消すために布団をかぶせたらしく、部屋には焦《こ》げたような臭《にお》いがしていました。

『ばばあを床下に放り込んでおけ』窪田さんは銃口で漁師の額を突きながら言いました。『家の前の道沿いに小さな地蔵があって、舟はその裏の藪《やぶ》に隠してあるらしい。すぐに死体を始末して確認してこい』

私たちは死体の足を引きずって台所へ運びました。とても持つ気になれませんでした。額から流れる血がにじんで、赤く濁った眼球がいまにも飛び出しそうに見えたのです。あの目は忘れられません。床板に汗を垂らしながら合掌をしていると、奥から女のすすり泣く声がしました。それを聞いて宮平も泣きそうな顔をしていました。

ぎょっとさせられたのはその直後でした。足音が聞こえたのです。近くに民家がなかったので、この家へ向かってきているのは明らかでした。敵に銃声を聞きつけられたのかもしれない、そう思って私は台所で身を固くしていました。夫婦して泣いているらしく、奥からは男の泣き声も聞こえました。宮平は『早く出よう』と私を急《せ》かしました。この家の息子だというのです。言われてみれば足音は小さく、しかも一つのようでした。窪田さんが銃を持って台所の前を横切りました。窪田さんは玄関に近い廊下にかがみ、こちらに背を向けていました。宮平が『ガキです』と小声で言ったのですが、聞こえなかったのか、安全装置を外す音がしました。

私たちは恐ろしくなって裏口から外へ出ました。当たり前ですが、家の前の道は左右に分かれていました。地蔵がどっちにあるのか分かりませんでしたが、聞きに戻る気になれず、私たちはそこで左右に分かれました。宮平は右の方へ走っていきました。銃声を聞きたくない一心で、私は反対の方へ全速力で走りました。このまま名護まで逃げてしまおうか。そう思ったほどですが、七、八十メートル走ったところで田んぼの前にある地蔵に気づいて立ち止まりました。畦道《あぜみち》を走って藪の中に入ると、窪田さんが言ったように三メートルほど先にクリ舟の舳《へ》先《さき》が見えました。しかし、一隻だけですから兵隊と武器の数からするとまだ足りません。また漁師の家を回るのか。そう思って絶望的な気分で畦道を引き返すと、窪田さんが漁師の家の前から手を振っているのが見えました。私が両手で大きな円を作ると、あの人は戻って来いというように手招きして、また家の中へ入っていきました。

漁師の家へ戻ると反対方向から宮平が走ってくるのが見えました。宮平は汗だくで、肩で息をしていました。彼はその場に倒れ込むようにして『ガキは死んだのか』とたずねました。私は『分からない』と言いました。家にはもう入りませんでしたから、漁師一家がどうなったのかはいまも分かりません。ただ、家の中は静かでした。

私たちは玄関の前に出されていた麻袋を担《かつ》いで、来た道を引き返しました。少し行くと民家がぽつぽつと見えてきました。まだ朝の十時で、時間はたっぷりありました。舟は一隻だと報告しても、窪田さんは頷《うなず》いただけで他の家には目もくれませんでした。私にはそれが不思議でした。宮平も怪訝《けげん》な顔をしていましたが、このまま戻れるのが嬉《うれ》しかったらしく、『急ぎましょう』と言っていました。私たちのような末端の兵隊に不足していたのは何よりも情報です。上の人たちに軽々に物を聞くわけにいかないのです。とりわけ窪田さんには恐ろしくて話しかけることもできませんでした。

山道に入ったところで私たちは少し休みました。食糧と舟を確保したことで窪田さんは上機嫌でした。彼は私たちに水を勧め、『お前たちの働きを隊長に報告しておく』と言いました。何もしていなかったので戸惑いましたが、それを聞いて安心したし、嬉しくもありました。宮平と二人でお礼を言っていると窪田さんはますます上機嫌になり、『与論島行きをどう思うか』とたずねてきました。私は慎重に『隊長の命令に従うまでです』と答えました。宮平も似たようなことを言っていましたが、どういうわけか窪田さんは私たちの返答に不満そうでした。

『貴様らは沖縄の兵隊だろう。与論島に行くのはやっぱり嫌だよな』

窪田さんがそう話すのを聞いて、私はどきっとしました。隊長の覚えがめでたい人だったので罠《わな》かもしれないと思ったのです。私は『そんなことはありません』と言いました。宮平もオウム返しに同じ答えをし、与論島はいいところです、などと言っていました。窪田さんは『貴様ら、持ち場を離れるつもりか』と言いました。いつになく沈んだ声で、芝居とは思えませんでした。

『もう一度訊《き》く。正直に答えろ。貴様らは沖縄を離れてもいいと思っているのか』

宮平が伊平屋島の話をしたのはこの時でした。伊平屋島には女房の実家があって、自分はその島をよく知っている、もちろん沖縄だし、与論島よりも近い。とりあえず伊平屋島へ渡って様子を見てはどうかと言ったのです。

窪田さんは興味を持ったらしく、どんな島かと訊《たず》ねました。

『何もない島ですが、悪いところではありません。とりあえず、その島で態勢を立て直し、それから隊長の言う与論島行きを検討してはどうでしょう』

『なるほど。しかし、聞いたことのない島だな』

『だからこそ、じっくり検討ができると思います』

宮平はあの通り考えの浅い男です。この時も深く考えて言ったわけではないと思いますが、話しているうちに興奮してきて、その島の人間はみんな親切だ、英気を養うには最高の島だと言い始めました。『伊平屋所帯《イヘヤシューテー》』という言葉があるくらいで、これはまあ、事実なんです。伊平屋島の人間は節約を知らないという意味なのですが、あの島へ行くと過剰なほどの接待に遭うということはよく言われていました。窪田さんは興味深そうに頷き、とりあえず隊長に話してみようと言いました。

三十分ほど休んでから、私たちはまた歩き始めました。重い荷をかついで三十分ほど山道を上り下りした頃、窪田さんは私たちを藪の中へ誘いました。正午に近く、もうずいぶん暑くなっていました。昼飯どきでしたが、飯にするとは思えませんでした。というのは、部隊はそこから五、六十メートル先にいるはずだったからです。

窪田さんは無言で藪の中へ入っていきました。少し行くと藪が途切れ、低い木に囲まれた一角に出ました。十メートル四方の草むらで、直射日光を浴びて乾き切っていました。

窪田さんは草むらの外れにしゃがみ、目を細めて藪の中を見ていました。何だろうかと思って身をかがめると、藪の中に蠅《はえ》がたかっていました。薄暗かったので、田中伍長《ごちょう》の姿に気づくまで少し時間がかかりました。微動だにしないのを見て、死んでいるのだと分かりました。足を引きずって藪の中へ運ばれたのでしょう、伍長は両手をこちらへ向けて、仰向けに倒れていました。こめかみを撃たれたようでした。血はもう乾いて、その部分だけがほくろのように黒くなり、顔に無数の銀蠅がたかっていました。

私はすぐに死体から目を逸《そ》らしました。死体が恐ろしかったのではありません。日本兵の死体は数え切れないほど見ましたし、もっとひどい死体はいくらでもありました。山に入ってひと月もすると、死体を見ただけでいつ死んだのかが分かるようになりました。もう暑かったので、その時期には十日くらいで白骨化していました。頬の肉がなくなり、眼球だけがついている死体ほど気味の悪いものはありません。それでいて髪の毛が残っていたりするのです。それに比べれば田中伍長はまだまだ人間らしい姿をしていて、それ自体には何の怖さもありません。言ってしまえば撃たれて転がっていただけです。恐ろしかったのは、次は自分かもしれないと思ったからです。そう思ったのと同時に、三隻目《せきめ》のクリ舟を確保した段階で窪田さんが引き返そうと言った意味が分かった気がしました。

部隊に戻った我われは、仲間たちから歓迎を受けました。さっそく飯盒《はんごう》で米が炊《た》かれ、缶詰が開けられました。麻袋には酒も入れてきたので、兵隊たちは久しぶりに笑顔を見せました。仲間が殺されたのにはしゃいでいるのですから、もう感覚が麻痺《まひ》していたのでしょう。

私は不安な思いで夜になるのを待ちました。暗くなったら全員が顔を合わせる決まりになっていたからです。田中伍長に同調して与論島行きに反対していた兵隊の姿はありませんでした。それは予想できたことでしたが、大城《おおしろ》という兵隊の姿がないことが気になりました。大城は北部の大宜味《おおぎみ》村《そん》出身の兵隊でした。深夜になっても大城は戻らず、誰も話題にしないことから殺されたのだろうと思いました。

大城は悪い人間ではありませんでした。沖縄のどこにでもいる眉毛《まゆげ》の太い田舎者です。二等兵でしたが、少なくとも私などよりは勇敢で、ずっと役に立つ人間でした。大城に問題があったとすれば、沖縄の色合いが非常に強かったということです。大城はほとんど標準語を話しませんでした。理解はできるのですが、話せないのです。隊長と話す時も、宮平か私がいちいち通訳をしなければならないほどでした。ご存じのように、軍からは方言の使用禁止命令が出ていました。方言を使っただけでスパイ呼ばわりされるので、私はいつもひと呼吸置いてから話すようにしていました。大城は口をきくたびに怒鳴られ、その頃にはほとんど口をきかなくなっていました。この島へ来てから、そのせいだろうかと宮平と話したものですが、真相はいまもって分かりません。

伊平屋島行きが決まったのはその夜です。宮平が地面に石ころで地図を描き、ひと晩で行けると説明したところで、漁師の家から持ってきた泡盛が開けられました。もちろん、反対する者はいませんでした。宮平はすっかり酔って、どんなにいい島かという話をしました。話すたびに、どんどんいい島になるわけです。あの男も色々なことを思っていたはずですが、クリ舟を漕《こ》げるのは宮平だけですから身の安全は保証されていると感じていたのだと思います。

とにかく、これで兵隊は九人に減りました。その後にまた二人減って、舟に武器を積んでもまだ余裕があったのですが、無事に舟に乗れた時は正に僥倖《ぎょうこう》だという気がしました」

なぜ東江がこうした話をするのか、そこまで聞いても私には分かりませんでした。私がただの教師ではないらしいということは彼も聞いていたのでしょう。しかし、他の兵隊たちと違って、軍に都合のよい報告をしてもらいたがっている様子はなく、またそういう内容の話でもありませんでした。

「つまり、最初は与論島で、それが伊平屋島になったわけですね」と私は言いました。

「そうです。舟を漕いでいるうちに東の空が白々としてきたのでこの島へ寄りました。空襲を受ける危険が高かったから寄っただけで、言ってしまえばたまたまです」

「しかし、それで助かったのだからよかった」

東江は首をかしげ、そうでしょうかと呟《つぶや》きました。

もう夜中でした。煙草《たばこ》も切れ、酒もほとんどなくなっていました。そろそろ寝ようと言うと、東江は唐突に「気をつけてください」と言いました。「窪田さんはあなたをよく思っていません」

「それは知っていますが、なぜですか」

「私には分かりません。ここだけの話ですが、ついさっき、吊《つ》るし上げる口実を何か見つけろと言われました。先生、あの人は口先だけの人間ではありません。私はいまのままだと兵長の方がむしろ危ないと思っています」

最後の泡盛を分け合ったところで、こんなことはもうごめんだ、と東江は言いました。サブローたちのことを言っているのだろうと思ったのですが、そうではありませんでした。寝床へ行く前に、彼はまた本部町の漁師一家の話をしました。

「病気の母親や子供を殺すなんてまっぴらです。先生、どうせ死ぬなら私は戦って死にたい。敵と戦って撃たれた方がずっといい」

「本部の漁師の母親は病気だったのですか」と私は訊ねました。

「そうらしいです。リューマチだったと漁師が言っていました」

話を聞きながら、私は東江の話には抜け落ちている部分があると感じていました。

彼が嘘《うそ》をついているということではなく、すべてが事実の再現ではないという気がしたのです。後に宮平から、地蔵の裏にあったクリ舟を見つけたのは自分だと聞き、東江が省いたのは漁師の息子の件だとわかりました。宮平が舟を見つけて漁師の家へ戻ると、東江は台所の床下に死体を入れているところで、両親と折り重なるようにして十二歳くらいの息子の顔が見えたというのです。

東江はおとなしい男でしたが、時々、手がつけられないほど暴れることがありました。兵長の一ノ瀬は訳が分からないとこぼしていましたが、そんな時、私は見たこともない漁師の家の光景を想像してしまうのです。

蟬《せみ》のような生涯

私は夏の初めに結婚しました。日付で言うと七月三日ですから、結婚を決めてからは早かった。いまでいうスピード結婚です。

結婚というのは人生の重大事のはずですが、あの頃、そんなふうに考えていた男は少なかったのではないでしょうか。何しろ、あれもこれも重大事ばかりでしたから。戦争へ行くこと自体が重大事でしたし、どの部隊に配属され、どこでどう戦うことになるのか、隊長はどんな人物で同じ部隊にはどんな男たちがいるのか。こうしたことの方がよほど重要でしたが、すべては運まかせで選び取ることなどはできない。仮に選択権があったところで、どの選択肢が正しいのかもわからない。とにかく先が見えなかった。

しかし、由紀子と結婚する頃には空気が変わっていました。その頃にはもう、私は自分の将来に三つの可能性しか残されていないことに気づいていました。殺されるか、捕虜になるか、島を脱出するか、この三つです。あるいは、この三つの組み合わせです。いずれにしても遠からず自分はこの島を離れることになる――時折、そんな思いに囚《とら》われて、私を一介の教師だと思い込もうとしている由紀子を不憫《ふびん》に思うことがありました。結婚を急いだのも、少しでも長く彼女と一緒にいたいという思いがあったからかもしれません。由紀子は何気ない会話の途中で黙り込むことがありました。深い事情までは知らなかったにせよ、勘のいい女でしたから、彼女も同じ不安を抱いていたのではないかと思います。

由紀子は私が間借りしていた部屋を訪ねてきたことがありました。結婚する前に二人きりで会ったのは一度だけなので、その時のことはよく憶《おぼ》えています。訪ねてきたのは昼過ぎでした。私は由紀子が持ってきた握り飯を食べ、向かい合わせに座って話をしました。サブローたちの事件があった数日後です。私は妙な話になりはしないかとはらはらしていたのですが、空模様のことか、島の人のことか、話題は他愛《たわい》もないものでした。由紀子は何度も窓の外を見て、眩《まぶ》しそうに目を細めました。その日はよく晴れていて、蟬の鳴き声がやかましいほどでした。水平線の向こうから湧《わ》き立っているような入道雲を見て本物の夏が来たのだと思ったものです。世間話が済むと由紀子は前夫の話をしました。単に「徳太郎さん」と言っただけなので、戦死した少年のことだと気づくまでに時間がかかりました。

彼女は真《ま》っ直《す》ぐに伸ばした手を膝《ひざ》に置き、一言ずつ嚙《か》み締めるように前夫のことを話しました。彼は『論語』が好きで孔子の言葉をよく諳《そら》んじていたとか、最近になってようやくあの人の夢を見なくなったとか、そんな話でした。私は黙って聞いていました。正直なところ、あまり愉快な話ではなかったし、なぜそんな話を聞かされるのかも分かりませんでした。

私が浮かない顔をしていることに気づいたのか、由紀子は話すのをやめ、今日はハルの家を訪ねた帰りだと言いました。ハルというのは島に一人しかいなかった産婆《さんば》です。由紀子は長い髪を束ねていた髪留めを外して畳の上に置きました。真鍮《しんちゅう》でできた何の変哲もない髪留めでした。

「ハルからもらいました。結婚の前祝いだそうです。古臭い髪留めですが、ハルに祝福してもらえてほっとしました」

私は髪留めを手に取って眺めました。それを見て、ようやく由紀子が産婆に会った理由がわかりました。

「蟬の声がすごいですね」

由紀子は窓の外を見て言いました。午後の二時頃だったでしょうか。太陽は一番高いところにあり、風もなく、蟬の鳴き声の他には何も耳に入りませんでした。窓の外に大きな八重桜の木があって、蟬はその幹にしがみついているようでした。私たちは蟬の居場所を探すように、しばらく窓の外を見ていました。

「それこそ、蟬のように短い生涯でした」と由紀子は言いました。「徳太郎さんも、サブローたちも」

「すべては戦争のせいです」

何と言っていいかわからず、私はそんなありきたりなことを口にしました。由紀子は頷《うなず》き、畳の一点を見つめるようにしていました。短い沈黙の後、彼女は顔を上げ、近くに住んでいたのだからサブローのことは知っておられたのでしょう、と言いました。

「ええ、知っていました」

「この島へ来たばかりの頃、サブローは淋《さび》しがって泣いていました。それもご存じでしたか」

「いえ、それは初めて聞きました」

「浜で泣いているのを見かけたことがあります。サブローが泣いているのを見て、私も泣きたいような気持ちになりました」

由紀子は、家の近くにも奄美から来ていた少年がいたと話しました。二年前に戦死したようですが、面倒見のいい少年で、同じ境遇にあった子供たちの相談役のようになっていたということでした。サブローはその子がいた家をよく訪ねていて、由紀子は二人が浜を歩いているのを何度も見かけたと言いました。

「そうでしたか。そんな子がいたとは知りませんでした」

「あの子たちにも親はいます。生意気なことを言うようですが、誰も好きで売られて来ているわけではありません」

「それは、そうです」

「私は鈍感だから、この島はとてもいいところだとサブローに言いました。あの子はきょとんとした顔をしていました。きっと馬鹿《ばか》な女だと思ったはずです」

どう言っていいかわからず、私は手にしていた髪留めを押し出すようにして彼女の前に置きました。日射《ひざ》しが一段と強くなり、それにつれて蟬の鳴く声も高くなった気がしました。

由紀子は唇を固く結んで畳を睨《にら》みつけるようにしました。彼女の口から忘れられない言葉を聞いたのはこの時でした。

「おっしゃる通り、すべては戦争のせいです。本当に嫌になる毎日です。去年の秋頃から、私はもう何歳も年を取ってしまったような気がしていました。でも戦争がなかったら、こうして先生とお会いすることもなかったと思います。先生、私は腹の中でそんなことを思っている女なのですよ」

その言葉の意味に気づかないほど野暮ではないつもりでしたが、返す言葉を見つけられず、私は彼女が手にした髪留めを見つめていました。

由紀子は背筋を伸ばしたまま、下顎《したあご》を引くようにして私を見ていました。見ようによっては挑戦的とも取られかねない頭の構え方に彼女の性格が表れていたと思います。それはまた、私の中に長い間棲《す》みついている由紀子の姿でもあります。背中に落ちた髪を後ろ手で束ね、産婆からもらった髪留めで留めると、由紀子は真正面から私を見て言いました。

「先生、私は二度も結婚した女です。言ってみれば後家です。先生は納得されていると父は申しておりました。父の言葉を疑うわけではありませんが、できれば先生の口から直接にそのことをお聞きしたい、今日はそう思って来ました」

後家という言葉に反応して、私は珍しく多弁になりました。なるほど自分は後家と一緒になるのかという驚きと、その言葉を打ち消したい思いとがない交ぜになって、話しながら自分でも混乱していることが分かりました。私を混乱させていたのは、戦死した少年と由紀子が実際に夫婦であったという事実でした。私は、新兵が出征する前に形ばかりの祝言《しゅうげん》を挙げただけだと思っていたのです。

あの頃の女はみんな粗末ななりをしていました。由紀子も何の飾り気もない藍色《あいいろ》の着物姿でした。薄紫色の帯をして、精一杯おめかしをしたつもりだったのでしょうが、話しながら私がじっと見つめると、由紀子は自分の格好に困った様子で俯《うつむ》きました。

思えば、滑稽《こっけい》な結婚でした。何の働きもない失業者と若後家の組み合わせです。文字通り、破《わ》れ鍋《なべ》に綴《と》じ蓋《ぶた》といったところですが、真実を糊塗《こと》するにはやはり言葉を費やす必要があるのでしょう。私はやけに高揚した気分で、自分は何かに納得して結婚を決めたわけではない、他の誰とも結婚するつもりはない、後家という言葉は二度と使わないでほしい、そうしたことを延々としゃべり続けました。話しながら自分の言葉を信じようとし、由紀子が泣いているのを見て、最後の方では私も泣きたいような気分でした。あの時ほど熱く女に語りかけたことはありません。戦争が私に語らせたのです。もし戦争によい点があったとすれば、相手が男であれ女であれ、いまよりも熱く人と交わることができたということではなかったでしょうか。それはもちろん、私たちが惨《みじ》めな境遇にあったからですが、あれは惨めさを分かち合える特権的な時代であったと思います。

有銘氏は同じ敷地に小屋を二つ持っていました。古い方の小屋を解体し、その材木を使って何とか住めるようにしようということになり、私は彼の家で寝起きし、しばらく大工見習いのようなことをしていました。

まだ古い小屋が残っていたから、あれは七月の半ばだったと思います。私は由紀子に肩を揺すぶられて目を覚ましました。夜中の三時頃で外は真っ暗でした。寝巻き姿のままで居間へ行くと女の声がしました。暗くて姿は見えませんでしたが、声の感じからユタだとわかりました。

ユタは黒い着物を着て有銘氏と話していました。彼女はロウソクをつけようとした私の腕をつかみ、「よくないことが起こった」と言いました。私はユタの力が強いことに驚きました。声も普段よりも低く、男の声のように聞こえました。私は有銘氏の隣に座ってユタと向き合いました。時間が時間でしたからケイスケのことだろうと察しはつきましたが、ユタの話は私の想像を超えていました。前の晩に、山岡大尉《たいい》が彼女の家に来たというのです。

ユタは山岡大尉と面識がないようでしたが、一緒に来た兵隊が「隊長」と呼んでいたことから上官だと見当がついたと言いました。私は半信半疑でしたが、ユタの話す「隊長」の特徴から山岡大尉であることは間違いなさそうでした。

山岡大尉は集落の人が寝静まった頃に訪ねてきたようでした。隊長は機嫌がよさそうに見え、表向きは愛想もよかった、とユタは言いました。山岡大尉はこれからも色々と力を貸してほしいと話し、伊平屋島から持ってきたという黒糖菓子を渡したということでした。

「隊長が話している間、兵隊たちは家の中を調べていた。実に無礼な連中だ。十分くらいで帰ったが、その足で網元の家に行ったようだ」

ユタは縁側の向こうの闇《やみ》を睨みつけるようにして話し、よくない風が吹いている、と言いました。

有銘氏は「おそらく要蔵の舟で戻ってきたのだろう」と言いました。

要蔵というのは前日に伊平屋島から戻ってきた漁師でした。この男にも二人の妻がいました。そのために伊平屋島と伊是名島の家を行き来していたのですが、伊平屋島の家にいた時に米軍が上陸し、そのまま足止めを食っていたのです。「要蔵が戻ってきたのだから、こっちから行けないこともないだろう」有銘氏は声を潜めて言いました。「ケイスケを伊平屋島へ逃がそう」

ユタは頷き、このままでは同じことが起きる、と言いました。「あなたたち、舟を漕《こ》げる人を探しなさい。このへんの漁師は信用できない」

私は反対しましたが、ユタは取り合わず、なるべく早い方がいいと言いました。有銘氏もその気でいるらしく、要蔵に話を聞きに行くと言いました。

外がまだ暗かったので、ユタが帰ったのは朝の四時とか、そんな時間だったと思います。

有銘氏は漁に出かける準備を始めました。私は彼の手伝いをしながらケイスケの様子を聞きました。ケイスケは校長の家に移っていました。私はまだそこにいると思っていたのですが、有銘氏は「妹の家に移した」と言いました。校長はケイスケを預るのに乗り気ではなかったし、他人に迷惑はかけられないからというのですが、真っ先に疑われるのは親戚《しんせき》なので、むしろ危険でした。

有銘氏のクリ舟で海に出たのは五時頃でした。夜明け前でしたが、海には数隻《せき》の舟が出ていました。有銘氏は浜から百メートルほどのところで舟を停め、「何か考えはあるか」と言いました。私はケイスケを一人でクリ舟に乗せて、どこかへ流してはどうかと言いました。二次被害を防ぐにはそれしかないと思ったのですが、彼は話にならないというように首を振りました。

「兵隊たちは毎日ケイスケを探している。漁師にも集落ごとに舟の数を報告させている。第一、子供に漕げる舟ではない。漁師が出ればすぐに捕まってしまう」

「この島にいるよりはましでしょう。うまくすれば、どこかの島へ流れつく。漁師たちが寝静まった頃に沖まで連れ出してやればいい」

「あなたは自分の子ではないからそう言う」彼はがっかりしたような口調で言いました。

「もちろん、私の子ではありません。しかし、網元の子でもないでしょう」

「兄は犬の子をもらいに奄美へ行ったわけではない。息子が二人とも戦死した上にケイスケまで殺されたら兄はもう生きていけない」

話しているうちに、太陽が濃紺の海を染めながらゆっくりと昇ってきました。朝焼けに海全体が赤く染まり、飲み込まれてしまうような美しさでした。赤い波が徐々に黄金色に変わり、薄明の中にきらりと光るものが見えました。米軍の偵察用の水上機でした。遠くの海上を這《は》うように進む水上機の編隊を見ながら、これまで負担をかけてすまなかったと有銘氏は言いました。何のことか分からずに黙ったままでいると、彼はさばさばとした口調で、「妻が流産した」と言いました。

「戦争中だし、この年で子供が生まれたら困ると思っていたから、これでよかった。身軽になったから自分がケイスケを伊平屋島へ連れて行く。ちょうど伯母の三回忌だ。向こうにいる従兄《いとこ》たちが面倒を見てくれるはずだ」

有銘氏は何も言うなというように手をひらひらさせ、もう準備はしてあると言いました。彼は北西のゴハ崎《ざき》から舟を出す気でいました。その近くに脱出用のクリ舟をすでに隠してあり、集落の者が寝静まった頃に妹がケイスケを連れてくる手はずになっているというのです。

「海岸までは藪道《やぶみち》が続いているが、妹は途中に畑を持っていて場所をよく知っている。暗くなると誰も近寄らないから見つかることはない」

入念に準備したと言いたいようでしたが、私には最悪の決断に思えました。ケイスケが無事に島を脱出したとしても、網元と有銘家に疑いがかかるのは明らかです。彼はもう決めたことだと話し、明日の夜に発《た》つと言いました。

私は、由紀子は知っているのかとたずねました。彼は頷き、正春が父《てて》なし子になるのを心配している、何かあった時はあの子たちをよろしくと言いました。

妹の家は島の西海岸の勢理客《せりきゃく》という集落にありました。防衛隊の者も数えるほどしかいない小さな集落で、山岡隊が立ち寄ることもないようなところですが、妹の亭主がケイスケを追い出しにかかっているらしく、有銘氏が伊平屋島行きを急いでいる理由もそこにあるようでした。彼は米兵からもらった煙草《たばこ》を勧め、怖いのはむしろ日本の兵隊だと言いました。

「娘も言っていたが、一口に米兵といっても色んなのがいた。下っ端《したっぱ》の連中はともかく、位が上の者は案外まともだった。ケイスケと一緒なら何もせんだろう」

陽が高くなり、海は眩《まばゆ》い光を放っていました。銀色の光に思考を妨げられ、何の考えも浮かばないまま、もう少し様子を見てからにしてはどうか、と私は言いました。

有銘氏は首を振り、「当局の動きが急になっている」と言いました。彼の言うように山岡隊はいまや島で唯一《ゆいいつ》の当局なのでした。

「私のことなら心配はいらない。伊平屋島にはもう何百回行ったかしれない。久しぶりに従兄の顔を見に行くつもりでいる」

有銘氏は麦藁《むぎわら》帽子をあみだに被《かぶ》り、のんびりと煙草を吸っていました。穏やかな波の上で煙を吹かしていると、同じ集落に住む漁師の舟が近づいてきました。山岡隊と一緒に網元の家に押しかけていた男です。漁師は魚を入れた網を海中から引き上げ、「重くて漕げない」と言いました。有銘氏は笑顔で挨拶《あいさつ》していましたが、漁師の舟が離れると重苦しい沈黙が続きました。

「暑くなってきた。そろそろ引き返そう」

私は何か手伝えることはないかとたずねました。有銘氏は首を振り、酒でも飲んでゆっくりしていろと言いました。彼は酒を飲まない人でした。家にも酒はなかったはずですが、ケイスケを預けに行った時に、妹がくれた泡盛があるようでした。

翌日、私は有銘氏よりも先に家を出ました。夕方の六時でしたが、陽がたっぷり残っていて、浜で子供たちが走り回っていました。その中には正春も混じっていました。おそらく彼は事情を知らされていないのでしょう。

集落を抜けた先に沖縄独特の大きな墓があり、仲村はそこで私を待っていました。彼は要蔵と会ってきたと言いました。山岡大尉と一緒に島へ戻ってきた漁師で、仲村の従弟《いとこ》に当たる男でした。私も二、三度話したことがありましたが、島の学校を一番で出たというだけあって目端の利《き》く男でした。

要蔵の話では、伊平屋島の漁師たちは釣り好きの米兵の船頭を務めていて、片言の英語が飛び交い、傍目にはいかにも平和だということでした。収容所にはいまも大勢の者がいるが、そこにいれば三食が保証されているからであって島民たちは特に監視されているわけではない、米軍の統制はゆるやかで、半ばあの島を放棄しているようにも思えた——要蔵はそんな感想を持ったようでした。

「ただ、前泊港の周辺は注意が必要です」と仲村は言いました。「米軍の兵舎があって、船頭役の漁師たちは兵舎のそばのテントで寝泊りしているそうです。島の噂《うわさ》は漁師の口から他の島へ伝わります。口の軽い連中ばかりなので、港へは近づかない方がよさそうです」

私は有銘氏の妹のことを訊《たず》ねました。由紀子から勢理客に叔母がいると聞いていましたが、その人とは一度も会ったことがありませんでした。

「百合子《ゆりこ》さんといって昔は島で評判の美人でした。会えば分かりますが、おそろしく気の強い人です」

「年は？」

「もうじき四十五になるはずです」

「やけに詳しいね」

「昔は学校で月ごとに誕生会をしていました。私の五つ上で同じ八月の生まれだというだけです。そんなことより、先生の耳に入れておきたいことがあります」

仲村は話を先に進めたがっていました。無駄口を叩《たた》く男ではなかったので大事な話だろうと思いましたが、それを聞く前に風呂敷《ふろしき》包みを持った有銘氏がやってくるのが見えました。仲村が墓の陰から声をかけましたが、有銘氏はこちらを見もせずに通りすぎました。

ゴハ崎までは四、五キロあります。目立たないように、私は仲村と距離を置いて歩きました。妹の家がある勢理客を越えたあたりで薄暗くなってきました。田んぼや畑に囲まれた道を一キロほど進んだところで有銘氏は細い藪道へ入りました。夏草が生い茂っていて、およそ人間が立ち入りそうにないところです。ヤブ蚊に刺されながら進むと、空襲で倒された大木が道を塞《ふさ》いでいました。有銘氏は背丈ほどもある草むらに入って迂回《うかい》し、さらに百メートルほど進みました。何度か来ていたのでしょう、彼は道をよく知っていました。やがてアダンの木の陰から紫色の海が見えてきました。アダンの葉をかきわけて辿《たど》り着いたのは狭い砂浜でした。陽はほとんど落ち、西の海上だけがわずかに赤く染まっていました。波もなく、海は静かでした。白砂の浜にはごつごつとした岩が点在し、遠浅の海の所どころにも大きな岩が顔を覗《のぞ》かせていました。

その浜で、私は義理の父親に最後の説得を試みました。彼は私の言葉には耳を貸さず、アダンの茂みからクリ舟を引っ張り出し、舟の状態を調べ始めました。クリ舟はどれも似たような形をしていますが、手造りですから一隻として同じものはありません。仲村はすぐに網元の舟だと気づき、「網元はいつここへ?」と有銘氏に訊ねました。六十歳に近い網元が真夜中にここまで漕いできたのだと聞いて、私はもう何を言っても無駄だと思いました。

仲村は手短に要蔵から聞いた話をしました。無事に上陸できれば米兵に会っても見《み》咎《とが》められることはない、港の近辺には近寄らず、暗いうちに目的地に着くようにした方がいいといったことです。有銘氏は先刻承知だと言いたげでしたが、前泊港の近辺にいる漁師たちの名前を聞いて眉《まゆ》をひそめました。

仲村は私に箱型のライターを見せました。ライターの表面には『M・S』というイニシャルが彫られていました。仲村は有銘氏にライターを渡し、「島に来た米軍の中に日本語を話す男がいたでしょう」と言いました。

「ああ、まだ若そうな男だった」

「あれはシノダといって米軍の中尉《ちゅうい》です。それはあの男からお守りだといって渡されたライターです」

「お守り?」

「お守り代りに持っていろと言っていました。米軍に捕まってもそれを見せれば大丈夫です。シノダは先生のことも知っています」

有銘氏は砂の上に横になり、不思議そうな目でライターに彫られたイニシャルを見ていました。仲村が火のつけ方を教えたものの、何度やってもオレンジ色の火花が飛び散るだけでした。

陽が沈むと、北の方角に灯かりが見えました。伊平屋島の南西にある野甫島《のほじま》です。話原野が広がっている小島ですが、海沿いに弱々しい灯かりが点々としていました。話すこともなくなり、私たちはしばらくその灯かりを眺めていました。

「遅いな」と仲村は言いました。「正夫さんなら夜中になる前に着けるでしょうが、なるべく早く行った方がいい」

有銘氏はこちらに背を向けて寝息を立てていました。八時くらいだったでしょうか、あたりはもう暗く、細長い伊平屋島の灯かりが遠くまで連なるように見えていました。

「シノダはまだ伊平屋島に?」私は仲村に訊ねました。

「いいえ、普段は伊江島にいるようです。要蔵の話だと、六月の終わりに一度だけ来たそうです。先生、そのことですが、少しいいですか」

「もちろん。そのへんで話そう」

私たちは波打ち際《ぎわ》に近い場所に腰を下ろし、シノダのライターで煙草に火をつけました。

「要蔵は死んだ母の実家の跡取りで、私の従弟です。この島がそうした関係で成り立っていることはご承知だと思います」

「前置きはいいよ。誰にも言うつもりはない。それが信じられないなら話さなければいい」

「もちろん信じています。それに、話さないわけにはいきません。シノダが伊平屋島へ来たのは六月二十四日の夕方で、ヘリコプターで来てパーティーに出ていたそうです」

「何のパーティー?」

「分かりませんが、そのあと、要蔵は三十二軍の牛島中将が自決されたと聞いたそうです」

「司令官が?」

「参謀長も一緒だったそうです。要蔵は伊平屋島の米兵から新聞を見せられたと言っていました。そこに辞世の句のようなものが出ていたそうです」

「本当か」

「これは私の印象に過ぎませんが、要蔵がそう聞いたのは確かだと思います。話も細かいし、あの男には嘘《うそ》をつく理由がありません」

私は、要蔵と直接話せないかと言いました。仲村は、話はしてみる、と言いました。

「たぶん、もう話さないと思います。島に戻った日の晩、山岡大尉が部下を引き連れて家に来たそうです。要蔵はびくびくしていて伊平屋島へ戻りたいと言っていました」

要蔵は伊平屋島の漁師から善太郎という商人を紹介され、伊是名島に商品を届けたがっていると聞いて乗せてきたようでした。善太郎は愛想がよく、一緒に商売をしようなどと話していたが、島に着いたとたんに態度が一変し、海岸でひどく脅されたということでした。

アダンの茂みから女の声がしたのは九時頃でした。女は藪をかきわけて浜に出てくると、土地の言葉で囁《ささや》くように何か言いました。私は仲村のあとについて声のする方へ行きました。有銘氏の妹は年よりも若く見える女でした。彼女は無遠慮な目で私を見て、小声で兄に何か言っていました。島の女にしては色白で、仲村の言うように美人の部類でしたが、痩《や》せぎすで口うるさそうな女でした。

「心配ない、この前話した正吉だ。すぐに出発する」

有銘氏がそう言っても、妹は探るような目で私を見ていました。

私は仲村と二人で海辺へ舟を運びました。荷物を取りに引き返した時、ケイスケが妹に手を引かれてやってくるのが見えました。

ケイスケは小柄でおとなしい子です。彼を特徴づけていたのは怯《おび》えが張りついているように見える表情、もしくは無表情でした。ケイスケはクリ舟の前に立ち、こちらにぺこりと頭を下げると、足元の砂をじっと見つめるようにしていました。

有銘氏の妹は、私が頭を下げても頷《うなず》きもしませんでした。彼女は風呂敷包みをケイスケに渡し、早口で何か言っていました。仲村は有銘氏が乗ったクリ舟を海へ入れ、膝《ひざ》まで水に浸《つ》かっていました。

「何をしている。早く乗れ」

有銘氏は舟の上から叫ぶように言いました。百合子という女がまだ話していましたが、私はケイスケの腕を引っぱってアダンの木の前に連れて行きました。

「ケイスケ、この島の者が迎えに行っても戻ってくるんじゃないぞ。殺されたくなかったら、あの島でじっとしていろ」

ケイスケは両手で風呂敷包みを抱え、私を見上げていました。表情は読み取れませんでしたが、ふっと息を吐くのが聞こえました。私は正春の部屋にあった本を渡し、

「これを持っていけ」と言いました。ケイスケは表紙に目を凝らしていましたが、暗くて題名が読めないようでした。

「お前が信用していいのは正夫おじさんだけだ。もし迎えに来る者がいたら、その本の題名を言わせろ。ちゃんと言えたら、その人は正夫おじさんの仲間だ。それ以外の者が迎えに来ても絶対に舟に乗るな。わかったか」

ケイスケは黙ったままでしたが、念を押すと上体を揺らすようにして頷きました。

「ケイスケ、よく聞け。もっと大事な話だ。伊平屋島でよけいなことを一言でもしゃべってみろ。網元を殺すからな。奄美にいるお前の親も殺す。お前も生かしてはおかない。それは憶《おぼ》えておけ」

突然、周りが明るくなりました。有銘氏の妹がこちらへ懐中電灯を向けていました。兄に怒鳴られてすぐに電灯を消したものの、闇《やみ》の中に一瞬だけ浮かんだケイスケの顔はいまも忘れることができません。よほど恐ろしかったのでしょう、彼は頬を引きつらせ、唇の端をだらしなく下に垂らしていました。私は網元の思いが初めて理解できた気がしました。ケイスケは微温湯《ぬるまゆ》でしか生きていけない子でした。サブローやクマモトのような強靭《きょうじん》さはかけらもなく、山岡隊に捕まれば五分と生きていられないだろうと思いました。

カミー

島では連日のように山岡大尉の帰島を祝う酒席が催されていました。そのおかげで有銘氏の不在が目立つことはありませんでした。

伊是名の集落の酒席は、ある役人の家で行われました。その家はかなり広かったのですが、座敷に人が入りきれず、廊下にまで席が設けられました。例によって山岡大尉と木山が上座に座り、山岡隊の面々が左右に並びました。

座敷には集落の主だった者が顔を揃《そろ》えていました。私が顔を出した時は宴もたけなわで、三線《さんしん》の演奏に合わせて歌ったり踊ったりしていました。山岡大尉は歌に合わせて手拍子をし、一緒に歌詞を口ずさんでいました。彼は場を持たせるのが上手でした。歌や踊りが終わって間が空くと、その場にいる人に声をかけ、以前に聞かせてくれた曲を歌ってくれと言いました。指名を受けた人たちは恥ずかしそうでもあり、嬉《うれ》しそうでもありました。

この宴席で人目を引いたのは赤嶺《あかみね》カミーという女でした。これは「十・十空襲」の後、那覇から島へ戻ってきていた女です。那覇のカフェーで働いていた女で、長身で目も口も大きく、見た目の印象は島の出とは思えませんでした。カミーは当時三十二、三歳だったと思います。舞姫というには薹《とう》が立ちすぎていましたが、長い手足を活かした琉球《りゅうきゅう》舞踊は見事なもので、兵隊たちからやんやの喝采《かっさい》を浴びていました。

私が憶えているのは彼女が『蘇州《そしゅう》夜曲』を歌ったことです。踊りほどではありませんが、カフェーの女給をしていたというだけあってカミーは歌い慣れていました。また、兵隊たちの好みをよく知っていました。彼女が細い声で『支那《シナ》の夜』を歌った時は、どの兵隊も目を閉じてじっと聴き入っていました。沖縄に来ていた兵隊は北支の部隊にいた者が多く、みんなこの手の歌が好きでした。『支那の夜』は映画で観《み》た李香蘭《こうらん》を思い出させました。あの時代を生きて李香蘭を知らない者はいなかったはずですが、私は上海《シャンハイ》で過ごした日々を思い出し、カミーの歌を聴きながらしばし陶然としたものでした。

カミーはいまでいう八頭身美人でした。といっても、誰もそんな言葉を知らない時代ですから島では痩せた大女としか見なされていませんでした。その上に水商売上がりということで、カミーはずいぶん居づらい思いをしていたのですが、この宴席を境に彼女への評価は一変しました。もちろん、カミーが芸達者であったからでもありますが、何よりも山岡大尉が彼女を気に入って褒《ほ》めそやしたからです。

宴席のあと、山岡大尉は村長や防衛隊員らに声をかけ、その場に残るように言いました。私も呼ばれて座敷に残りました。

山岡大尉はテーブルに肘《ひじ》をつき、「伊江島で拘束されていた」と言いました。伊平屋島へ着いた翌日に伊江島へ連行され、そこで敵側に寝返った日本人捕虜から連日のように尋問を受けていたというのです。兵隊たちも初めて聞く話だったらしく、身を乗り出すようにしていましたが、山岡大尉は大したことではないというように手をひらひらさせました。

「行方不明の米兵のことをしつこく訊《き》かれた。写真まで見せられた。もちろん、知らないと突っぱねた。まさか、漁師が撃ち殺したなんて言えないだろう」

山岡大尉はテーブルに肘をついたままで軽く笑いました。兵隊たちが声を揃えて笑うと、村長も笑みを浮かべて頷きました。陸軍大尉が笑う以上、笑えない話でも彼としては笑うしかないわけです。

「ああまで疑う以上、誰かが漏らした可能性がある。仲間を売る者がいてはどうしようもない。敵はまたこの島へ来る気でいる。ここはまず、足元を固めるのが先決だ」

山岡大尉はそう結論づけ、協力を頼む、と言って村長に頭を下げました。村長は一も二もなく頷き、話は一分で済みました。

それから私は、しょっちゅうカミーと顔を合わせるようになりました。山岡隊の集まりに顔を出すと、彼女がいることが多かったのです。山岡大尉は勝手についてくるのだとこぼしていましたが、そうかといって彼女を遠ざけようとはしていませんでした。

カミーは有銘《ありめ》家に来ることもありました。有銘氏の妻の同級生だったのです。

カミーは話し好きの気さくな女でした。私に会うと彼女は那覇の話をしたがりました。那覇に久茂地《くもじ》というところがあって、彼女も私もそこに住んでいたことがあったのです。話は本人の恋物語というか、それを匂《にお》わせるほのめかしです。どれも他愛《たわい》のない話でしたが、黙って聞いているとカミーはいつまでも話し続けました。本土から来ていた兵隊と恋仲だったらしく、その男の話をする時ははにかみ、うっすらと涙を浮かべることもありました。誰からもすれっからしだと思われていた女ですが、この女にはそういう純情な部分があったのです。

有銘氏は三、四日の予定で伊平屋島へ渡ったのですが、一週間以上たっても戻りませんでした。由紀子は心配して暇があればユタの家へ行っていました。もし有銘氏が戻らず、いずれ私もいなくなってしまうとすれば、この家はどうなってしまうのか。そう思って、私は内心でうろたえていました。もちろん、戦争はそんなことにはおかまいなしに続くのですが、この想像は私の心を重くしました。

『さとうきび畑』という曲がありますね。沖縄戦を歌った曲で、「ざわわ　ざわわ」と始まるあれです。父親の顔を知らない少女が、沖縄戦で死んだ父親を探しに夏のさとうきび畑へ行く。しかし、さとうきび畑にはただ「ざわわ」という風が吹いていた。歌詞はそういう内容で、十分くらいも続く曲です。

以前に通っていた銀座の飲み屋でこれを歌う客がいました。長いので途中から誰も聴かなくなるのですが、彼はギターを弾きながら最後まで歌うのです。その人は銀座の画商で、沖縄戦で捕虜になった元伍長《ごちょう》でした。浦添《うらそえ》にいたと言っていましたから大変な思いをしたはずです。私が伊是名島にいたと話すと、ある時、彼は知り合いだという大学教授を連れてきて私に引き合わせました。

教授もやはり沖縄戦を戦った人で、戦争中の記録をたくさん持っていました。彼は満州の兵器廠《へいきしょう》から「独立重砲兵第百大隊」に転属になったと話していました。これは山岡大尉《たいい》が中隊長を務めていた部隊です。

私は教授が問わず語りにする話を聞いていました。彼は初め、満州東部の牡丹江省《ぼたんこう》の部隊にいたようでした。そこは一発の砲弾も撃ち込まれない静かな町で、唯一《ゆいいつ》緊張したのはロシア人の娼婦《しょうふ》を買いに出かけて特高警察に尋問された時だと話していました。そんなのんびりとした国境の町から沖縄へ派遣されて地獄を見たわけです。

昭和二十年五月に「百大隊」への転属命令を受けて、彼は本島南部の大里村《おおざとそん》へ行ったようでした。まさに最激戦期の最激戦地です。そこで土砂に埋まった二門の大砲の掘り出し作業を命じられ、連日、三、四名の死者を出しながら六月の始めにようやく一門を掘り起こした。二門目を掘り出す作業をしていた六月半ばに、上官から突然「部隊を解散する」と言われ、結局、一発の砲弾も撃たないまま、敵の銃弾の中をひたすら逃げ回っていたそうです。

「解散という命令は長い軍隊生活で一度も聞いたことのない言葉でした。ここで戦って死ねと言うならわかるが、いまになって解散というのはどういうことか。大砲を掘り起こすために何十人も死んだのに、一発も撃たずに自決しろというのか。では何のために我われに掘らせたのか。刺し違える覚悟で詰め寄ると、上官は好きにしろと言う。あの野郎はそう言ったのですよ、好きにしろと。そんな無責任な言い草があるかっ」

教授は店のテーブルを叩《たた》き、もう泣き出さんばかりでした。彼は戦後になって山岡大尉の噂《うわさ》を聞き、「怒髪天を衝《つ》いた」と言っていました。厳密には教授は山岡大尉の指揮下にはなかったのですが、命がけで大砲を掘り出している間に、中隊長が離島にいたのですから気持ちはわかりました。

教授は、伊是名島の話を聞かせろと私に言いました。どこかに書くというのです。困ったなと思いながら、私は差し支えない範囲で話しました。山岡大尉の人柄であるとか、彼がいかに優秀で島の子供たちから人気があったかといった話です。教授は私の話に不満そうでした。途中でメモを取っていたペンを置き、最後の方ではしょんぼりとしているように見えました。その様子を見て、いくつかのことが喉《のど》まで出かかりました。

結局、私は自分が知っていたことの中から、もっとも罪がないと思えたことを話しました。山岡大尉とカミーの結婚です。教授はこの話にとても喜びました。同席していた画商もほっとした様子で、また「ざわわ　ざわわ」と歌い始めました。画商は歌が上手でした。伊是名島のさとうきび畑にそんな風が吹いていたという記憶はありませんが、それでも「夏の陽ざしの中で」という一節には強烈な喚起力がありました。

山岡大尉とカミーの結婚式があったのは八月八日です。末広がりで縁起がいいと村長が平時のような祝辞を述べていたので、この日付で間違いないと思います。

午前中に神式の儀式があり、午後はいつも通りの宴席になりました。場所は伊是名地区の旧家で、実に雰囲気のよい木組みの家でした。先祖が尚円王の叔父に当たるという人の屋敷で、広々とした庭があり、座敷には家紋をあしらった幕が飾られていました。陸軍大尉がこの島に腰を落ち着ける決心をしたのだと受け止め、島を挙げて最高の宴を催したのです。暑い日で、羽織袴《はおりはかま》の村長はしきりに汗を拭《ふ》いていました。普段はモンペ姿の女たちも着飾って、おしろいを塗っていたために誰が誰なのか分からないほどでした。庭には島に二台しかないという写真機の一つが据えられ、撮影の前は鏡のある部屋が女たちでいっぱいになりました。おしろいの匂いで頭がくらくらすると言いながら、男たちも華やいだ雰囲気に酔っているように見えました。

この日は色々な意味で忘れ難い一日になりました。カミーはきれいでした。三十を過ぎていましたが、白い着物を着た姿は可愛《かわい》らしく、新郎よりも年下に見えました。山岡大尉の挨拶《あいさつ》もなかなかのものでした。すべて流暢《りゅうちょう》な沖縄の方言で、座敷は大いに沸きました。

宴席が始まって一時間ほどたった頃、仲村に肩を叩かれ、有銘氏が島へ戻ってきたことを知らされました。私は区切りのいいところで席を立とうと思いましたが、頃合いを見計らっているうちに場がざわついてきました。最初は廊下を走り回っている男に顔をしかめる者が多かったのですが、米兵が島に来たという話が伝えられると、祝宴の華やぎはいっぺんに消し飛びました。

米兵は二人で、大型の拳銃《けんじゅう》を携行し、役場の方に向かっているということでした。南東の浜にモーターボートが引き上げられているのを見たという者もいて、エンジンが壊れて流されたのだろうと話していました。廊下には山岡大尉を囲む小さな輪ができました。一ノ瀬を先頭に四人の兵隊が出て行き、二十人ほどの男があとに続きました。山岡大尉は何事もなかったかのように上座へ戻りましたが、座敷にいた男は半分以下になり、新婦のカミーはしょんぼりしているように見えました。

表で木山が女と立ち話をしていました。近くに住む農家の主婦で、最初に米兵を見たのは彼女だということでした。女は身ぶりを交え、声を震わせて話していました。彼女が見たのは三十歳くらいの大柄な白人兵たちで、二人とも大きなバッグを持ち、一人は銃を手にしていたということでした。

「行こう。敵は二人だけらしい」

木山は足早に歩きながら女から聞いたという話をしました。二十分ほど前、庭の草むしりをしていた彼女は、海沿いの道を歩いてきた米兵たちに声をかけられ、あれこれと訊《たず》ねられたようでした。女は米軍の視察だと思って直立不動の姿勢を取り、差し出された水筒に汲《く》み置きの水を入れた。それでも二人はまだ何かしゃべっていた。何を言っているのか分からなかったが、どこかへ連れていけと言っているように思えた。吐く息が酒臭く、怒鳴るようにして話すので恐ろしくなり、とりあえず人のいる方へ歩いた。ところが、結婚式のために誰もおらず、結局、そのまま役場へ連れて行った——ということでした。

コルト・ガバメント

役場の周りには大勢の者がいました。目立たないように近くの民家や木陰に潜んでいましたが、ざっと見ただけでも三十人はいそうでした。

兵隊たちは門の近くに輪になってしゃがんでいました。一ノ瀬を中心に西原《にしはら》、坂口という一等兵、防衛隊の三人、他に役人が一人いました。木山が声をかけると、銃が届くのを待っているところだと一ノ瀬が言いました。木山は頷《うなず》き、「あんたらの隊長は?」とたずねました。

「敵は二人だけです」と一ノ瀬は言いました。「それに、結婚の日です」

「何を言っている? 酒はいつでも飲めるだろう。窪田と東江はどうした? 全員呼べ」

「まあ、そう言わずに座ってください。先生も来てください」

私は木山と一緒に男たちの輪に加わり、一ノ瀬の話に耳を傾けました。陽射《ひざ》しの強い午後で、役場の前の砂利道は干からびたように白く光っていました。我われがいたのは正門に近い棕櫚《しゅろ》の木の木陰でしたが、暑さと緊張のせいで、どの顔も紅潮し、引きつっていました。

米兵たちは役場の集会所にいるようでした。役人が石ころで地面に見取り図を描き、集会所の位置を説明しました。集会所は役所の入り口から入って右奥にあり、広さは学校の教室くらいだと役人は言いました。そこに休憩用の畳が四枚敷かれていると聞き、一ノ瀬は畳がある場所と窓の位置を描き入れさせました。――集会所は角部屋で北と東に大きな窓がある。出入り口は二箇所で、畳は西側の壁際《かべぎわ》にあり、北の窓からごく近い。窓は空襲に備えて全部取り払ってある。

役人の説明が終わった頃、宮平二等兵が細長い木箱を抱えてやってきました。一ノ瀬は礼を言って役人を帰し、尖《とが》った顎《あご》を上下させて男たちの数を数えました。防衛隊の三人を含め、全部で九人でした。

「敵に気づかれずに狙《ねら》うとしたら北の窓からがいいだろう」と一ノ瀬は言いました。

彼は近くにいた野次馬を追い払い、坂口という小柄な一等兵と宮平に集会所の偵察を命じました。宮平は割を食ったという顔をしましたが、木山に平手を食らい、九四式拳銃を手にして立ち上がりました。二人が役場の裏門へ向かうと、一ノ瀬は残った者に水筒を回し、腕時計に目をやりました。午後三時を回ったところでした。木陰にいても暑さは耐え難く、全員が額や頬からだらだらと汗を流していました。

「北の窓にはおれと坂口が行く」一ノ瀬が地面に描いた図を指差しながら言いました。「やつらはくたびれていたそうだから、おそらく集会所の畳の上にいるはずだ。西原、お前は宮平と東の窓に回れ」

西原は頷きましたが、俯《うつむ》いてふっと短い息を漏らしました。西原というのは覇気のない、気弱そうな一等兵でした。戦争がなければ、どこかの役所の窓口にでも座っていそうな男で、年明けに徴兵されたという宮平との組み合わせはいかにも頼りない気がしました。西原の表情を見て思い直したらしく、一ノ瀬は「軍曹、恐縮ですが、こいつを連れて行ってもらえませんか」と木山に言いました。

「それよりもまず、何をするかだ」と木山は言いました。「二人とも殺すということでいいわけだな」

「最悪の場合はそれでも仕方がないでしょう」

「最悪とは？」

「隊長は、生け捕りにして話を聞き出したいと言っています。単に殺すだけではあまり意味がない、人質にするという手もある、そう言っていました」

「寝ぼけたことを言うな。最悪というのはこっちが殺されることだ。二人を生け捕りにする？　そんな器用なことができると思っているのか」

「軍曹、そのできるわけがないことを命じられたのですよ。それに、隊長は二人とも生け捕りにしろとは言っていません」

木山は農家の主婦から聞いた話をしました。敵は見上げるような大男たちで、一人が彼女と話している間、もう一人は銃を構えて周りを警戒していたという話です。

「そいつは牛でも殺せそうな銃を持っていたそうだ。おそらくコルト・ガバメントだ。どんなに恐ろしい銃か、あんたもわかっているだろう。向こうは四五口径の銃が二丁で弾丸は十四発。予備の弾丸も持っているかもしれない。殺すか、何もせずに帰すか、二つに一つだ。はっきりさせないと必ず誰かが殺《や》られる」

一ノ瀬は掌《てのひら》で頰の汗を払い、地べたに膝《ひざ》をついて腕組みをしました。しゃがんでいた男たちは乾き切った地面を睨《にら》みつけるようにしていました。全員が口を半開きにし、顔から汗をぽたぽたと滴《したた》らせていました。火傷《やけど》の痕《あと》に汗が染《し》みたのか、木山は半分ふさがった目を瞬《またた》かせ、「早く決めてくれ」と言いました。

一ノ瀬は腕組みをしたままで短い息を吐き、「殺りましょう」と言いました。「何もせずに帰したら、何のために我われがここにいるのか分からない」

「そういうことだ」と木山は言いました。「じゃあ、おれは東側の窓の外へ行く。ただし、一人でいい」

「軍曹、一人は危険です」

「いや、一人でいい。西原には悪いが、後ろから撃たれるのはごめんだ」

「二人一組でお願いします。それが我々のやり方です」

「どうしてもと言うなら、おれは山口さんと組む。おれたちは東の窓、あんたらは建物の裏側を通って北の窓、時間を決めて一斉にやる、それでどうだ」

一ノ瀬は木山と私を交互に見て、「先生さえかまわなければ」と言いました。

十五分ほどたっても坂口と宮平は戻ってきませんでした。防衛隊員が運んできた水を飲み、あいつらはどうしたのかと言い合っていた時、裏門から二人が出てきました。二人とも膝に土をつけ、身を低くして小走りにやってきました。

「兵長、やはり集会所です。馬鹿《ばか》でかい連中です」坂口が喘《あえ》ぎ声で言いました。「一人は熟睡しています。窓に近づいたらいびきが聞こえました。もう一人は起きているようですが、この暑さでだいぶ参っている様子です」

寝ているのは優に百キロはありそうな大男で、畳が汗の跡で湿って黒っぽく見えたと聞いて全員が黙りました。

「窓はついていないな」

「両方とも外されています」汗が染みたらしく、坂口は目を瞬かせながら言いました。

「畳一枚分くらいの大きさで、どちらの窓からも中がよく見えます。窓枠の高さは一メートルくらいで踏み込むのもわけはありません」

宮平も頷き、「いまが絶好の機会です」と言いました。

「何が絶好の機会だ」木山が苛立《いらだ》たしげに舌打ちをしました。「銃の撃ち方も知らんくせに。絶好の機会だと思うのなら貴様が行って二人を撃ってこい」

一ノ瀬は木山を手で制し、寝ているやつがいるなら急いだ方がいい、と言いました。

三時十五分を回ったところで、やるのは三時半ちょうどと決まりました。一ノ瀬はあらためて地面にそれぞれの配置を描き、「遅くとも一分前には配置につくようにしろ」と言いました。結局、一ノ瀬と坂口が集会所の北の窓、木山と私が東の窓、西原と宮平は集会所の隣室にひそみ、防衛隊の三人は門の外での待機と決まりました。防衛隊には野次馬を排除する役目も与えられました。

一ノ瀬が木箱を開け、私たちに先に銃を選ばせました。銃は全部で十丁ありました。

「おれはこれにする」

木山は箱から九四式拳銃を取り出しました。私は十四年式拳銃にしました。威力はともかく命中率が高く、何よりも扱いに慣れていました。

「二十分になったら、それぞれの持ち場へ向かう。敵に気づかれない限り、時間になるまでは絶対に撃つな」

一ノ瀬が一人ひとりの顔を見て、「いいな」と念を押しました。全員が頷き、その場で腕時計の長針を合わせました。宮平は眉《まゆ》をひそめて役場の方を見ていました。役場の屋根には二十羽ほどのカラスが止まり、ガアガアと濁った鳴き声を立てていました。ここへ来た時はさして気になりませんでしたが、徐々に数が増え、いまは盛りがついたかのように鳴いていました。宮平は何か言いたそうにしていましたが、「時間だ」という一ノ瀬の声に全員が立ち上がりました。

私たちは水筒の水を回し飲みし、最後の確認をして別れました。一ノ瀬たちが先に動き、私たちが彼らを援護し、敵が廊下に逃げた時は隣室にいる西原たちが撃つという段取りでした。

木山と私は正門から役場の敷地へ入りました。役場は木造の平屋建てで、外装のペンキが剝《は》がれ、全体がくすんだ灰色をしていました。私たちは外壁に沿って身を低くして進み、南東の角を目指しました。役場の中はひっそりとしていて、屋根に止まっているカラスの鳴き声の他には何の物音もしませんでした。木山を先頭に乾いた土の上を這《は》いつくばって進み、五分前に南東の角に着きました。その場で一分ほど時間調整をし、左に曲がって十五メートルほど先の窓を目指しました。建物の横幅は二十メートルほどでした。腹ばいになって半分ほど進んだところで米兵のいびきが聞こえてきました。坂口の報告通り、一人は寝ているようでした。

私は途中で中腰になり、廊下の突き当たりの窓から中の様子を窺《うかが》いました。ちょうど西原が正面玄関から廊下へ出てきたところでした。彼は壁に背を押し当ててこちらに顔を向けていました。背筋をぴんと伸ばし、まるで伸びでもしているような格好です。遅れて廊下に出てきた宮平は、爪先《つまさき》立って一歩ずつ歩き、西原のすぐ後ろの壁に貼《は》りつきました。身を隠しているつもりなのでしょうが、太っているので丸見えで、米兵が出てきたらすぐにも撃ち合いになりそうでした。西原は口を半開きにし、ガニ股《また》でそろそろと集会所の隣室に忍び寄っていました。緊張するなという方が無理ですが、あれでは物音がしただけで発砲しかねないと思いました。

集会所の東側には大きな窓が一枚あるきりでした。木山は這いつくばって窓の向こう端へ行き、両手を土につけたままでゆっくりとこちらへ向き直りました。私は窓の手前にしゃがみました。木山が鼻を動かし、指を二本立てて煙草《たばこ》を吸うような仕草をしました。私は小さく頷きました。煙草の臭《にお》いが漏れてきていたので、一人は起きているのだと分かりました。それこそ絶好の機会でしたが、打ち合わせた時間まで二分ほどあったので、木山と向き合う格好でじっと息を殺していました。気になったのはカラスの鳴き声です。カラスの群れはしきりに移動を繰り返し、競い合うように鳴いていました。米兵のいびきは続いていましたが、いつ目を覚ましてもおかしくないほどでした。

木山は腕時計を見ていました。やがて指を一本立て、一分前になったことを知らせてよこしました。私は外壁に背中をこするようにしてゆっくりと立ち上がり、そろそろと窓枠に近づきました。少しずつ中の様子が見え、畳の上で横になっている米兵の脚が見えました。米兵は半ズボンをはき、鼻を詰まらせたようないびきをかいていました。図体《ずうたい》のでかい白人で、上半身は裸でした。カーキ色の服を枕《まくら》代わりにし、贅肉《ぜいにく》のついた腹を大きく上下させていました。蠅《はえ》が止まっても手で払うわけでもなく、これ以上はない深い眠りについているように見えました。さらに進むと、もう一人の背中が見えました。この男は廊下の方に身体《からだ》を向けてあぐらをかき、拳銃《けんじゅう》を持った手でうるさそうに蠅を払っていました。外を警戒している様子はなく、最初に死ぬのはこの男だと思いました。

私は半歩後ずさりして、身振りで一人が銃を持っていることを知らせました。木山は顔色一つ変えずに頷き、銃口を上に向けて壁に耳を押し当てました。海軍の飛行機乗りなのに、やけに落ち着いて見えるのが不思議でした。特攻機で敵艦に激突するのに比べればどうということはない、そういうことなのかと思いました。

木山がゆっくりと立ち上がり、半身になりました。私も半身になり、差し足で窓に近づいて一ノ瀬が動くのを待ちました。カラスの鳴き声はもうやかましいほどでした。木山が腕時計に目をやり、そろそろだというように頷きました。私は銃口を上に向け、ゆっくりと唾《つば》を飲み込みました。上半身がこわばり、拳銃を握っていた掌はもう汗だくでした。歯を食いしばって最初の銃声がするのを待ちましたが、三十秒ほどしても何の物音もしませんでした。じっとして耳を澄ませていましたが、聞こえてくるのはカラスの鳴き声と米兵のいびきだけです。もう三時半を回っていました。木山が待っていろというように私を手で制して建物の角へ這って行きました。一ノ瀬たちの様子を見に行ったのです。私は壁に背中をつけて、ゆっくりと息を吐き出しました。不思議なことに汗はほとんど引いていました。掌ばかりでなく、身体中から汗が引き、乾いた背中がつっぱるような感じがしました。角の先を見た木山が急に振り返り、中を見ろというように建物を指差しました。集会所の中を覗《のぞ》くと、一ノ瀬が窓の外から米兵に銃口を向けていました。畳の上でいびきをかいている米兵がいるだけで、もう一人の姿はありませんでした。私は入り口を気にしながら米兵の背中に狙いをつけました。一ノ瀬は横にいた坂口に何か耳打ちをし、銃を持ったままで窓枠に手をかけました。生け捕りにする気のようでした。その時、寝ていたはずの米兵が枕代わりにしていた服に手を伸ばすのが見えました。この男は起きている、そう思ったと同時に私は引き金を引いていました。首を上げた米兵の脇腹《わきばら》に穴が開き、畳に血が飛び散るのが見えました。米兵はぎゃっと叫んで背中を反らせましたが、致命傷ではありませんでした。私は続けて二発撃ちました。横にきた木山も撃ち、薬莢《やっきょう》が飛ぶのが見えました。一ノ瀬と坂口も撃っていました。米兵は左右に首を振って何か叫び、反転してうつ伏せになりました。大きな背中にぶつぶつと穴が空き、肉片のような白っぽいものが飛び散り、畳は見る間に赤く染まりました。私たちは転げ込むようにして集会所へ入りました。木山が撃つなというように手を挙げて、銃を向けたまま米兵に近づきました。もう生きているとは思えませんでしたが、気のせいか、かすかに足を動かしているようにも見えました。木山が米兵の指がかかっていた銃を私の方へ蹴《け》って寄こしました。やはりコルト・ガバメントで、手に取るとずしりとした量感がありました。木山が米兵のこめかみに銃口を当てたのを見て、一ノ瀬も私も目を逸《そ》らしました。直後に、こもったような短い銃声がしました。背中ならよくても、頭を撃つのは見たくないというのもおかしなことでしたが、米兵はそれでぴくりともしなくなりました。私は集会所の出口へ行き、身を低くして廊下を見ました。廊下には誰もおらず、何の物音もしませんでした。小声で隣室に声をかけてみましたが、返事はなく、人がいる気配もありませんでした。

集会所は異様な暑さでした。身体中から一どきに汗が噴き出し、額から落ちる汗でまともに目を開けていられないほどでした。木山は敵の水筒からじかに水を飲み、うつ伏せに倒れている米兵を見下ろしていました。私も水をもらい、畳の上でうつ伏せになっている死体を見ました。優に百キロはありそうな男でした。大きな背中は血と汗で光り、畳には短い髪の毛の束がべったりと貼りついていました。こめかみの部分の皮膚のようでした。

「やっとくたばったか」一ノ瀬は身を低くして廊下の方を窺っていました。「水をください。喉《のど》が渇いてかなわない」

私は一ノ瀬に水筒を渡し、もう一度、集会所の出口から顔を出しました。誰もおらず、しんと静まり返ったままです。一ノ瀬が低い声で「西原」と隣室に声をかけても返事はありませんでした。彼は首をひねり、どうなっているんだ、と呟《つぶや》きました。「敵は本当に二人だけなのか」木山が言いました。「水筒が五本もあるぞ。缶詰も山ほどある」

木山と坂口は米兵の所持品を調べていました。壁際《かべぎわ》に大きなバッグがあり、周りにウイスキーの小瓶や缶詰、地図、コンパスなどが置かれていました。缶詰は三十缶ほどあり、とても二人分とは思えません。

「二人と聞きましたが」一ノ瀬の声は震えていました。「こうなったら何人いてもやるしかないでしょう」

私たちは集会所の中央に集まり、水筒の水を回し飲みしました。水はあっという間になくなり、全身からまた汗が噴き出してきました。集会所には暑い空気がこもっていて、シャツだけでなく、ズボンもぐっしょりと濡《ぬ》れていました。汗を垂らしながら弾丸を補塡《ほてん》していた時、パンッという乾いた銃声がし、全員が反射的に首をすくめました。間を置かずに四、五発の銃声が響き、ばたばたと廊下を走る足音がしました。

銃声がやむのを待って一ノ瀬が出口に近づき、ゆっくりと廊下に顔を出しました。首をかしげていたので、やはり誰もいないのでしょう。木山が低い声で「兵長」と一ノ瀬に呼びかけました。「あんた、もう一人のアメ公を見なかったのか」

「窓から覗いた時は、そいつ一人でした」

一ノ瀬はもう一度、今度は大声で西原の名を呼びました。返事はなく、廊下の先から地響きのような野太い銃声がしました。コルト・ガバメントのようでした。すぐにもう一発の銃声がしました。耳に響く、重い銃声でした。

「殺《や》られたのかな」木山が歯を食い縛りながら言いました。

「敵はたぶん便所です」と一ノ瀬は言いました。「こっちが銃を持っているとわかったら正面からは出ないでしょう。逃がすわけにいかない。軍曹、おれたちは外に出て、敵が裏の窓から出てきたところを仕留めます」

「便所の窓はでかいのか」

「わかりませんが、そこから狙《ねら》います。便所は正面玄関の少し先です。軍曹たちは便所の近くで待機して、敵が出てきたところを頼みます」

一ノ瀬は身体に張りついていたシャツを脱ぎ捨て、坂口に声をかけて窓から出て行きました。私は呆然《ぼうぜん》として二人の後ろ姿を見送りました。役場に残る危険より、この暑さの中に取り残されたことで割を食った思いでした。

「しょうがない、おれたちは廊下からだ」木山が荒い息を吐きながら言いました。

「それにしても水がほしいな」

私たちは米兵が持っていたタオルで顔を拭《ふ》きました。そのタオルも汗でぐっしょりと濡れていました。木山は額に髪を張りつかせ、口を開けて息をしていました。私も似たようなものでした。風はまったくなく、集会所は四十度はあったと思います。

私たちはウイスキーの小瓶を呷《あお》り、ゆっくりと廊下の方へ近づきました。役場は不気味なほど静かでした。身を低くして廊下の奥を窺っていると、また銃声がしました。少くとも兵隊の一人はまだ生きているようでした。タイヤが破裂したような短い音に続いて、コルト・ガバメントらしき銃声が轟《とどろ》きました。銃声の重さがまるで違い、残響は十秒ほど消えませんでした。

「残りの弾は四発だ」と私は言いました。

「四発か。もう少し撃たせたいな」

木山は近くに転がっていた水筒を拾い、向かいの部屋の窓へ投げました。派手な音を立ててガラスが割れ、直後にまた銃声がしました。足元にまで響いてくるような轟《ごう》音《おん》でした。私はとっさに身をかがめ、その勢いで壁に頭をしたたかに打ちつけました。顔を上げたのと同時に短い銃声が響き、ガラスが砕け散る音がしました。兵隊も撃っているようでした。あの連中に応戦する度胸があるとは思えませんでしたが、そうとしか考えられませんでした。

「行くぞ」

木山は身を低くして廊下へ飛び出し、正面玄関の方へ走りました。私もすぐ後に続きましたが、五メートルと走らないうちに敵の銃声が聞こえ、反射的に途中の部屋へ飛び込んでいました。そこは役場の応接室のようなところでした。長椅子《ながいす》の下に脱ぎ捨てられていたシャツを見て、西原たちがこの部屋に潜んでいたのだとわかりました。

木山は入り口の床に伏せ、腹這《はらば》いになったままで銃口を上に向けていました。両膝《りょうひざ》をついて彼のところへにじり寄ろうとした時、また銃声がしました。野太い残響に耳鳴りがし、全身から汗がすっと引いていくのがわかりました。二人とも床に両手をついてじっとしていましたが、一分ほどしても何の物音もせず、古い柱時計の音がやけに大きく聞こえました。

「殺られたみたいだな」木山がかすれ声で言いました。「もう残りの弾を数えても無駄だ。あいつらの銃も取られている」

「ここから狙おう」と私は言いました。「仲間の様子を見に戻ってくるはずだ」

「それしかないな」

木山は長椅子の陰に潜み、私は入り口の脇に立ちました。私は敵の銃を使うことにしました。反動が大きく扱いにくい銃だと聞いていましたが、重量があって、いかにも頼りになりそうでした。部屋の柱時計は三時四十分あたりを指していました。喉が渇いて仕方ありませんでしたが、私たちは敵が動くまで待つことにしました。

廊下はまた静かになっていました。ひょっとして敵は仲間を見捨てて逃げる気でいるのかもしれない。そんなことを思い始めた頃、コルト・ガバメントの銃声が響きました。直後に別の銃声がし、「宮平」と叫ぶ声が聞こえました。足音が聞こえ、続けざまに三発の短い銃声がしました。

「一体どうなっているんだ」

木山が長椅子の陰から顔を出しました。廊下はまた静まり返り、三十秒ほどたっても何の物音もしません。痺《しび》れを切らしたのか、木山がこちらににじり寄ってきました。入り口から恐るおそる顔を出すと、便所の前あたりに宮平が立っていました。宮平は上半身裸で、銃も持っていませんでした。

「殺ったのか」と私はたずねました。

宮平が頷《うなず》いたので廊下へ出ると、すぐにまた銃声がし、私たちはびっくりして応接室に転がり込みました。銃は続けざまに四発発砲され、ばたばたと廊下を走ってくる足音がしました。

「もう大丈夫です。敵は死んだようです」

顔を上げると応接室の前に宮平が立っていました。

「死んだようですって、貴様、ちゃんと確認したのか」

木山は床に這いつくばったまま、裏返ったような声で怒鳴りました。

「すみません、死んだと思われますが、確認してきます。便所の中から撃たれて肝を冷やしましたが、向こうはやみくもに撃っていただけです」

「貴様」木山がそう叫んで立ち上がろうとした時、また銃声がしました。

「大丈夫です、西原さんが止《とど》めを刺しているところです」

「この野郎、それを先に言え」

応接室から顔を出すと、銃を持った西原が廊下に出てきました。西原はランニングシャツとズボンを脱ぎ捨て、その場にあぐらをかいて上体を前後に大きく揺らしていました。お疲れさまです、宮平がそう声をかけると、西原は首を回してこちらを見ました。水でもかぶったように全身を濡らしていました。

「宮平、水を持ってこい」

西原は怒鳴るように言い、「お前の弾も全部撃ったぞ」と言いました。目をぎらつかせ、まるで人が変わったようでした。

私たちは廊下を出て便所の前へ行きました。便所の前には悪臭が立ち込めていました。排泄物《はいせつぶつ》の汚臭に、焼けたゴムの臭《にお》いが混ざったような臭いです。手洗い場の床にはガラスの破片が散らばり、その先に投げ出された米兵の足が見えました。米兵は狭い手洗い場の奥に仰向《あおむ》けで倒れていました。赤ら顔の白人兵で、これも巨漢という他にない男でした。私はあれほど無惨《むざん》な死体を見たことがありません。胸と腹に裂けたような穴が開き、毛むくじゃらの上半身は血だらけで、陥没した左目の周りに血が溜《た》まっていました。西原は敵の銃で顔を撃ったらしく、米兵の目鼻は完全に潰《つぶ》れていました。上唇はなく、血で赤く濡れた歯が剝《む》き出しになっていました。薬指に嵌《は》まっていた指輪から、この男が既婚者らしいとわかりましたが、大柄な既婚の白人兵だということ以外は何もわからないような死体でした。

「終わりました。水を頼みます」

宮平が玄関に出てそう叫び、防衛隊員たちが水と木箱を持ってきました。私は廊下に出て木箱に銃を入れました。水を飲んでいると、表から木山の怒鳴り声が聞こえてきました。彼は宮平が銃も持たずにいたことに腹を立てているのでした。

やがて宮平が役場に入ってきました。平手を食らったらしく、頬を押さえ、いまにも泣き出しそうな顔をしていました。彼はくしゃくしゃになった煙草《たばこ》の箱を私に差し出し、拳銃《けんじゅう》は貸せと言われたから貸しただけだ、と不満を並べました。

私は離れた部屋へ入り、床の上に仰向けになりました。天井から裸電球がぶら下がり、風で飛ばされてきた白い砂や葉っぱが床に散乱していました。事務室のようでしたが、打ち捨てられた海の家を思わせました。そのせいでしょうか、海の家を見ると、私はいつもこの日のことを思い出すのです。

一ノ瀬が兵隊たちを連れて入ってきました。

「申し訳ない。敵は裏から出る気配はなかった。私の見込み違いでした。それにしても徹底的にやりましたね」

一ノ瀬は兵隊の配置について話し、西原と宮平を組ませたのは間違いだったと言いました。彼は手洗い場で倒れている米兵も私たちが始末したと思っているのでした。

兵隊たちは無言で水筒の水を回し、敵から奪った煙草に火をつけました。狭い事務室はあっという間に煙だらけになり、遅れて入ってきた宮平は煙たそうに目を瞬《また》かせました。彼は戦利品だと言ってウイスキーの小瓶を見せ、キャップを外して兵隊たちに回しました。ウイスキーは水で薄められ、温《ぬる》くなっていました。

死体にカラスがたかっている、と宮平が言いました。うつ伏せになっていたから顔を見ずに済んだが、背骨のような白いものが見えていたということでした。反応する者はいませんでしたが、宮平は一人で話し続けました。彼は死体よりもカラスが群れているととに驚いているようでした。

「カラスを見たのは久しぶりです。沖縄にはあまりカラスがいないんですよ。先生、本土と比べて暑いからでしょうか」

私は、そんな話は初耳だし、事実、たくさんいたではないかと言いました。宮平は場に流れている空気を読めない男でした。彼は小首をかしげ、山原《やんばる》の農家の話をしました。あまりにも場違いな話だったので、いまでも憶《おぼ》えています。

ある時、野鳥に田畑を荒らされた山原の農家が田んぼに案山子《かかし》を置いた。それでも被害が減らなかったので、もっと人間らしく見せるために案山子にちゃんちゃんこを着せた。翌日、田んぼに行ってみると、案山子は稲の中に倒れ、あちこちをついばまれていた。案山子に着せたちゃんちゃんこは人間の皮膚を思わせる薄い紅色をしていた。それでカラスは死体だと思い、一斉に襲ったに違いない――面白くないだけでなく、見たばかりの死体を思い出させる嫌な話でした。

「沖縄にカラスはいなかったんじゃないのか」目を閉じて聞いていた一ノ瀬が言いました。

「それが山原の方にはいるんですよ。あれはなぜですかね。たまに案山子も見かけます」

「案山子は貴様だ」と木山が言いました。「宮平、貴様はなぜ銃も持たずに突っ立っていた？　ろくでもないちゃんちゃんこの話をする前に、貴様がどこで何をしていたのか話せ」

「申し訳ありません」と言ったのは西原でした。「私が弾を撃ち尽くし、宮平の銃を借りて撃ちました」

「だから、なぜ貴様だけが撃っていたのかと聞いているんだよ。宮平、その間、貴様はどこで何をしていた？」

「軍曹、それはあとできっちりご報告します。宮平にはやってもらうことがある」一ノ瀬は尻《しり》についた砂を払い落としながら言いました。「宮平、お前はこれから死体の始末だ。暗いうちに終わらせておけ」

「それがいい」と木山は言いました。「宮平、ちゃんちゃんこでも着てカラスに手伝ってもらえ。血の一滴も残すなよ。明日の朝、様子を見に来るからな」

もう夕方で、正門の近くの棕櫚《しゅろ》の木の影が長くなっていました。死体の処理について話していた時、東江二等兵が事務室へ入ってきました。間が悪いというのはこのことでした。

東江が、祝宴に戻れという山岡大尉《たいい》の指示を伝えると、木山は東江を連れて事務室を出て行きました。すぐに廊下から怒声が聞こえ、平手を張る音がしました。私は嫌な気分で木山の怒鳴り声を聞いていました。東江が現場に姿を現さなかったのは事実ですが、彼も好きで宴席に残っていたわけではないだろうし、たぶん木山も東江に腹を立てていたのではなかったと思います。木山は豪胆な男でしたが、彼としても上の者に何も言えない以上、下に言うしかなかったのです。

その夜、家族が寝静まった頃、私は島に戻った有銘氏から伊平屋島の話を聞きました。

従兄《いとこ》の家は山間《やまあい》にあり、有銘氏は伯母の三回忌を済ませた後、従兄たちと山菜採りをしていたと家族には話していました。由紀子はそれを聞いて腹を立てていましたが、土産に持ち帰った缶詰の数を見て、私は米軍の尋問を受けていたのだろうと思いました。

「困ったことになった」と彼は言いました。「従兄の息子があのライターを見て、本人に返した方がいいと言い出した。そうすれば米軍がとてもよくしてくれるという。渡すつもりはなかったが、もう米軍に話してしまったんだろう。次の朝、ジープに乗った米兵が迎えにきた」

有銘氏はジープで島の学校へ連れて行かれ、そこで大勢の漁師に顔を見られたと話しました。米軍からは大したことを聞かれたわけではなく、連絡があるまで待機していろと命じられ、山ほど缶詰を持たされて送り返されたようでした。

「それでどうなったのですか」

「どうもこうもない。早く帰りたかったが、従兄はもう少し待てという。それから二週間以上ただ待たされた」

有銘氏は苛立《いらだ》たしげに舌打ちをしました。この人にしては珍しいことでした。私はどうも様子が変だと思いました。漁師たちに見つかったことにではなく、彼は私に対して腹を立てているようでした。といっても私を見る目つきからそう感じただけで、何か批判めいたことを口にするわけではありませんでした。

「それで、シノダには会ったのですか」

「いや、そのうちにまた米兵が来て、島まで送っていくと言われた。一人で帰ると言ったが、従兄たちは送ってもらえという。もうみんなアメリカの味方だ。結局、具志川島までボートで送られた」

有銘氏は縁側の下からウイスキーの瓶を持ってきて、空の瓶を庭に埋めるから飲んでしまえと言いました。ウイスキーはほとんど残っていませんでした。米軍から土産にもらい、具志川島にいる知り合いと飲んだようでした。具志川島に一泊したと聞いて、有銘氏が何に怒っているのかが分かりました。彼はミチオという漁師の話をしました。仲村の兄のことでした。

私はコップに注いだウイスキーを一息で飲み干しました。その頃の私は酒が強く、泥酔《でいすい》した記憶はほとんどありませんが、疲れていたせいもあり、ふらふらになって寝床へ行きました。由紀子はまだ起きていました。おそらく話を聞いていたのだと思います。何か言いたそうにしていましたが、私はすぐに眠りました。薄れていく意識の中で、酒というのはありがたいものだと思いました。どんな死体を見ようが、酒さえあれば私は眠れる性質《たち》でした。

キナースー

キナースーの父親が死んだのは旧盆の八月十三日でした。危篤《きとく》が伝えられてからだいぶたっていたので、兵隊たちは「やっと死んだか」と話していました。彼らはキナースーが葬儀に戻ってくるのを待っていたのです。

父親は七十歳くらいでしたが、三十歳以上も年の離れた女と再婚した人で、まだ十二歳にしかならない息子がいました。キナースーにも八歳の息子がいました。あとに残されたのは似たような年恰好《としかっこう》の二組の母子《おやこ》で、キナースーが戻らないため、喜納《きな》家は日々の暮らしにも困っていると言われていました。

宮平二等兵が訪ねてきたのは八月十五日でした。これは日本にとって特別な日付になるわけですが、私にとってはただ暑いだけの一日でした。島にはラジオがなく、玉音放送は流れなかったのです。

宮平は伊平屋島へ舟を出すことになったと言いました。キナースーに訃報《ふほう》を届け、島に連れ戻すというのです。

「明日か明後日《あさって》に舟を出します。キナースーが戻ってきたら内花《うちはな》の集会所へ集まることになりました」

キナースーがスパイ視されるのは、ある意味で避けられないことでした。彼はマニラの会社で働いていたことがあり、片言ながら英語が話せました。米軍の兵舎に出入りしているというのは知られた話で、伊平屋島の漁師によれば何人かの米兵とは名前で呼び合う間柄だということでした。兵隊たちが腹を立てていたのは日章旗の件です。伊平屋島には除隊になる米兵が多く、キナースーには彼らに日章旗を売っているという噂《うわさ》がありました。伊平屋島で一番いい身なりをしているのは彼の現地妻だという話もあり、それを疑う者はいませんでした。

キナースーは目端のきく男でした。宮平は舟さえ出せば戻ってくると思っているらしく、会合は四、五日後になると言っていましたが、キナースーは自分が疑われていることを知っていたはずで、私にはそう簡単に戻ってくるとは思えませんでした。

四、五日たっても会合の知らせはありませんでした。さらに四、五日しても何の知らせもなく、そんなことも忘れかけた頃、宮平が有銘家の縁側に駆け込んできました。

「先生、キナースーが戻ってきました」

宮平は顔中から汗を滴《したた》らせ、少しの間、口がきけないほどでした。宮平は縁側に両手をついたまま、「やつは米兵と一緒です」と言いました。「みんなカッカしていて、まとめてぶっ殺すと言っています」

米兵は三人で、モーターボートで北の浜へ着き、キナースーの家にいるということでした。宮平は銃を入れた細長い木箱を持っていました。彼は内花の集会所に銃を届ける途中で寄ったのでした。出かける支度をしていると縁側に由紀子が出てきました。

「昼ごはんは山菜にしましょう」

由紀子は宮平を無視していました。行くなということでしょうが、木山が庭に現れ、「早くしろ」と怒鳴りました。

内花の集会所に着いたのは昼過ぎでした。集会所といっても十畳間くらいの座敷があるだけですが、二十人ほどの男が集まり、一ノ瀬を中心にして輪になっていました。山岡大尉はまだ着いていないようでした。一ノ瀬は泡を食った様子で兵隊たちに指示を出し、私たちを見て、待ってましたとばかりに膝《ひざ》を叩《たた》きました。木山も意気に感じたらしく、自分を鼓舞するように短い雄叫《おたけ》びを上げました。

米兵はキナースーの家に寄った後、海岸で泳ぎ、いまは浜に近い民家にいるようでした。私たちは家の間取りを描いた紙を見ながら一ノ瀬の説明を聞きました。米兵たちがいる座敷は十畳ほどで、南に面した縁側は広く、陽が射《さ》しているから中もよく見える、と一ノ瀬は言いました。縁側に面した民家から矢印が描かれているのを見て、そこから狙《ねら》うつもりだとわかりました。知らない家でしたが、場所の見当はすぐにつき、中の情景を想像するのも容易でした。

「庭に大きな山桃の木がある。南側の縁側が木陰になっているから連中はその近くにいる公算が高い。出口は一箇所だが、塀は低く、米兵なら訳もなく跳び越せる。その分、隣接する二軒の家から中がよく見える」

一ノ瀬は家の間取り図を指差し、問題が二つある、と言いました。一つは向こうからも見られやすいこと、もう一つは相手が三人だということ。その場で全員を始末したいところだが、逃げられる可能性もある。そこで外の配置を厚くし、連中がボートを引き揚げている浜へも人を出す。一ノ瀬はそう話し、輪になっている男の数を数えました。五人の兵隊がいましたが、木山と私の他に、今回は防衛隊の連中にも参加させるつもりのようでした。

「向かいの二軒に二人ずつ、外に四人、海岸の松林の中にも四人。これでどうです？」

一ノ瀬はそう言って木山と私を見ました。彼の指示はおおむね納得のいくものでしたが、集会所にいた男の話から別の問題が浮上しました。民家は五人家族で、子供たちが家にいるというのです。十六歳と七歳の娘が二人で、奥さんの他に耳の遠い祖母までいると聞き、一ノ瀬は眉《まゆ》をひそめました。

「亭主はどこだ？」木山が男に訊《たず》ねました。

「畑仕事をしていて、いま呼びに行っているところです」

一ノ瀬は腕組みをし、困った様子で腕時計に目をやりました。一時まであと十五、六分といったところでした。

木山が「行こう」と言いました。「ここにいても仕方がない。ぼやぼやしていたら敵が動く。とりあえず様子を見に行こう」

私たちは話を切り上げて集会所を出ました。

焼けつくような陽が射していて、外に出ただけで汗が噴き出してきました。私たちは海沿いの松林の中を通って民家を目指しました。砂浜に白いモーターボートが引き揚げられていました。四、五人が乗れそうなボートです。米兵がいる家は集会所から二、三分のところでした。周辺の住民はすでに避難させられており、海に近い集落はひっそりとしていました。波の満ち引きする様がはっきりと分かるほどの静けさです。どの家も空き家同然でしたが、敵がいる縁側に面している家があまりにも近すぎるため、いったん奥の家へ集まり、そこから二手に分かれて様子を見に行くことになりました。西原と坂口が縁側に向かって右、木山と私は左の民家に向かいました。あくまでも様子見ですが、そのまま銃撃戦になる可能性もあり、海に近い民家にも宮平と東江が配置されました。

私たちが入ったのは小道を挟んだところにある小さな家でした。勝手口から上がると、台所の窓からちらっと二人の米兵が見えました。二人とも海水パンツ一枚で、火照《ほて》ったような赤い顔をし、奥の箪笥《たんす》にもたれて両足を投げ出すようにしていました。二人ともに赤ら顔の白人で、まだ二十歳くらいにしか見えませんでした。低い塀越しに右斜め三十度、距離にして七、八メートルほどですが、米兵たちの横で十五、六の娘が団扇《うちわ》で風を送っていました。縁側の近くにも六、七歳の女の子がいて、強攻すれば巻き添えになる公算が大でした。

私たちは台所の床に肘《ひじ》をつき、腹這いで死角になっている廊下に移動しました。家の中は風通しが悪く、顎《あご》から汗が点々と滴りました。

「どう思う？」廊下に出たところで、木山がたずねました。私は、やめた方がいいと言いました。木山は汗だらけの顔をしかめ、「やつらが表に出てくるのを待つか」と言いました。私は首を振りました。表には焼けるような直射日光が照りつけ、乾きった砂利道が白く光っていました。近くには身を隠せるような場所はなく、この暑さでは五分といられないはずでした。木山も思い直したらしく、銃を入れていた風呂《ふろ》敷《しき》で汗をぬぐい、「やっぱり浜だな」と言いました。

蟬《せみ》の鳴き声にまぎれて米兵たちの話し声が聞こえてきました。「イヘヤ」、「イヘヤ」と繰り返すのを聞いて、私は勝手口の方へ戻り、米兵たちの声に耳を澄ませました。もう引き揚げよう、この島には何もない、米兵たちはそんなことを言っていました。ボート遊びのついでにキナースーを送ってきた遊び仲間、そんなところだろう。そんなことを思っていると、木山が「おい」と言いました。顔を上げたのと同時にぎょっとしました。赤ら顔の米兵が下半身を露出させていたのです。すぐ横に若い娘がいるのに、米兵はおかまいなしに海水パンツを脱ぎ捨て、下半身をさらしたままで庭へ降りてきました。姿は見えませんでしたが、すぐに派手な放尿の音がし、げっぷのような音がしました。木山は舌打ちをし、「浜で始末しよう」と言いました。

私たちは這《は》いつくばるようにして民家を抜け出し、小道を挟んだ家へ戻りました。玄関に入ると山岡大尉《たいい》の声が聞こえました。狭い座敷で十人ほどの男が肩を寄せ合い、山岡大尉と四十歳くらいの男を囲むようにしていました。

「ごくろうさん」山岡大尉は顔を上げ、様子はどうか、と木山に訊ねました。

「あそこから狙うのは無理です」と木山は言いました。「敵のそばに娘がいる。縁側にもチビがいた。外は暑くて隠れる場所もないから浜で待ち伏せるしかない」

山岡大尉は頷《うなず》き、向かいに座っている男に「とりあえず敵が家を出るのを待つことにします」と言いました。

男はテーブルの端に両手をつき、山岡大尉に何度もお辞儀をしていました。米兵たちのいる家の主人のようでした。山岡大尉は男たちに席を外させ、「娘は犯《や》られたのか」と木山にたずねました。木山は怪訝《けげん》そうな顔をし、いや、そんな感じはしなかった、と言いました。

「隊長、敵はパンツを脱いでいました」西原一等兵がそう言い、横にいた坂口も頷きました。

山岡大尉は頷き、「敵はこの家にも来たらしい」と言いました。「つまり、何軒か物色してからあの家へ入ったわけだ。狙いは女だろう。もう一時間以上もいるらしい。娘が犯られていたら見逃すわけにはいかない」

「それは、そうだ」木山は困惑して目を細めました。

「宮平を浜へ行かせてある。暑いところ恐縮だが、軍曹たちも浜で待機していてもらえないか。武器はたっぷりある。場合によっては手榴弾《しゅりゅうだん》も使う。やると決まったら逃がすわけにいかない。敵が家を出たら被害を確認させる。それが済むまでは絶対に撃たないでくれ」

「キナースーは?」と木山がたずねました。

山岡大尉は「来てくれ」と言って奥の座敷へ入りました。八畳間ほどの座敷に男の子がちょこんという感じで座っていました。キナースーの息子でした。彼はきょとんとした目で私たちを見ていました。

「窪田に連れてこさせた」と山岡大尉は言いました。「あいつを親父《おやじ》の家に行かせている。報告を待ちたいところだが、ここは状況次第だ」

座敷では見張り役の男が汗だくになってしゃがんでいました。山岡大尉は「ご苦労さん」と声をかけ、息子の名前と年をたずねました。男が答えている間に、島の男たちが座敷に駆け込んできました。敵が家を出るところだというのです。表に出ると、麦わら帽をかぶった米兵たちの後ろ姿が見えました。キナースーの家に行くのかと思いましたが、大きなバッグを担《かつ》いで海岸の方へ向かっていました。

私たちは小道を横切り、様子見に入った家の壁を乗り越えて民家の庭へ下りました。庭で東江二等兵が娘と話をしていました。娘は泣いていました。山岡大尉は山桃の木陰から東江に手招きをしました。東江が走ってきて、「何もされていないそうです」と言いました。

「では、なぜ泣いている?」と山岡大尉はたずねました。

「敵が何を言っているのかわからず、怖かったそうです」

「娘が犯られたとは言わないだろう。座敷にいるばあさんに聞いてこい」

「もう聞きました。人形を盗《と》られただけだと言っています」

「人形を?」

「安物の人形です。敵の一人が珍しがって持って帰ったようです」

東江の報告を聞いている間に窪田が庭へ駆け込んできて、敵は三日後に迎えに来るそうです、と言いました。山岡大尉は窪田の話に頷き、浜にいる連中を引き上げさせろと東江に命じました。

「なぜまた?」木山は目を細めてたずねました。

「気持ちはわかるが、ここで殺《や》るのは得策ではない」と山岡大尉は言いました。「最初に一人、この前が二人、今度また三人。兵隊が六人もいなくなれば敵もさすがに怪しむ。伊平屋島へ戻れば、あの三人はこの島は安全だと触れ回る。その方が好都合だ」

「なるほど」

「それより、キナースーから土産話をたっぷり聞こうじゃないか」

「やつは?」

「農家の蔵に閉じ込めてある。この暑さだ。そのうち全部しゃべる。とにかく、少し休もう。暑くてかなわん」

私たちは主人に勧められて座敷へ上がりました。十分ほどして宮平と防衛隊員たちが戻ってきました。米兵たちがボートで島を離れたと報告され、場に重苦しい雰囲気が漂いました。兵隊たちは山岡大尉の説明に頷いていましたが、みすみす敵を見逃したという思いが残ったのか、いつになく寡黙《かもく》でした。

途中でキナースーの様子を見に行った兵隊から何度か報告が入りました。キナースーはよくしゃべっているようでした。兵隊たちは助かりたいばかりの言い逃れだと言っていましたが、その中に「今年の芝居は中止にした方がいい」という話がありました。それは年中行事になっている仲田地区の芝居のことでした。毎年九月二十日に行われていた村芝居ですが、この日に伊江島から米軍が一個小隊を伴って伊是名島へ来る予定になっているというのです。来島の目的は新しい村長を任命することで、新村長には他島の者が任命されることになる、キナースーはそう話しているようでした。

報告は詳細で、まるきりの嘘《うそ》だとは思えませんでした。とはいえ、キナースーはある事実を周到に伏せていました。彼はこの島に占領軍が来るとほのめかしただけで、日本が降伏したとは一言も言わなかったのです。

さとうきび畑

私は毎朝、有銘氏と漁をしていました。

明け方に海に出て、十時頃に家に戻っていたので、昼寝が習慣になりました。二時に目を覚まし、横で団扇で風を送ってくれている由紀子に礼を言い、二人で浜の松林の下を散歩する。それが私の新婚生活でした。畑仕事を手伝い、夕方には正春と貝拾いをしました。この島でこのまま埋もれてしまってもいいかな、一年前には想像もしなかったことですが、ふと、そんなことを思うこともありました。

木山が自転車に乗って有銘家の庭へ駆け込んできたのは、内花で騒ぎがあった五日後でした。八月末の暑い午後で、縁側で昼寝をしていた時です。二人の米兵がモーターボートで内花の海岸へ現れたと聞いて、キナースーがしていた話は嘘ではなかったのだと思いました。

木山はサドルにまたがったまま、「早く乗れ」と言いました。幸い、由紀子は出かけていました。私は正春に「遅くなるかもしれない」と言って自転車の荷台に乗りました。

木山がでこぼこ道に声を震わせながら言うには、敵はこの前に来たうちの二人で、内花の集落を歩き回った後、キナースーの家へ向かった、この前と違って軍服姿で銃をぶら下げ、大きなバッグを持っていたということでした。

交代で自転車を漕《こ》ぎ、十五分ほどで内花の集落に入りました。街道に数人の男が距離を置いて立っていました。どの男も緊張した様子でキナースーの家へ続く道を指差しました。大きなさとうきび畑の脇《わき》に西原一等兵が立っていました。西原の案内で畑に入ると、兵隊たちが細長い木箱から銃を取り出していました。

さとうきび畑には一ノ瀬を含めて四人の兵隊がいました。山岡大尉は窪田と東江《あがりえ》を従えて集会所に潜んでいるとかで、いたのは役場を襲撃した時と同じ面子《メンツ》です。集会所はキナースーの家から浜へ向かう途中にあり、万一敵を逃がした場合は三人がそこで仕留める手はずになっているということでした。

「軍曹、今回は保留なしです」と一ノ瀬が言いました。

「当たり前だ。二度も見逃したら何のためにこの島にいるのか分からん」

木山は木箱から三八式歩兵銃を二丁取り出し、一丁を私によこしました。陸軍が制式採用していた銃でしたが、使われた形跡がなく、二丁とも黒光りして新品同様でした。有効射程が三百メートル以上とされるライフルで、これさえあれば敵を取り逃がすことはないだろうと思いました。

「文句なしだ」と木山は言いました。「あとは狙《ねら》う場所だけだ。あいつの家は塀が高かったな」

「その気になれば乗り越えられますが、踏み込むのは危険です。横の小屋にひそんで、出てきたところを狙いましょう」

「あの家畜小屋か。暑そうだな」

「問題はそれだけです。あとは歩きながら話すとして、とにかく小屋へ急ぎましょう」

一ノ瀬の説明を聞きながら、私たちはさとうきび畑の中を進みました。大した説明ではありません。家畜小屋は喜納家の門を出て十メートルほどのところにある。行けばわかるが、狙撃《そげき》するためにあるような小屋だ。海岸へ続く一本道だから、敵は必ずその小屋の前を通る。そこで待機して、二人が出てきたら一斉に撃つ。気づかれさえしなければ失敗はありえない。

「念のために向かいの畑にも誰かひそませようかと思いましたが、この暑さだから干上がってしまう。それに、そんな必要もないでしょう」

一ノ瀬はいつになく落ち着いた口調で言いました。キナースーはまだ生かされているようでした。家にはキナースーの女房がいて米兵たちを引き留めている、女房に言うことをきかせるためにあの男を生かしていると聞いて、あらためて山岡という男は大変な策謀家だと思いました。

背丈ほどもあるさとうきびの葉に囲まれて、どこをどう歩いているのかも分かりませんでしたが、一、二分で畑の外れに近づき、道沿いにキナースーの家が見えてきました。砂利道に面した一軒家で、あぜ道を挟んだ先に細長い家畜小屋がありました。木造の古びた小屋で、風雨にさらされて壁が黒ずんでいました。家畜は食い尽くされ、小屋にはもう豚一匹いないということでした。

私たちは畑の切れ目に腰を下ろし、家畜小屋を見ながら最後の打ち合わせをしました。小屋の横幅は十メートルほどでした。都合のいいことに、地面から一メートルくらいの高さの壁が続いていて、中腰になればちょうど撃ち頃の高さです。表からは入れないが裏側はがらんどうだから、さとうきび畑を迂回《うかい》して入る、と一ノ瀬は言いました。防衛隊員が小屋に水筒を置いていると聞いて、一ノ瀬の言うように、失敗することはありえないと思いました。問題は暑さでした。畑の中でさえ暑く、全員が口を半開きにして噴き出る汗をぬぐっていました。

「敵が畑へ逃げ込んだ場合はどうする？」と木山がたずねました。

「ご心配なく」と一ノ瀬は言いました。「防衛隊員がボートの船底に穴を開けているはずです」

「ほう、考えたな」

「やつらが小屋の前を通り過ぎるのを待って一斉に撃ちましょう。五秒で終わりです」

一ノ瀬が楽観するのも道理でした。六人揃《そろ》って撃ち損ねることはありえません。急所を外したとしても、後ろから狙えば敵はそのままボートがある浜に走る。だらだらと血を流しながら。この暑さで深手を負って走り続けるのは限界がある。山岡大尉たちがいる集会所は一本道を百メートルばかり行った先にあり、最悪の場合でも敵はそこで息絶える。乾ききった白い道、そこに溜《た》まる赤い血、さとうきびの葉の緑に青々とした空——細い砂利道に前のめりに倒れる敵の姿が目に見えるようでした。米兵を殺すのは危険なことでしたが、いずれ米軍小隊がやって来るのなら、もうどっちにしても同じことだと思いました。

「行きましょう」と一ノ瀬が言いました。

私たちは一人ずつ砂利道を横切り、向かい側のさとうきび畑の中へ入りました。石垣の塀は高く、気づかれるはずもなかったし、緊張もしませんでした。そこからキナースーの家の裏を回って隣の小屋を目指しました。私たちがいたのは背丈よりも高い葉っぱの中でしたが、陽射《ひざ》しが強かったので身を低くし、声をかけ合って進みました。

家畜小屋は六畳間を縦に二つ繋《つな》げたくらいの広さでした。豚小屋だったせいか、嫌な臭《にお》いがしました。所どころに家畜を仕切る短い柵《さく》が設けられ、奥に干し草が一メートルほど積み上げられていました。想像していた以上の暑さでしたが、耐えられないほどではありませんでした。

私たちは壁の下に置かれていた水筒の水を飲み、それぞれ配置に就きました。木山と私は右側の壁の下に並んで腰を下ろしました。一メートルほどの壁の前はもう道でした。短銃でもいいような距離です。米兵たちは海岸の方へ、つまり小屋の前を右から左へ移動するはずでした。道幅は二メートルくらいで、外しようがありませんでしたが、砂利道に向かって右側にいる私たちが右の男を、中央にいる一ノ瀬と西原が左側の男を狙い、左側にいた宮平と坂口はそれぞれ左右を撃つということが確認されました。壁の下に身を隠して靴音が近づくのを待ち、一ノ瀬が手を挙げた瞬間に立ち上がって一斉に撃つ——一ノ瀬の囁《ささや》き声の指示に全員が頷《うなず》き、それぞれが三八式歩兵銃の安全装置を外しました。用意万端、準備おさおさ怠りなしといったところで、あとは耳を澄まして敵が出てくるのを待つばかりでした。

木山は三八式銃の扱いに慣れておらず、壁に背中を押し当て、背後の畑に銃口を向けて目を細めていました。いつもながらの沈着さで、これなら私たちだけでも十分だと思いました。他の者は水を飲んだり、腕時計を見たりしていました。二時を少し回った頃でした。モーターボートで来ているとはいえ、敵は四時くらいまでには出てくるはずでした。

あたりは静かでした。見渡す限り一面のさとうきび畑で、目立つ木もなく、遠くから蟬《せみ》の鳴く声が聞こえてくるだけです。ここ数日、まったく雨が降らず、直射日光を受けた砂利道は干からびていました。キナースーの家はやけに静かでした。何の物音もせず、十五分もすると本当に敵がいるのか疑わしく思えてきたほどです。

銃声がしたのは小屋に着いて三十分ほどたった頃でした。私たちは口を開けて顔を見合わせました。さとうきび畑しかない集落に響くはずのない乾いた破裂音でした。直後にキナースーの家から叫び声がしました。敵も泡を食っているようでしたが、想定外のことに私たちもひどく動揺していました。一ノ瀬が身を低くしろというように両手を下に動かしましたが、指示されるまでもなく、全員が壁の下にかがんで肩をすくめていました。楽観していた分だけ緊張が募り、胃が引きつるようでした。こちらは全員がライフルでした。敵はオートマチックのコルト・ガバメントを持っている可能性が高く、至近距離で撃ち合いになれば圧倒的に不利です。少なくとも誰かが死ぬ、それは自分かもしれないという思いに、あらゆる血管が脈打ち、全身が火照《ほて》って喉元《のどもと》が締めつけられるようでした。

一ノ瀬は身をよじって壁に耳を押し当てていました。木山はしきりに背後を気にしていました。小屋の裏側はがらんどうで、いまにも敵が飛び込んでくるのではないかという気がしました。木山は小声で「宮平」と呼び、必死の形相で小屋の裏を指差していました。裏を見張れというのです。宮平たちが這《は》いつくばって移動し始めた時、二発目の銃声がしました。海岸の方からで、さっきよりも音が近いような気がしました。窪田たちだろう、と木山が言いました。私もそうだろうと思いましたが、なぜ撃っているのか、見当もつきませんでした。

「出てきたぞ」

壁に耳を当てていた一ノ瀬が囁くように言いました。靴音が聞こえ、石ころを蹴飛《けと》ばすような音がしましたが、恐ろしくて顔を上げることができませんでした。しゃがんだままで壁に耳を押しつけた時、一ノ瀬が歯を食いしばって頷きかけてよこしました。殺《や》ろう、そう言おうとしているように見えました。靴音は私たちのすぐ前で止まりました。と同時に、一ノ瀬が銃を構えて右手を挙げました。それを合図に中腰になり、三八式銃の引き金を引きました。敵は目の前にいました。続けざまに銃声がし、こちらを向いた米兵が二メートル先で倒れるのが見えました。もう一人がどこにいたのか、私のいる場所からは見えませんでしたが、間近でコルト・ガバメントの銃声がしました。私はボルトを引き、さらに三発撃ちました。兵隊たちも闇雲《やみくも》に撃っていました。「当たったぞ」という声がしましたが、もう一人の姿は見えず、すぐにまた敵の野太い銃声が響きました。

「ここは危ない、出よう」

一ノ瀬がそう叫び、小屋の裏に向かって走りました。宮平たちはもういませんでした。私たちはさとうきび畑に駆け込み、でたらめに走りました。自分がどこにいるのかも分からないまま、さとうきびの葉をかき分けて右に左に走りました。走りながら、一瞬、クマモトのことを思い出しましたが、コルト・ガバメントの銃声を聞いてそれもすぐに忘れました。そうやって百メートルも走った頃でしょうか、畑の中から「先生」と呼ぶ声が聞こえました。宮平が草の上に腹ばいになっていました。「みんなは？」と聞きましたが、知りません、という返事でした。この男が知るはずもありませんでしたが、うつ伏せになったまま、顔を上げようともしない宮平に私は無性に腹が立ちました。

畑の中は静かでした。風はなく、大きな葉を揺らすのは危険でした。私は畑の中をゆっくりと戻り、兵隊たちの名前を呼びました。十メートルほど戻ったところで、「こっちです」という声がしました。一ノ瀬と西原でした。二人は畑の中で中腰になり、口を開けて、顔中から汗を滴《したた》らせていました。

「敵の腹に当てました。このへんです」西原は肩で息をしながら胃の脇あたりを指差しました。

「それなら家の中だろう」一ノ瀬は伸びをしてキナースーの家の方を見ました。汗が入ったらしく、片目をきつく閉じていました。「このまま敵の消耗を待つ手もあるが、西原、敵は深手か。待つのは有利か」

「よろけながら家の方へ走っていくのが見えました」

「だから、よろけてそのまま倒れそうな感じだったのか」

「微妙です」

「阿呆《あほう》、微妙とはどういうことだ。四分六とか、七三とかくらい言え」

「四分六で倒れています」

「四分六か」

「五分五分かもしれません」

一ノ瀬は大きな息を吐き、「とにかく行こう」と言いました。「どのみち、踏み込むしかない」

私たちはゆっくりと葉っぱをかき分けてキナースーの家の方へ向かいました。家は一メートル半ほどのサンゴの石垣に覆《おお》われていました。乗り越えることは可能でしたが、私は「いったん小屋へ戻りましょう」と言いました。一ノ瀬は畑の中で振り返り、「何を言っているのですか」と言いました。

「家に踏み込むなら、死んだ敵の銃を奪ってからにした方がいい」

「なるほど。敵が家の中なら、石垣が邪魔して小屋の方は見えないから銃を取るのは簡単だ」

　私たちは進路を変え、再び家畜小屋に向かいました。敵は少なくとも三発は発砲しており、死体の銃を奪えば銃の数では圧倒的に優位に立てます。だからといって無傷で済む保証はありませんが、ライフルを担《かつ》いで塀を乗り越えるよりはましでした。

　家の中からは何の物音もしませんでした。すでに敵が死んでいるのではないかという期待も抱きましたが、四五口径の弾丸を食らえば、それで何もかもが終わります。その瞬間がありありと想像でき、家畜小屋に近づくにつれて顔が引きつってくるのがわかりました。私たちは途中で別れて、別々に小屋を目指しました。無事に小屋へ戻り、壁へにじり寄った時は、三人ともこれ以上はないほど歯を食いしばっていました。

　米兵は真っ黒な靴底をこちらに向けて倒れていました。金髪を坊主《ぼうず》刈りにした二十歳くらいの男でした。男の手に拳銃《けんじゅう》は握られていませんでした。死体の近くにもありません。もう一人に取られたのだと思って血の気が引きましたが、それは一瞬で、なぜだか逆に腹が据わりました。こうなったら踏み込むしかない。一ノ瀬も覚悟を決めたらしく、「援護を頼みます」と言いました。私は頷き、小屋から顔を出して門の方を見ました。その時、向かいの畑の中に木山がしゃがんでいることに気づきました。彼はとっくに気がついていて、こちらに頷きかけてよこしました。足元にライフルが置かれているのを見て、敵のコルトを奪って畑に駆け込んだのだと分かりました。木山が道端を指差しました。小道の所どころに黒ずんでいる箇所があり、血が点々と家の方に続いていました。敵はかなり出血しているようでした。

「兵長、軍曹が向かいの畑にいます」と私は言いました。「踏み込む気でいるみたいです」

一ノ瀬は外を見て「よし」と呟《つぶや》きました。「行きましょう」

私たちは小道へ出て、身を低くして門の方へ向かいました。家は石垣に囲まれていて近づくこと自体はたやすかったのですが、やはり問題は暑さです。門の脇《わき》にしゃがんでいるだけで、直射日光を浴びた首筋が痛み出しました。木山が来て四人が揃いました。もう打ち合わせはありませんでした。敵がいたら撃つ、ただそれだけです。一ノ瀬はズボンの膝《ひざ》で掌《てのひら》の汗をぬぐい、縁側から入りましょう、と言いました。木山は、互いに距離を取ろう、と言いました。二人はすぐに門の中へ入りました。私も彼らのあとに続いて中へ入り、開いていた玄関に駆け込みました。直後に木山の怒鳴り声が聞こえました。

「撃つな、終わりだ」

私は這うようにして玄関に上がり、声のした方を見ました。黒ずんだ廊下に靴跡があり、血が点々としていました。その先に前のめりに倒れている米兵の脚が見え、それを見下ろすように木山と西原が立っていました。

米兵は縁側から座敷へ入ったところにうつ伏せで倒れていました。木山が銃口であちこちを突いても、ぴくりともしませんでした。畳に血が染《し》み込んでいました。かなり苦しんだらしく、柱や廊下にも血糊《ちのり》がついていました。死んでいたのは二十歳くらいのほっそりとした白人でした。横腹と腰を撃たれ、白いシャツとカーキ色のズボンが真っ赤に染まっていました。逃げる途中で転んだらしく、鼻からも血を流していましたが、顔はきれいで、まさかと思うほど穏やかな表情をしていました。木山は近くにあった煙草《たばこ》に火をつけ、「この前の野郎だな」と言いました。

死体を眺めていると、一ノ瀬が座敷に来ました。家の中を見て回っていたようでした。

「最初の銃声は何だ」と木山が言いました。「敵をおびき出すという話は聞いていないぞ」

「私も聞いていません。誰が撃ったのか、あとで確認します」

「事と次第によっては許さんぞ。あんたもそのつもりでいてくれ」

「わかりました。私もさっきからそればかりが気になっています」

一ノ瀬は「ちょっと来てほしい」と私に言いました。あとについて奥の部屋へ入ると、テーブルに大きな湯飲み茶碗《ぢゃわん》が置かれ、書きかけの手紙とペンがありました。お茶はキナースーの女房が出したようですが、誰もいないというから彼女は逃げたようでした。

「隊長に報告してきてくれ」

一ノ瀬は部屋にきた西原にそう命じ、手紙を読んでもらえないかと私に言いました。手紙は無地の便箋《びんせん》に読みやすい筆記体で書かれていました。私は一行ずつ訳して一ノ瀬に聞かせました。ハワイにいる母親へ宛《あ》てた手紙でした。沖縄はホノルルよりも暑いですが元気です、海がきれいなので写真をたくさん撮りました、もうすぐ除隊になるので帰ります、早く会えるのを楽しみにしています——そうしたことが、間隔を空けて四、五行書かれていた。

短い朗読を終えた時、木山の怒鳴り声が聞こえてきました。庭に宮平と坂口が立たされていました。木山は縁側に片膝を立てて二人を怒鳴りつけていました。逃げたことを責めているのでした。いつもなら止めに入る一ノ瀬ですが、この時は怒鳴られている部下たちをぼんやりと眺めていました。

西原が戻ってきました。山岡大尉《たいい》が漁師の家で食事をするので集まれと言っているということでした。西原は正座して畳を睨《にら》みつけるようにしていました。この男にしては珍しく、腹を立てているようでした。

「兵長、キナースーが殺されました」と西原が言いました。

一ノ瀬が眉《まゆ》を動かし、「いつ？」とたずねました。

「今朝、さとうきび畑で撃ったそうです」西原は膝に爪《つめ》を立て、荒い息を吐きました。

「そうか」一ノ瀬は不思議そうな目で西原を見ていました。「それで、お前は何をそんなに怒っている？」

「家畜小屋に藁《わら》が積まれていたでしょう。死体はあの中です」

「何だと」

「いま見てきました。あの臭《にお》いは家畜だけのものではなかったようです。すみませんが、食事会は欠席とさせていただけませんか」

西原が腹を立てるのはもっともでした。兵隊にいがみ合いはつきものですが、最初の銃声といい、これには何か悪意のようなものが感じられました。

「勝手にしろ」

一ノ瀬は銃の回収を命じて横になりました。庭では木山がまだ兵隊たちを怒鳴りつけていました。

私は家を出て家畜小屋の方に向かいました。気が進みませんでしたが、死体の確認だけはしておこうと思ったのです。小屋の前で撃たれた米兵が、こちらに顔を向けて倒れていました。腹部の血はもう乾いていて、白と黒のまだらのシャツを着ているように見えました。伊平屋島から三人で来たうちの一人で、民家の庭に小便をした男でした。

蠅《はえ》のたかった死体に近寄る気になれず、私はあぜ道を通って裏に回ることにしました。家畜小屋の脇の道に足を踏み入れた時、乾いた土を踏みつけるような靴音がしました。道端から小屋を覗《のぞ》くと東江と目が合いました。彼は小屋の中央に立って窪田と立ち話をしていました。私がいることに気づくと窪田は話すのをやめ、顔を上げて笑みを浮かべました。嫌な感じがして来た道を戻りかけた時、後ろから「先生」と窪田に声をかけられました。振り向いたのと、銃声がしたのはほぼ同時でした。私はとっさに向かいの畑に駆け込み、這いつくばるようにして奥へ進みました。家の中から兵隊たちの声が聞こえ、足音がしました。私はさとうきびの葉をかきわけて奥に進みました。見えるのは葉っぱだけでした。無我夢中で三、四十メートル進んだ頃、二発目の銃声がし、びっくりして畑の中に倒れ込みました。コルト・ガバメントでした。もう何が何だか分かりませんでした。とにかく逃げようと思ったのですが、膝が震えて起き上がることができず、身を伏せたまま、さとうきびの根っこをじっと見つめていました。

私は窪田に敵視されていることは知っていました。あの男に狙《ねら》われたのだと見当もつきました。しかし、わかったのはそこまでです。最初の銃声は九四式か十四年式か、ともかくも日本製の拳銃のものでした。が、二発目の銃声についてはまったくの謎《なぞ》でした。震えが収まってからも私はさとうきび畑の中でじっとしていました。下手に畑の中を動き回るのは危険でした。あの段取りのよさからして何もかも計画されているのだと思いました。

小屋の方は静かでした。何かあれば木山が怒鳴っているはずですが、いくら待っても何の物音もしません。その静けさが逆に気になり、私は身を低くして小屋の方に戻りました。やがて、さとうきびの葉の間から太った男が見えました。宮平でした。宮平が首を伸ばして畑を見ているのに気づき、私は反射的に頭を下げました。

さとうきびは私の背丈と変わりなく、そこにいる限りは安全でしたが、あまりに陽《ひ》射《ざ》しが強く、そのうちに頭が痛くなってきました。頭を抱えてうずくまっていると

「山口先生」と叫ぶ声がしました。仲村でした。仲村は両手をメガホンのようにして私の名を呼び、出てきてください、と叫んでいました。あの男が私を陥《おとし》いれようとしているとも思えず、私はゆっくりと声のする方へ向かいました。小道に近づいたところで声をかけると、仲村が畑の中へ入ってきました。

「無事でよかった」と彼は言いました。「帰りましょう。由紀ちゃんが心配しています」

私はどうなっているのかとたずねました。

「兵隊が一人、死にました。窪田という上等兵です」

「窪田が?」

「仲間割れでしょう。小屋で後ろから撃たれていました」

仲村は畑を出て、家畜小屋を指さしました。家畜小屋の中に数人の男がいました。全員が立って、頭を垂れて両手を合わせていました。私が小屋に行こうとすると、仲村は腕を引いて止めました。

「見ない方がいい。三人とも恐ろしい姿です」

「三人?」

仲村は頷《うなず》き、ひどいことをする兵隊たちだ、と言いました。

家畜小屋の前に行くと、男たちの足の間から仰向《あおむ》けになっている子供の足が見えました。誰なのかも、なぜなのかもわかりませんでした。それだけに、「ケイスケもかわいそうに」という言葉を聞いた時は呆然《ぼうぜん》としました。

「先生、大丈夫ですか」

仲村に指差されてズボンの膝に血がにじんでいることに気がつきました。飛んだり跳ねたりしているうちに擦りむいたようでしたが、痛みはまったく感じませんでした。仲村は顔中から汗を滴《したた》らせていました。小屋にいる男たちもしきりに汗をぬぐっていましたが、私はもう暑ささえ感じませんでした。ケイスケの名を聞かされた時点であらゆる感覚を失っていました。

木山が小屋から出てきました。彼は手にしていたウイスキーの瓶を差し出し、「無事か」と言いました。「東江が窪田を撃った。小僧を殺せと命じられて我慢できなかったそうだ」

「小僧を?」

「どこまで本当か知らんが、そう言っている。窪田が苦しんでいたんで最後は一ノ瀬が敵の銃で撃った」

兵隊たちが一人ずつ小屋から出てきました。兵隊たちは順番にウイスキーに口をつけました。全員が無言で自分の足元を見つめるようにしていました。米兵が持っていた煙草が回され、兵隊たちが最初の煙を吐き出した頃に東江が小屋から出てきました。東江は細長い木箱を抱えて小屋の前に立っていました。一ノ瀬が手招きして彼を呼び、ウイスキーの瓶を差し出しました。兵隊たちは輪に加わった東江をちらっと見ましたが、何も言いませんでした。そのうちに島の男たちが集まってきました。ある男が「隊長さんがお呼びです」と言いましたが、反応する者はいませんでした。

午後三時を回った頃でした。八月の終わりですが、東の空に雪山のような入道雲が立ち昇っていて、夏の太陽はこの時が盛りでした。重い空気に押しつぶされそうになり、私はその場に立っているのがやっとでした。風が出てきて、さとうきびの葉が揺れ出しました。まるで緑色の波の中にいるようでした。離れたところに数人の子供が立っていました。大人たちが必死に追い払おうとしていましたが、子供たちは根が生えたみたいに立ち尽くし、なかなか立ち去ろうとしませんでした。

「戦いたいなあ」

じっと俯《うつむ》いていた一ノ瀬が、ぽつりと言いました。一ノ瀬は洟《はな》をすすり、指先で目《め》尻《じり》をこすっていました。兵隊たちは無言でいましたが、木山も含め、全員がその言葉に頷きました。

何日君再来

次に兵隊たちに会ったのは九月二十日の夜です。米軍の一個小隊が来るとキナースーが予告していた日ですが、結局、その日には来ませんでした。

その頃には、もう戦争が終わったことが知れ渡っていました。何日か前に二人の兵隊が島に帰ってきたのです。会合では復員した兵隊たちが話している内容が検討され、一ノ瀬たちの判断で銃を処分することが決まりました。山岡大尉は姿を見せず、代わりにカミーが来ました。山岡隊はもうバラバラになっていたので、この決定に一番ほっとしたのは山岡大尉ではなかったでしょうか。

復員兵たちは本島の石川の収容所に入れられていて、そこで米兵から『ライフ』という雑誌を見せられたと話していました。その雑誌に、拳銃《けんじゅう》自殺を図って手当を受けている東条英機の写真が出ていたというのです。石川の捕虜たちは東条の写真に向かって散々な罵声《ばせい》を浴びせていたようでした。日本人は変わり身が早いといいますが、「生きて虜囚の辱《はずかし》めを受けず」と通達した本人が自決し損ない、敵の看護を受けているわけですから当然かもしれません。そんな話を復員兵が創作するはずはありませんから、私は事実だろうと思ったし、兵隊たちの中にも日本の敗戦を疑う者はもういませんでした。

その日——九月二十日——は旧暦の八月十五日でした。島ではまだ旧暦が使われていたので、私にとっての八月十五日というのはこの日なのです。といっても特別な日付だとは思いませんでした。新暦の八月十五日も似たようなものです。私にとって、それは八月十四日の翌日にすぎませんでした。前日の十四日が由紀子の誕生日だったのですよ。結局のところ、人生には特別な日付などはなく、ただ特別な瞬間があるだけなのではないか。いまはそんな気がしています。

それでも旧暦十五日の夜会が忘れ難いのは、兵隊たちから「支那《シナ》の歌を」とせがまれて、カミーが『夜来香《イエライシャン》』を歌ったからです。李香蘭が歌った他愛《たわい》もない恋の歌ですが、他愛のない分だけ心に響きました。カミーはそれを日本語と中国語で歌いました。中国語はでたらめでしたが、私は上海《シャンハイ》の『チャイニーズ・ランタン』を思い出し、山口と一緒に上海の港を離れた夜を思い出しました。

あの夜に見た上海の夜景は、二十四歳だった私の目にこの上もなく美しいものに見えました。死出の旅立ちだという思いがそれを美しく見せていただけなのかもしれませんが、あれほど深く私の人生に刻まれた情景はありません。輸送船の甲板から遠ざかっていく夜景を眺め、私は必死に自分の感情を抑えていました。私は言葉にできない焦燥感に駆り立てられていました。なぜそんな気持ちになったのか、船に揺られていた時は分かりませんでしたが、『夜来香』を聴いた時にはもう分かっていました。私は何もしないままで死んでいく自分のことが不憫《ふびん》だったのです。では、私は何をしたかったのか。それさえも分からないまま、ただ死だけが待ち受けている沖縄へ行くのが恐ろしかったのです。

そのうちに紹興酒《しょうこうしゅ》の瓶を持った山口が甲板へ出てきました。私たちは遠ざかっていく夜景を見ながら五分ばかり話をしました。陛下にそっくりの顔をした山口から酒を勧められ、「もっと人生を楽しめ」と言われた時ほど、痛切に生きていたいと思ったことはありません。彼は元気をなくしている私を、若いのに何だ、と叱《しか》りつけました。話は逆で、若かったからこそ私は哀《かな》しかったのですが、じきに五十歳になる彼にその感情をうまく説明することはできませんでした。あの時代に若いということは哀しいことでした。しかし、それを哀しいと言えなかったことが何よりも哀しいことだったのだといまにして思います。

カミーのか細い声を聴いているうちに、その時に見た上海の暗い灯かりと、山口と交わした他愛もない会話の一つひとつが思い出され、どうしようもなく涙があふれてきました。それが私にとっての八月十五日でした。

それからは大してお話しすることはありません。兵隊たちは暮れに漁師たちの舟で島を出て行きました。向かった先は与論島です。山岡大尉《たいい》はカミーを連れて行き、与論島の港で逮捕されたと聞きました。

私は年明けに島に来た米軍に逮捕され、石川の収容所から巣鴨《すがも》プリズンへ移されました。罪状は東条英機並みの「平和に対する罪」という途方もないものでしたが、個別の事件を問題にされることはありませんでした。というか、向こうは何も知らなかったのではないでしょうか。

戦後になって調べてみたのですが、米軍の記録に私たちの事件は記されていませんでした。米軍が伊平屋島を攻撃したという記録すら見つかりませんでした。島の人たちが私たちを守ろうとしてくれたのか、記録に値するほどのものではないと不問に付されたのか、私の方から聞くわけにもいかないし、これはいまもって分かりません。ただ、三ヵ月で巣鴨プリズンを出られたことについては思い当たることがあります。巣鴨プリズンに収容されて一ヵ月ほどたった頃、シノダが訪ねてきたのです。彼は私の両親が死んだことを知って、お悔みを言いに立ち寄ったと話していました。

シノダは例の調子でずいぶんしゃべりました。自分の家があったところへ行ってみたが、影も形もなくなっていて残念だったと言っていました。自分たちがなくしておきながら残念だったというのもいい言い草ですが、郷愁というのはきっと誰にでもあるのでしょう、シノダは廃墟《はいきょ》になった小学校へも行ってみたと話していました。

十分ほど雑談をした後、シノダは伊是名島の役場に電話して五分くらい相手と談笑していました。

「あなたは、やっぱりいい友だちを持っているね。子供の父親になる男だから、早く出してやってくれと頼まれたよ」

電話を切るとシノダはそう言いました。由紀子が妊娠していると知ったのはこの時でした。生まれてくるのは特別に賢い子だから特別な名前をつけなければならない、占い師の女がそう言っているらしいとシノダは話していました。

由紀子は十八年前に娘を連れて東京へ来ました。義父が長患《ながわずら》いをしていたために、なかなか上京するきっかけがつかめなかったのです。

その日、私は職場を早退して羽田空港へ迎えに行きました。十年以上も結婚している女を迎えに行くために早引きするというのは不思議な感じでした。由紀子に会ったのは足掛け三年ぶりです。到着ロビーに出てきた由紀子を見た時は、どうしてこんなおばさんと一緒になったのかと思ったものでした。もっとも、こっちだって似たようなものですが、一緒にいた娘を見た時は可愛《かわい》いなと思ったし、これでようやく自分の戦後処理が済んだと思ったものです。

幸い、娘は母親似でした。陛下と山口ほどではありませんが、きっと唇を結んだ時の表情など、どきっとするほど母親に似ていて、ふいに有銘家の庭から見えた白い浜を思い出して困ってしまうことがあるのですよ。

夜明け

テープを止め、蚊帳《かや》の中で仰向《あおむ》けになっていると、チュンチュンと雀《すずめ》が鳴く声が聞こえた。外はまだ暗かったが、その日も暑くなるらしく、ラジオから「今日も洗濯日和《びより》です」と話す女の声がした。

祖父がしていた手巻きの腕時計は四時五十五分を指していた。黄ばんだ文字盤を眺め、秀二は長い旅から戻ったような気がしていた。

昭和二十年というのは両親さえ生まれていない遠い昔だが、不思議と時間的な隔たりを感じなかった。たぶん、兵隊たちの年齢のせいだと思った。いまの自分と四、五歳しか変わらない男たちのしたことに、秀二は圧倒されるような思いだった。同時に、あの祖父にも若い時代があったのだという当たり前のことが、いまになって実感できた。

秀二は航空会社に電話をした。早朝なのに、電話に出た女は気がきいていた。東京行きは満席だが、名古屋行きの便なら空席があるという。彼はその便を予約し、沙耶《さや》子《こ》に宛《あ》てたメールを入力した。夕方に東京へ戻る、そう書いて送ろうとしたが、素っ気なさすぎる気がして、名護湾の写真を添付して送信した。モーターボートが海岸に近づいた時に撮った写真で、青い空と海に挟まれた砂浜の白さが際立《きわだ》っていた。十分ほどして返信メールが届いた。メールには公園の写真が添付されていた。ゆうべ新幹線で小田原から戻り、祖父と近所の西郷山公園を散歩しているところだと書かれていた。八月十六日の名護の空はまだ紫色だったが、東京はもう夜が明けていて、ビルの隙間《すきま》から赤い太陽が見えていた。

もう熱海に近いのだろう、新幹線は短いトンネルをいくつもくぐった。車内が暗くなった時、窓辺に置いていた携帯が光っていることに気がついた。メールは沙耶子からで、東京駅に迎えに行くと書かれていた。

午後五時になるところだったが、窓の外の日射《ひざ》しが眩《まぶ》しかった。タオルケットをかぶって仰向けになっているのが馬鹿《ばか》みたいに思える明るさだ。かといって気持ちがいいので起き上がる気にもなれない。座席が取れず、仕方なく乗ったのだが、グリーン車というのはとても寝心地がよかった。

秀二は伯父がしていた話について考えていた。大学を卒業したら沖縄で教師をしたらどうかと伯父が言ったのだ。物価は安いし、子供たちは都会と違ってすれていない。景色もいいし、一年中泳げる。その気があれば採用担当者に声をかけておくとも言っていた。悪い話ではなかった。秀二はゼミのレポートに追われていたが、教職に関する講義も受講していた。あと数ヵ月で民間企業の採用試験が始まるし、どのみち一年半後には何かにならなければならない。であればそれも一つの道なのではないか。そう思う反面、あの島で生涯を終えるのはやはり淋《さび》しい気もした。彼には東京が染《し》みついていた。他の街に住むことは考えたこともなかった。しかし、その東京で自分に何ができるのかはまったく分からなかった。

沙耶子はひとつ先の車両の前に立ち、首を伸ばして左右を見ていた。クリーム色のスカートの下は素足で、リボンのついたミュールをはき、椰子《やし》の葉で編み上げたバッグを肘《ひじ》にかけていた。

沙耶子は人波が去ったあとでようやく秀二に気がついた。小さく手を振ってよこす沙耶子を見て、いい子だな、と思った。実にいい。陽に焼けましたね、沙耶子は秀二を見上げるようにして言った。その目に歓《よろこ》びがこもっているように感じられ、秀二は感動した。そして美とは基本的に低温なのだと思った。暑苦しい美人というのは存在しない。新幹線のホームは暑かったが、彼女の周りにだけ微風が吹き抜けているようだった。

二人は外回りの山手線に乗った。夏休みで乗客はまばらだった。

「お土産を買ってきた」

秀二は紙袋に入れていた白い箱を沙耶子に渡した。沙耶子はその場で包みを開けた。高さが二十センチくらいの小さなランプで、釣り鐘のようなブルーの火屋《ほや》が左右に揺れた。伯父の教え子がやっている琉球《りゅうきゅう》ガラスの店で買ったのだ。

沙耶子はランプを膝《ひざ》に置き、「かわいい」と言った。

「気に入った?」

「とても。電球もかわいい」

「赤いガラスのランプもあって、それもきれいだった。赤というよりスイカ色かな。どっちにしようか迷った」

秀二はガラス店の主人から聞いた話をした。沖縄では明治時代からガラス製品を作っていたが、戦後は材料がなく、米軍が飲んだビールやコーラの空き瓶を使っていたという話だ。要するに、がらくたを使っていたということか、店ではそう思って聞いていたが、この厚手のガラスにこそ沖縄の現代史が刻まれているのだと話した。

「空き瓶だから不純物が混じってぼってりとした厚いガラスになる。気泡も入る。手作りの味わいがあって、それが逆に人気を呼んだわけだ。この気泡は、言ってみれば破壊と再生の象徴だね」

そんな又聞きの蘊蓄《うんちく》を語っていた時だった、突然、電車が沈み込むように傾き、秀二はすぐ横のバーに頭をぶつけた。一瞬、内臓がよじれる感覚があった。沙耶子も横に倒れ、秀二の腕にぶつけた額を押さえていた。地震でも起きたのかと思ったが、内回りの山手線がゆっくりと通り過ぎるのを見て急ブレーキをかけたのだと分かった。

「大丈夫ですか」沙耶子が秀二の腕を撫《な》でながら声をかけた。

「うん。そっちこそ大丈夫？」

「私は平気ですけど」

秀二は床に落ちたランプを拾い上げた。再生の象徴である青いガラスに小さなヒビが入っていた。さして目立たないヒビだが、二十分もかけて選んだランプだったのでショックだった。

人身事故のため停車するというアナウンスを聞いて、秀二は窓辺に身を寄せて外を見た。十メートル先に品川駅のホームが見えていた。五分ほどしても電車は動かなかった。

「ちょっと見てくる」

秀二は先頭の車両へ向かった。彼が乗っていたのは先頭から三両目で、隣の車両は半分ホームにかかっていた。ふと目をやると、ホームの先端に黒いビジネスバッグが置かれていた。自殺のようだった。

先頭の車両の乗客たちが運転席の窓から線路を見ていた。秀二は伸びをして彼らの頭越しに前方を見た。二十メートルほど先に青いビニールシートが広げられ、周りに数人の駅員が立っていた。
一、二分して、負傷者を救出しているところだというアナウンスが流れた。負傷者と聞いて、ではあの青いシートは何だろうと秀二は思った。駅員が来て、警察の許可がなければ電車を動かすことができないと言った。
「その人は助かったのですか」

同じ疑問を持ったらしい客がたずねた。駅員は首を振り、まだ見つかっていない箇所があると言った。駅員の言う「箇所」とは、身体《からだ》の一部のことらしかった。

恵比寿《えびす》のスーパーで夕食の買い物に付き合い、前島家へ着いた時はもう暗くなっていた。

秀二は沙耶子のあとについて二階に行った。八畳ほどの洋間があり、アルミサッシの向こうに同じくらいの広さのベランダがあった。前島勇作はそこに出したデッキチェアーに横になり、ラジカセで中国語の曲を聴いていた。

「焼けたな」老人は寝そべったままで言った。

秀二は頷《うなず》き、預かってきた礼状とテープの入った紙袋を渡した。ベランダは蒸し暑く、蚊が多かった。老人は秀二に虫除《むしよ》けスプレーを渡し、ビールでも持ってきてあげなさい、と沙耶子に言った。

「うちの伯父が、前島さんによろしくと言っていました」と秀二は言った。

「ちょび髭《ひげ》の？」

「昔からちょび髭でしたか」

老人はくっくと笑った。「陶淵明《とうえんめい》の話をしていたし、最初は中国人かと思った。確か学校の先生だろう」

「もう定年になりました」

老人は頷き、「そこにある椅子《いす》を持ってきたらいい」と言った。

秀二は近くにあった折りたたみ式の椅子を持ってきて腰かけた。ベランダから新宿の高層ビルが見えた。東京タワーも見え、南西の方角に民家の灯かりが広がっていた。どれも民家という言い方がそぐわないような豪邸だった。

「このあたりは立派な家が多いですね」と秀二は言った。

「そうなんだ。うちはこれでも大きい方だと思っていたが、いつの間にか古くて小さな家になってしまった」

「あの家なんか、すごい」

「あの家とは?」

秀二は見えている中で一番大きな家を指差した。周囲に二メートルくらいの塀を巡らせ、庭の樹木をライトアップした家で、大型犬がゴルフの練習用のネットの周りを走り回っていた。

「うちの妻は、あれを成金の家だと言っていた」と老人は言った。

「そうではないのですか」

「成金というのも金だろう。私にはあれが金に見えない。金というのはもっと輝かしいものじゃないのか」

秀二は頷いた。老人がそう言いたい気持ちは分かったが、同時にレトリックに過ぎないという気がした。どんなレトリックを弄《ろう》しても現実は変わらない。秀二が育った下町よりも青葉台の方がいいし、世田谷の古びたアパートより目の前の豪邸の方がいいに決まっている。そう思う一方で、秀二もあれを金だとは思いたくなかった。どう頑張っても、あんな家は建ちっこないのだ。

「椅子の背もたれを起こしてくれないか」と老人は言った。「ずっと同じ姿勢でいるとくたびれる」

秀二は後ろに回ってデッキチェアーの背中を押し、四十度くらいにした。思っていたより老人は軽かった。前島勇作は鼈甲縁《べっこうぶち》の眼鏡をかけ、紙袋から取り出した封書を開けた。ラジカセからは相変わらず中国語の曲が流れていた。時間をかけてダビングを繰り返したらしく、曲が終わるたびにカシャという操作音が聞こえた。

「すみません」と秀二は言った。「当間さんから預かったテープを聴きました」

「いいさ。当間さんも君に聞いてほしくて渡したんだから」

「そうでしょうか」

「娘がそう言っていた。ゆうべ電話してきて、君のことを感じのいい青年だと言っていた」

「どうしてそう思ったのか分かりませんが、とても丁寧な娘さんでした。あの人は養女だと伯父から聞きました」

「あれは西原という兵隊の娘だ」

「西原?」

「テープにそういう名前の兵隊が出てくる。西原が島の女に生ませた娘だ。当間さんが伊是名島に行って見つけたんだよ」

「その女の人は捨てられたのですか」

「西原は結婚していて子供もいた。女のことで兵隊たちから吊《つ》るし上げられて、よく死にたいとこぼしていた。どうせ死ぬなら戦って死ねと言ったら本物の兵士になった。あれは日本の、ほとんど最後の兵士だ」

「最後といいますと?」

「もうああいう戦争はない。二十一世紀の戦争はオペレーターがする。スイッチを押して、それでおしまいだ」

老人は西原に頼まれて娘の様子を見に行ったと話した。秀二の祖父の案内で電気店に行くと、当間氏は店を閉め、台所から包丁を持ってきた。山岡という元大尉《たいい》に手紙を出していた頃だったので、元大尉の命を受けて来たと思ったようだ。

「話には聞いていたが、恐ろしい人だった。店のシャッターまで下ろして、島であったことを全部話せと言うんだ。君のおじいさんがいなければ刺されていたかもしれない」

「それで話したのですか」

「もう少し生きていたかったからね。ところが、君のおじいさんが嫌がった。話すくらいなら殺された方がましだと言うんだよ。当間さんは、だったら殺すと言う。本気だったな」

「ピンチですね」

「大ピンチだ」老人は笑った。「おじいさんはおとなしい人だったけれど、一度言い出すと、なかなか意見を変えないから。結局、死ぬまで他言しないという約束で話した」

「わかります。変に頑固なところのある人でした」

「そうなんだ。けど、そのおじいさんが亡《な》くなって、当間さんも死にかけている。私のところにもそろそろ迎えが来る。山岡大尉も、一ノ瀬も、西原もいない。子供たちも年を取って、もう孫たちの時代だ。当間さんに宛てた手紙にそう書いた。ゆうべ、当間さんの娘が言っていた、当間さんは東江の孫があれを聞いてどう思うか知りたいと言っていたそうだよ。実は私も同じことを思った」

沙耶子が酒とつまみを持ってきた。ビーフシチューを煮込んでいて食事の支度にはもう少しかかるという。老人がビーフシチューを喜んで食べるとも思えなかったから自分のために作ってくれているのだろうと秀二は思った。

沙耶子は配線をつなぎ、秀二が買ってきたランプを台の上に置いた。広い台の上なので小さく見えたが、ベランダの床を照らす青白い灯かりは感じがよかった。老人はその灯かりを頼りに白いパイプに葉っぱを詰めた。ヒビは気になるほどではなかった。むしろ、それを見るたびにこの日のことを思い出すだろうと思った。前島勇作のことも、当間氏や名も知らない山手線の自殺者のことも。

「ここへ来る途中に人身事故があって、二十分くらい、沙耶子さんと電車の中に閉じ込められていました」秀二は沙耶子の後姿を見送りながら言った。

老人は泡盛を入れたグラスの端に口をつけ、「自殺か」と言った。

「そうだと思います。線路の上に広げられた青いビニールシートを見て不思議な気分になりました」

「不思議って何が？」

「あくびが出るくらい、退屈で、平和な世の中じゃないですか。不況かもしれないけれど、何があったって殺されるわけでも、取って食われるわけでもない。それなのに、毎年自殺する人が三万人もいる。テープを聴いたせいかな、やっぱり不思議です。戦争の頃にそんなに自殺する人がいましたか」

老人は笑い、「知らんよ」と言った。「三万人もいなかったと思うし、そんな数をいちいち数えている人間もいなかったと思う。みんな生き延びるのに必死で、死ぬことを考えている余裕がなかった。もちろん、ああいう時代だから自決をする者はいた。でも、私はそれも考えたことがなかった」

「なぜですか」

「私は陸軍の学校で自決はするなと教えられていた。ある教官が言っていた。洋ナシになって腐るより、ゴキブリになって生き延びろと。ゴキブリが自殺を考えるはずがないだろう」

老人は長いマッチでパイプに火をつけた。風はなく、真っ白な煙が真上に立ち昇った。

「できたら教えてもらえませんか」と秀二は言った。

「何をだ？」

「ゴキブリになる方法です」

「なぜそんなものになろうとする？」

秀二はビールを飲み干して老人の方へ身体を向けた。

「うちの祖父は時々、訳の分からないことを言っていました。その中でいまでも忘れられないことがあります。うちの兄は優秀な男で、阪大を出て医者になりました。兄はそれが得意でしたが、兄が大阪へ行く前に祖父が言っていました、お前なんかいなくても大阪の人はちっとも困らないって。医者というのはただの役割で、役割というのはいくらでも交換が利《き》く、ただの代用品なんだから謙虚にしていろ、そう言っていました。兄は珍しく黙っていました。事実だったからでしょう。医者でさえ代用品なら、僕なんか何をしていいのか分からない。いまのままだと洋ナシになって腐ってしまう」

前島勇作は黙ってパイプを吹かしていた。秀二もしゃべりすぎた気がして黙っていた。大きな電子音が鳴り、老人はズボンのポケットから黒い携帯電話を取り出した。

「沙耶子からだ。酒は足りているかと聞いている」と老人は言った。

「携帯をお持ちだったのですか」

「この前、買った。沙耶子ももう二十歳だ。いつまでも年寄りに付き合わせるわけにはいかないからな」

「それなら僕に電話してください。アパートはそう遠くありません」

「ありがとう。しかし、大学三年というのは忙しいんじゃないのか」

「帝国陸軍の中尉に比べれば何もしていないのと一緒です」

「少尉だと言っただろう」

「そうでした。少尉は大学生の頃はどうでしたか」

「同じだよ」

「同じといいますと？」

「いまの君と同じだよ。迷いがあった。迷っているうちに軍の迎えが来た。だから、ちっとも楽しめなかった。ゴキブリというのは楽しくない。そんなものになる必要はないよ」

「そうですか」

「人生を楽しめばいいんだよ。戦争の最中に、私にそう言った人がいた」

「山口という人ですね」と秀二は言った。「天皇のそっくりさん。テープを聴いて好きになりました。仲村さんやマイク・シノダのことも。祖父のことも見直しました」

「それを聞いたら、おじいさんが喜ぶ」

「もういませんけれどもね」

「大丈夫だ。私が伝えておきます」

「もうそういうのはやめてください」

「君はここからの眺めに見憶《みおぼ》えはないか」老人は街明かりに手を差し出して言った。「小さい頃、おじいさんが連れてきたことがあるんだよ。うちの女房の葬儀があった日で、シノダも来ていた。妙なサングラスをかけてしゃべりまくる男がいたのを憶えていないか」

秀二は首を振った。全然憶えていなかった。

沙耶子がベランダに来た。彼女は青いグラスに泡盛を注ぎながら、「何の話をしていたの?」と訊《たず》ねた。

「あの家の話だ」老人はさっきの家を指差して言った。「あの家を見ているうちに話が弾んだ」

沙耶子は頷き、「泡の話ね」と言った。

「泡の話って?」と秀二は訊ねた。

「あれはコンクリートでできた泡だっていうの。家も車も財産も全部泡みたいなものだから、そのうち消えてなくなってしまう。だから消えてなくならないものを探せ。そういうお説教」

「お前は見つけられそうか」と老人は言った。

沙耶子は首をかしげ、「探索中です」と言った。「とりあえず三人で乾杯しましょう」

「それもいいな。何に乾杯する？」

「名護のガジュマルの木に乾杯しましょう」

なぜガジュマルの木なのか、秀二にはわからなかったが、老人がグラスを差し出したので、とりあえずガジュマルの木に乾杯した。秀二はたずねられるままに名護の話をした。今朝見てきたばかりなのに、いまの彼には名護の海は見えなかった。白い砂浜もアダンの街路樹もガジュマルの木も見えなかった。見えているのはすぐ横にいる沙耶子の姿だけで、そう遠くないいつか、祖父たちがいた島へ、彼女と二人で出かけようと思った。

参考文献

『独立重砲兵第百大隊（球一八八〇四部隊）の沖縄戦』（独重百大隊の沖縄戦編集グループ）
『帝国陸軍編制総覧』（外山操・森松俊夫編著、芙蓉書房出版）
『陸軍中野学校』（中野校友会編、原書房）
『島の風景』（仲田精昌著、晩聲社）
『虐殺の島』（石原昌家著、晩聲社）
『昭和史』（半藤一利著、平凡社）
『不時着』（日高恒太朗著、新人物往来社）
『秘話　陸軍登戸研究所の青春』（新多昭二著、講談社）
『木山捷平全詩集』（木山捷平著、講談社文芸文庫）
『李香蘭　私の半生』（山口淑子・藤原作弥著、新潮社）

本文34、252、254ページの歌詞は寺島尚彦作詞作曲の『さとうきび畑』より引用した。

解説

久間十義

敗戦の日付である「八月十五日」と「夜会」という言葉の意外な組み合わせ。――何とも魅力的な題名のこの小説は、二〇〇八年七月に新潮社から出版されて評判を呼んだ。本書はその単行本に大幅な加筆訂正をほどこした文庫決定版である。

著者の蓮見圭一は、ご存じのように二〇〇一年に処女小説『水曜の朝、午前三時』がベストセラーとなり、彗星《すいせい》のごとく日本の小説シーンに登場した。

一九五九年生まれということを考えれば、デビューは決して早いとは言えないが、新聞社や出版社勤務というキャリアから察せられるように、デビュー当時、すでにその実力は折り紙つき。叙情的な語り口と物語性が読者の圧倒的な支持を得て、以後、目を瞠《みは》る活躍が続いている。

ちなみに『水曜の朝、午前三時』は、死に直面した一人の中年女性が愛娘《まなむすめ》に宛《あ》てたテープで、自らの若き日の恋について物語るという趣向の小説。彼女の告白を受けとめる娘婿《むすめむこ》たちの現実と、彼女が恋を生きた一九七〇年大阪万博の現実とが交差して、読者の心に一種「生の遠近法」とでも呼ぶべき感覚が呼び覚まされる。読了後、人は重層的な時間の中にある自らの人生に思い至り、たんなる恋愛小説にはあり得ぬ感慨と余韻に浸ること、請け合いである。

本書もまた『八月十五日の夜会』という題名から推察できるように、核心にもう一つの現実、つまり先の戦争と深く関わる物語がフィーチャーされている。登場人物が否応《いやおう》なく過去の一時期に引き戻され、その特権的な過去との対比によって私たちの現実が浮かび上がる按配《あんばい》なのである。

このスタイルは近著の『別れの時まで』を含む多くの蓮見作品に踏襲されており、独特の読後感を生む原因になっているが、ここでは賢《さか》しらな先回りはやめて、本書についてじっくり筋を追ってみよう。

物語はまず現在から始まる。大学生の東江秀二《あがりえしゅうじ》の祖父は沖縄出身で沖縄戦の生き残り。「自分は沖縄の山の中で死んでいたはずの人間だ、生き延びたせいで見なくていいものをたくさん見た」と生前に語っていた。

その祖父の死に際して、秀二は祖父と一緒に沖縄戦を闘った前島という老人と、祖父がいなかったならば「生まれてくることもなかった」と前島が言う、前島の孫娘・沙耶子《さやこ》に出会う。このとき秀二と沙耶子によって交わされる会話はこんな具合だ。


《「おじいさんの話はすごくよかった」

「祖父の話が、ですか」

「うちの祖父がいなければ孫は生まれて来なかったという話だよ。あれは君のことを言っていたんだろう？　あの話にはぐっときた」

　彼女はハンドバッグに携帯をしまい、「あれには私もびっくりしました」と言った。

「色々なことを考えました。たくさんのことが繋《つな》がって、その結果、いまの自分がいるのだなって」

「僕もそう思った。そんなふうに考えたことは一度もなかった。遠い昔に戦争があって、負けて帰ってきただけだと思っていた。でも、それだけじゃなかったんだね」

　話しているうちに、秀二は本当に感激してきた。（中略）死んでしまえば、その人の子孫はただの一人も生まれてこない。この子もそうだし、自分もこの世に存在していない。あの言葉には戦争の真実が込められている気がした》

　こうして秀二が特権的な過去へ招待される準備は出来上がる。その後、秀二は祖父の遺灰を名護の海に散骨するため沖縄に向かうが、そこで彼は百二十分のカセットテープ四巻を入手するのだ。

テープの声の主はかの前島老人だった。前島は実は陸軍中野学校出身の中尉《ちゅうい》であり、軍令によってさとうきび畑のほかには何もなく、郵便局に無線機とラジオがあるだけの直径四キロの小さな島・伊是名島《いぜなじま》に、情報員としてただ一人配属されていたのだった。

テープの前島はよく通る低い声で、彼の個人的な戦時体験を語っていく。一日いれば飽きてしまうような小さな半農半漁の島に、教師の名目で送り込まれた彼の任務は、島民による防衛隊をつくり、来《きた》るべきゲリラ戦に備えること。むろんそれは万が一に対する備えのはずだったが、戦闘など知らなかったその島に、特攻機が不時着し、本島から重砲部隊の山岡大尉以下七名の兵隊が流れ着くと、様相はいつの間にか変わってくる。

沖縄戦の敗勢が濃厚な中、そこはやがて日本軍の敗残兵による仲間割れの島となり、同じ島民や、買われてきた奄美《あまみ》の少年たちをスパイ呼ばわりする密告の島と化していく。そして落下傘《らっかさん》で脱出し、島にたどり着いた米パイロットや、終戦後にやってきた米兵を騙《だま》し討ち、油断した彼らを殺戮《さつりく》する島となっていくのだ。

巻末の参考文献が示すように、小説はまさに一種の引用の織物の観を呈する。物語のベースにあるのは沖縄戦の戦争秘話だが、作者の筆は細かなディテールをないがしろにせず、丹念に一つの時代を再構成していく。上海の光景や、李香蘭の歌、島の女と兵隊との結婚、クリ舟を使った隣島との行き来、泡盛、白い砂利道、ユタのお告げ、耐え難い暑さ、三八式銃、コルト・ガバメント……。

中でも圧巻の描写は沖縄の終戦後、島にやってきた米兵二人を役場におびき寄せ、これを三手に分れて襲撃する場面だろうか。この種の閉ざされた空間と戦争といえば、すぐに思い浮かぶのは大江健三郎や大岡昇平といった戦後文学だが、本書でもそうした先行する作品の記憶は陰に陽に顔を出す。

例えば、奄美から人身売買されてきて、島を逃げ出そうとしてスパイ容疑をかけられ、結局は殺される少年たち。彼らを『芽むしり仔《こ》撃ち』の少年たちに重ね合わせることは、あながち的外れでなく思われるし、また「フランク」の章に現れる米軍パイロットを、『飼育』の四国の村に墜落した黒人パイロットと重ね合わせるのは、自然な成り行きだろう。少し引用してみる。

《人垣をかきわけて庭に行くと、ランニングシャツ姿の白人が濡《ぬ》れ縁に腰かけていました。（中略）目を引いたのはふさふさとした金髪です。米兵は時折顔を上げ、途方に暮れた様子で首を振りました。そのたびに額にかかった前髪が揺れ、我われとはまったく別の生き物だという印象を与えました。

島の男たちは濡れ縁を取り囲み、押し黙って米兵を睨《にら》みつけていました。間近でアメリカ人を見たのは初めてだったのでしょう。彼らは怒っているようでもあり、戸惑っているようにも見えました。私には戸惑いの理由がわかる気がしました。米兵は華奢《きゃしゃ》で、透けるような紅色の頰をしていました。島民たちは、鬼畜であるはずの米兵がむしろ女性的な印象を与えることに戸惑っていたのです》

自ら武装解除して島民に囲まれたフランクを、敗残兵を指揮する山岡大尉は「ウェルカム」と言って迎える。口笛でグレン・ミラーの『茶色の小瓶』を吹き、握手してゴムボートで送り出す振りをしながら、油断した彼を島民とともに射殺するのだ。

いっぽう『飼育』の描写はというと——。

《大人たちは冬の猪狩の時のように重おもしく脣《くちびる》をひきしめて《獲物》を囲み、殆《ほとん》ど哀《かな》しげに背を屈《かが》めて歩いて来るのだった。そして《獲物》は、灰褐色の絹の飛行服を着こみ鞣《なめ》した黒い皮の飛行靴をはくかわりに、草色の上衣《うわぎ》とズボンをつけ、足には重そうで不恰好《ぶかっこう》な靴をはいていた。そして黒く光っている大きい顔を傾けて昏《く》れのこる空をあおぎ、びっこをひきながら足を引きずって来る。(中略)

「あいつ黒んぼだなあ、俺は始めからそう思っていたんだ」と兎口《みつくち》は感動に震える声でいった。
「ほんとうの黒んぼだなあ」
「あいつをどうするんだろう、広場で撃ち殺すのかなあ」》
『飼育』は著者（蓮見氏）が生まれる前年に書かれた。実存主義の影響が色濃い作品だが、この小説が記す限界状況の記憶は半世紀の歳月を経て、沖縄戦の秘話を綿密に再構成した本書の描写と、確かになにがしか響き合っているのである。

さて、私は言わずもがなのことについて贅言《ぜいげん》を費やしたのかも知れない。本書が一種の往還構造――つまり現在時を生きる視点人物がもう一つの時間（知られざる沖縄戦）を体験することによって、最終的には以前とは違った強度で現在についての認識を深める構造――を持っていることに異論はないだろう。しかし、実は解説で強調すべきなのは、そうやって辿《たど》られる沖縄戦を描くことの《難しさ》かも知れない。というのも、沖縄はその歴史や民俗や基地問題などについて思い浮かべるまでもなく、そこを訪れ、解釈しようとする人を試す場所、作者の思想や認識が問われる場所だからである。

小説家がある時代や、ある場所を描くことは、その時代と場所の返り血を浴びることでもある。向こう傷を怖れずに、この小説で作者が試みたのは、ドキュメント（報告）の形に徹することだったように思う。その意味で、本書は描写が綿密であればあるほど、そこに描かれる以上のもう一つの物語が輝く。

繰り返すようだが、私たちは蓮見圭一のこの作品において、たんに沖縄戦を読んでいるのではない。知られざる沖縄戦という、特異なその時間と場所とを往還しつつ、当然のことながらそれを読む私たち自身の来し方と行く末――つまり、私たち自身の物語に思い致しているのだ。読む者をとらえて離さない読み味の秘密はここにある。

（平成二十三年六月、作家）

この作品は平成二十年七月新潮社より刊行
された作品を加筆・修正したものです。

蓮見圭一著　水曜の朝、午前三時

「あの人との人生を選んでいたら……」許されぬ過去。無惨な恋。追憶のせつなさと衝撃のラストが魂をゆさぶるラブストーリー。

吉田修一著　東京湾景

岸辺の向こうから愛おしさと淋しさが押し寄せる。品川埠頭とお台場を舞台に、恋の行方をみつめる最高にリアルでせつない恋愛小説。

吉田修一著　長崎乱楽坂

人面獣心の荒くれどもの棲む三村の家で、駿は幽霊をみつけた……。高度成長期の地方侠家を舞台に幼い心の成長を描く力作長編。

吉田修一著　7月24日通り

私が恋の主役でいいのかな。港が見えるリスボンみたいなこの町で、OL小百合が出会った奇跡。恋する勇気がわいてくる傑作長編！

吉田修一著　さよなら渓谷

緑豊かな渓谷を震撼させる幼児殺害事件。容疑者は母親？　呪わしい過去が結ぶ男女の罪と償いから、極限の愛を問う渾身の長編小説。

白石一文著　心に龍をちりばめて

かつて「お前のためなら死んでやる」という謎の言葉を残した幼馴染との再会。恋より底深く、運命の相手の存在を確かに感じる傑作。

石田衣良著

4TEEN【フォーティーン】

直木賞受賞

ぼくらはきっと空だって飛べる！ 月島の街で成長する14歳の中学生4人組の、爽快でちょっと切ない青春ストーリー。直木賞受賞作。

石田衣良著

眠れぬ真珠

島清恋愛文学賞受賞

人生の後半に訪れた恋が、孤高の魂を持つ咲世子を少女に変える。恋人は17歳年下。情熱と抒情に彩られた、著者最高の恋愛小説。

石田衣良ほか著

午前零時

―P.S.昨日の私へ―

今夜、人生は1秒で変わってしまうと、知りました――13人の豪華競演による、夜の底から始まった、誰も知らない物語たち。

石田衣良著

夜の桃

少女のような女との出会いが、底知れぬ恋の始まりだった。禁断の関係ゆえに深まる性愛を究極まで描き切った衝撃の恋愛官能小説。

角田光代著

キッドナップ・ツアー

産経児童出版文化賞・路傍の石文学賞受賞

私はおとうさんにユウカイ（＝キッドナップ）された！ だらしなくて情けない父親とクールな女の子ハルの、ひと夏のユウカイ旅行。

角田光代著

真昼の花

私はまだ帰らない、帰りたくない――。アジアを漂流するバックパッカーの癒しえぬ孤独を描いた表題作ほか「地上八階の海」を収録。

新潮文庫最新刊

城山三郎著
どうせ、あちらへは手ぶらで行く
作家の手帳に遺されていた晩年の日録。そこには、老いを自覚しながらも、人生を豊かに過ごすための「鈍々楽」の境地が綴られていた。

井上紀子著
父でもなく、城山三郎でもなく
無意識のうちに分けていた父・杉浦英一と作家・城山三郎の存在――。愛娘が綴った「気骨の作家」の意外な素顔と家族愛のかたち。

北原亞以子著
父の戦地
南方の戦地から、父は幼い娘に70通の自作の絵入り軍事郵便を送り続けた。時代小説の名手が涙をぬぐいつつ綴る、亡き父の肖像。

渡辺淳一著
あとの祭り 親友はいますか
いつからだろう、孤独を感じるようになったのは――それでも大人を楽しむ方法、お教えします。自由に生きる勇気を貰える直言集！

川村二郎著
いまなぜ白洲正子なのか
「明日はこないかもしれない。そう思って生きてるの」強靭な精神と卓越した審美眼に貫かれた、八十八年の生涯をたどる本格評伝。

工藤隆雄著
山歩きのオキテ
―山小屋の主人が教える11章―
山道具選びのコツは。危険箇所の進み方。雷が鳴ったらどうする？　これ一冊あれば安心、快適に山歩きを楽しむためのガイドブック。

新潮文庫最新刊

石破茂著
国防
国会議員きっての防衛政策通であり、長官在任日数歴代二位の著者が語る「国防の基本」。文庫用まえがき、あとがきを増補した決定版。

秋尾沙戸子著
ワシントンハイツ
—GHQが東京に刻んだ戦後—
日本エッセイスト・クラブ賞受賞
終戦直後、GHQが東京の真ん中に作った巨大な米軍家族住宅エリア。日本の「アメリカ化」の原点を探る傑作ノンフィクション。

中村尚樹著
被爆者が語り始めるまで
—ヒロシマ・ナガサキの絆—
長崎で亡くなった同僚六二九四人、広島で亡くなった生徒六七六人。それぞれの魂を鎮める旅に出る、二人の名もない被爆者の記録。

中村計著
佐賀北の夏
—甲子園史上最大の逆転劇—
2007年夏、無名の公立校が果たした全国制覇はいかにして可能となったのか。綿密な取材から明かされる奇跡の理由。

U・ウェイト
鈴木恵訳
生、なお恐るべし
受け渡しに失敗した運び屋。それを取り逃がした保安官補。運び屋を消しにかかる〝調理師〟。三つ巴の死闘を綴る全米瞠目の処女作。

C・カッスラー
P・ケンプレコス
土屋晃訳
運命の地軸反転を阻止せよ（上・下）
北極と南極が逆転？　想像を絶する惨事を防ぐため、NUMAのオースチンが注目した過去の研究とは。好評海洋冒険シリーズ第6弾。

八《はち》月《がつ》十《じゅう》五《ご》日《にち》の夜《や》会《かい》

新潮文庫　は－39－3

平成二十三年八月一日発行

著者　蓮《はす》見《み》圭《けい》一《いち》

発行者　佐藤隆信

発行所　株式会社新潮社

郵便番号　一六二—八七一一
東京都新宿区矢来町七一
電話　編集部(〇三)三二六六—五四四〇
　　　読者係(〇三)三二六六—五一一一
http://www.shinchosha.co.jp

価格はカバーに表示してあります。

乱丁・落丁本は、ご面倒ですが小社読者係宛ご送付ください。送料小社負担にてお取替えいたします。

印刷・東洋印刷株式会社　製本・株式会社大進堂

ISBN978-4-10-125143-1 C0193